Elatsoe

Elatsoe
o segredo ancestral

Darcie Little Badger

Ilustrações de **Rovina Cai**

Tradução: Bruna Miranda

Diretor-presidente:
Jorge Yunes
Gerente editorial:
Luiza Del Monaco
Editoras:
Gabriela Ghetti, Malu Poleti
Assistentes editoriais:
Júlia Tourinho, Mariana Silvestre
Suporte editorial:
Nádila Sousa
Estagiária editorial:
Emily Macedo
Coordenadora de arte:
Juliana Ida
Gerente de marketing:
Claudia Sá
Analistas de marketing:
Heila Lima, Flávio Lima
Estagiária de marketing:
Carolina Falvo

Elatsoe
Text copyright © 2020 by Darcie Little Badger
Illustrations copyright © 2020 by Rovina Cai
© Companhia Editora Nacional, 2022

Todos os direitos reservados. Nenhuma parte desta obra pode ser reproduzida ou transmitida por qualquer forma ou meio eletrônico, inclusive fotocópia, gravação ou sistema de armazenagem e recuperação de informação sem o prévio e expresso consentimento da editora.

1ª edição — São Paulo

Preparação de texto:
Chiara Provenza
Revisão:
Lorrane Fortunato, Lavínia Rocha
Ilustração de capa e miolo:
Rovina Cai
Design de capa:
Sheila Smallwood
Diagramação e adaptação de capa:
Vitor Castrillo

DADOS INTERNACIONAIS DE CATALOGAÇÃO NA
PUBLICAÇÃO (CIP) DE ACORDO COM ISBD

B135e   Badger, Darcie Little

Elatsoe: O segredo ancestral / Darcie Little Badger ; traduzido por Bruna Miranda ; ilustrado por Rovina Cai. - São Paulo : Editora Nacional, 2022.
256 p. ; 16cm x 23cm.

Tradução de: Elatsoe
ISBN: 978-65-5881-132-9

1. Literatura americana. 2. Ficção. I. Bruna, Miranda. II. Título.

CDD 813
2022-2040   CDU 821.111(73)-3

Elaborado por Vagner Rodolfo da Silva - CRB-8/9410
Índice para catálogo sistemático:
1. Literatura americana : Ficção 813
2. Literatura americana : Ficção 821.111(73)-3

N/\CION/\L

Rua Gomes de Carvalho, 1306 - 11º andar - Vila Olímpia
São Paulo - SP - 04547-005 - Brasil - Tel.: (11) 2799-7799
editoranacional.com.br - atendimento@grupoibep.com.br

Esse livro é dedicado com todo o amor para minha avó, Anita "Elatsoe"; meu pai, Patrick; minha mãe, Hermelinda; meu irmão, John; meu querido, T; e por último, mas não menos importante, a todos os cachorros que amamos.

~≫ Um ≪~

Ellie comprou uma caveira de tamanho real em uma venda de garagem (os vizinhos góticos estavam se mudando para Salem e não conseguiram fazer caber todos os adereços de Halloween na van preta deles). Depois de trazer a compra para casa, ela procurou a caixa de artesanato e colou um par de olhos de plástico nos buracos vazios.

— Eu trouxe um amigo novo para você, Kirby! — disse Ellie. — Aqui, menino! Vem! — Kirby já sabia pegar bolas de tênis e brinquedos. Claro, qualquer coisa parecia assustadora quando flutuava pela sala na boca de um cachorro invisível, mas uma caveira com olhos seria algo especial.

Infelizmente, a caveira assustou Kirby. Ele não queria chegar perto, muito menos tocar nela. Talvez estivesse possuída por um aspirador de pó demoníaco. O mais provável era que a caveira só tivesse um cheiro *estranho*. A julgar pelas velas de soja e as caixas de incenso na venda, os vizinhos gostavam de queimar coisas cheirosas.

— Olha, comida! — Ellie colocou um cubinho de queijo na boca da caveira. Apesar de fantasmas não comerem, Kirby gostava de cheirar suas antigas comidas favoritas: ração sabor frango, manteiga de amendoim e queijo cheddar. Ele já era o melhor amigo dela há dezessete anos — doze em vida e cinco em morte — e Ellie tinha certeza de que, se comida não fosse convencê-lo a perder o medo, nada iria.

— Humm... Que gostoso! — disse ela. — Olha, queijinho! O amiguinho caveira não vai te machucar.

Kirby, um belo exemplo da raça Springer spaniel, se escondeu embaixo da cama.

— Tá bom. Temos o verão todo para dar um jeito nisso — disse. Ela havia gastado cinco dólares nessa brincadeira, uma brincadeira que não deixaria de lado depois de um único cubo de queijo que se provara inútil.

Kirby havia melhorado muito depois da sua morte. Ellie ainda não podia levá-lo para a escola, mas desde o incidente de uivos no sexto ano, ele não tinha mais causado problemas e seu acervo de truques estava bem maior. Ele sabia os básicos: senta, fica, finge de morto (literalmente! Haha!), e rastrear cheiros. Além do mais, vários poderes sobrenaturais haviam se desenvolvido também. Ele só precisava aprender a usá-los sem causar muito caos.

Ellie comeu o queijo e jogou um urso de pelúcia amarelo pelo quarto. Ele parou no ar, sessenta centímetros acima do chão. O ar ao redor do Amigo Urso brilhou e a cabeça dele foi apertada duas vezes, soltando um barulho: *quic quic*.

— Bom garoto — disse Ellie. Talvez para deixar Kirby mais tranquilo, a caveira devesse fazer um barulho divertido. Que tal um chocalho? Ou *uíí* baixinho?

Amigo Urso se soltou da boca de Kirby e caiu no chão de madeira fazendo um barulho ridículo. Que estranho. Geralmente Kirby trazia os brinquedos de volta para a Ellie. Ele não era o tipo de cachorro que brincava de pegar sem trazer de volta.

— Traz o Amigo Urso! — chamou Ellie. — Vem, traz aqui.

A resposta de Kirby foi ficar completamente visível, como se alguém tivesse virado a chave de "brilho transparente" para "opaco".

— Tudo bem aí? — perguntou ela. Não era fácil os mortos ficarem visíveis. Kirby raramente ficava visível sem um comando direto dela. — O que foi? Ainda tá com medo? Isso aqui ajuda? — Ellie cobriu a caveira com um suéter velho. Ao invés de relaxar, Kirby colocou o rabo entre as pernas e saiu correndo do quarto.

— Ei! — Ela se apressou até o corredor, mas o cachorro não estava lá. — Kirby! Vem cá! — Ele colocou a cabeça para fora da parede de argamassa e começou a chorar. As vibrações sobrenaturais faziam todo o corpo dela vibrar. Ela se sentiu como um diapasão, vibrando de ansiedade.

Ele estava ansioso. *Terrivelmente* ansioso. Mas por quê? Teria sido a caveira? Não, ele não conseguia mais ver aquela coisa idiota.

Quando o avô de Ellie teve uma parada cardíaca, Kirby surtou, como se pudesse sentir a dor do vovô. Talvez as emoções sejam como frequências de rádio em cachorros fantasma, e essas frequências ficam ainda mais fortes quando vêm de pessoas próximas.

Será que alguém estava com dor? Alguém que o Kirby conhece?

Os pais da Ellie estavam no cinema com os celulares desligados. Sentados em uma sala escura. Curtindo uma rara noite de privacidade, só os dois. Será que era a última noite deles?

Não. *Não*

Talvez?

Tentou ligar. Nada.

Eles estavam bem. Provavelmente. Dito isso, toda vez que Ellie saía de casa, o forno estava *provavelmente* desligado, e ainda assim ela checava algumas vezes antes de sair.

Tinha que ter certeza absoluta de que os pais estavam bem.

O cinema de seis salas ficava a oito quilômetros de distância de casa. Cinco, se cortasse caminho pelo rio, cruzando a velha ponte dos trilhos do trem. Ela havia sido interditada há anos e Ellie não se lembrava da última vez que um trem teria cruzado o rio Herotonic usando aqueles trilhos enferrujados.

Às vezes, quando Ellie voltava andando da escola para casa, ela via algumas pessoas na ponte abandonada. À noite os grupos eram maiores. A escuridão era um ótimo disfarce para grafiteiros. Eles escalavam doze, quinze, até quase vinte metros acima do nível do rio para pintar as treliças mais altas. Ela se perguntou se o risco valia a pena. Alguém poderia sobreviver de uma queda da laje da ponte (se a pessoa soubesse nadar e o rio estivesse calmo). Mais alto do que isso? Acho que não.

Era possível — bem provável, até — que aqueles que escalavam pontes fossem mais resilientes do que seres humanos normais. Se esse fosse o caso, Ellie não queria conhecê-los. Ela podia lidar com perigos mundanos, como um homem violento com armas e facas; mas todo túnel, ponte e prédio abandonado na cidade era supostamente o lar de monstros. Ouvira rumores sobre clãs de vampiros que pareciam com adolescentes, homens mariposa carnívoros, *serial killers* imortais, cultos demoníacos, famílias canibais e grupos de *Slender Man*. Mesmo que a maioria das lendas urbanas fosse ficção, Ellie tinha um cachorro fantasma. Ela não estava errada ao manter a mente aberta quando se tratava desse tipo de coisa.

Em pé na porta da entrada, calçou os tênis e uma jaqueta corta-vento refletiva. A bicicleta tinha luzes vermelhas no guidão e assento. Elas servem para avisar motoristas da presença dela na estrada, mas Ellie precisaria de mais luz para poder cruzar a ponte. Depois de um momento de buscas em pânico, que deixou a cozinha virada ao avesso, encontrou a lanterna a pilhas que estava na gaveta da bagunça.

— Kirby, junto! — chamou ela, e eles saíram de casa.

Ellie morava perto do topo de uma montanha pequena. A descida seria rápida, mas não segura. Ela vestiu o capacete e pedalou pela rua de asfalto craquelado. Do alto do carvalho de cem anos que tomava conta do jardim da casa, uma coruja piou duas vezes. Quando Ellie apontou a lanterna em sua direção, o pássaro saiu voando em silêncio.

— Droga — disse Ellie.

Muitas corujas — a *maioria* das corujas — eram pássaros comuns com mais fama de serem símbolos de sabedoria do que mereciam. Ellie era voluntária no centro de reabilitação de aves de rapina. Lá, Rosie, uma coruja jacurutu, se debatia e lutava contra tudo que chegava perto dela: a águia-de-cabeça-branca na jaula ao lado, veterinários, assistentes, folhas e até a própria sombra. Sua avó sempre dizia: "Uma mulher sábia escolhe suas batalhas". Ellie diria também que um pássaro nada sábio pode quase morrer por atacar a própria sombra.

Contudo, há outro tipo de coruja: as Corujas com C maiúsculo eram um presságio *muito ruim*. Uma Coruja assim espera até você chegar na beira do precipício, olhando para o fundo do poço, e aí ela te empurra.

Enquanto Ellie descia à toda velocidade, as rodas estalando com o movimento da corrente, o único som que se ouvia na vizinhança era a canção dos grilos nas ruas vazias. Naquela cidade, as pessoas saíam cedo para trabalhar. Podiam até não estar dormindo às nove da noite, mas com certeza já estavam se preparando. Por detrás das janelas abertas, telas de televisão projetavam programas de auditório e séries de comédia.

Ao chegar perto da base da montanha, as construções se transformaram de casas residenciais para prédios comerciais. Os freios de Ellie gritaram contra o asfalto quando ela fez uma curva fechada na rua principal. À direita, três homens fumavam charutos de cheiro forte do lado de fora do bar Roxxie's. Ela teve que passar no meio da névoa fedorenta.

— Ei! Vai devagar! — gritou um dos homens, e ela não soube dizer se o tom dele era de raiva ou divertimento.

As margens do rio eram cheias de fábricas com paredes de tijolos, suas fachadas destruídas, as janelas escuras, algumas estavam até quebradas. Esses prédios costumavam fabricar produtos de plástico na cidade e os efeitos químicos ainda se faziam presentes. Placas brancas alertavam os pescadores:

PERIGO! PESCA ESPORTIVA APENAS!
PEIXES E FAUNA DO RIO HEROTONIC CONTAMINADOS POR PCBS!

Próximo à ponte alguém havia pichado uma das placas com uma caveira sobre ossos cruzados.

A pé, Ellie puxou a bicicleta pelo caminho rochoso com mato que conectava a rua e a ponte. A grama alta roçava na calça de algodão dela, fazendo cócegas que a deixavam ainda mais nervosa. Imaginou carrapatos cheios de doenças subindo por suas pernas. As mordidas deles deixariam sua pele cheia de marcas e calombos redondos por toda parte. O pai dela contava cada carrapato que removia dos cachorros e gatos no abrigo da cidade. Todo ano, o número aumentava. Ou os parasitas estavam se reproduzindo em maior quantidade ou eram ótimos sobreviventes. Ellie não sabia o que era a pior. À frente, as treliças de metal se erguiam da laje da ponte e recortavam o céu como se fossem diamantes. Ao pôr do sol, esses espaços vazios pareciam joias em um colar gigante.

A ponte continha uma passarela de metal que ia de uma ponta à outra. Era muito mais fácil pedalar nessa superfície lisa e estreita do que no cimento quebrado. Ellie subiu na bicicleta, mudou para uma marcha mais alta e acelerou. As pernas dela queimavam, desde as panturrilhas até as coxas. Apesar de andar sempre de bicicleta, costumava ir devagar, prestando atenção nos arredores. Mas era tarde da noite. Ela enxergava apenas escuridão e não havia pedestres dos quais desviar.

Pelo menos foi o que ela pensou. Ao chegar na metade da ponte, o trecho de uma treliça de um diamante se mexeu. Alguém estava tentando escalar.

A palavra-chave aqui é *tentando*. Quando Ellie se aproximou, viu a pessoa escorregar e derrubar algo. O objeto, que parecia muito com uma lata de tinta spray, caiu no rio.

— Estou só passando! — Ellie gritou. Procurou mentalmente por Kirby. Ele apareceu ao lado dela poucos segundos depois, um conforto invisível. Mortos ou vivos, cachorros conseguiam, quase instantaneamente, ir de um estado de sono profundo para alertas, prontos para qualquer coisa. Ela invejava isso.

A pessoa se pressionou contra a viga larga igual à um esquilo que se joga no chão de barriga para baixo quando tenta passar despercebido. Ellie parou, se equilibrando na bicicleta com um pé no chão, pronta para sair pedalando a qualquer momento. Kirby estava balançando o rabo e agindo como se conhecesse aquele projeto de Homem-Aranha. Quem era? Era por isso que Kirby tinha ficado tão estressado mais cedo?

— Você tá bem? — perguntou Ellie. Ela apontou a lanterna para o escalador. A luz iluminou as costas dele de um jeito estranho. Aquela bunda parecia familiar.

— Se afasta! — gritou ele. — Eu vou descer. — Tá, a voz também era muito familiar, mas *não* podia ser.

— Jay? — perguntou ela. — Você não... Ei, cuidado, não vai cair na água!

Tentando descer da viga, o escalador se virou, pressionou o peito contra o metal, os pés balançando vários metros acima da laje. Em seguida, ele se jogou na passarela fazendo um barulho seco e rolou no chão. É. Ellie já tinha visto essa habilidade acrobática antes. Era *mesmo* ele. Jay Ross. Ela e Jay se conheceram quando as mães dos dois faziam a mesma aula de Lamaze. Eles não eram vizinhos de porta, mas moravam no mesmo quarteirão. Estudavam na mesma escola. Comemoravam seus aniversários juntos. A questão era: Ellie conhecia Jay e ele nunca havia feito nenhum tipo de grafite mais permanente do que giz de cera na calçada da rua.

A segunda questão: Kirby também conhecia Jay. Talvez Ellie não tivesse que se preocupar com os pais, afinal de contas.

Ela chutou o apoio da bicicleta para que parasse em pé sozinha.

— O que você tá fazendo? — perguntou.

— Ellie? — Jay levantou uma mão com o dedo indicador esticado e cutucou ela no meio da testa. — É você mesmo! — Ele riu e abaixou a cabeça, envergonhado. — Desculpa. Só precisava checar se você estava sólida. Dizem que essa ponte é assombrada por fantasmas.

— E é mesmo — confirmou ela. — Meu cachorro tá aqui. Você tá bem?

— Kirby? Eeeei, garoto! Você tá passeando? — Jay se abaixou e balançou os dedos, chamando o cachorro para chegar perto. Como sempre, Kirby ficou feliz em ver um velho amigo e correu até ele. Jay esticou a mão para fazer carinho na miragem brilhante graças ao asfalto quente que indicava a presença de um fantasma, tomando cuidado para não passar a mão por dentro de Kirby. — Ellie, você conseguiu pegar minha tinta?

— O rio pegou.

Ele deu um tapa de leve na própria testa.

— Sempre traga uma lata reserva. É claro que eu iria estragar isso.

— E o que seria "isso", exatamente? Eu deveria me preocupar?

— É... pessoal. Não se preocupa. Eu não consigo fazer mais nada sem tinta mesmo.

— Ok. Você vai andando para casa? Quer minha jaqueta emprestada para os carros não te atropelarem? — Provavelmente pela primeira vez na vida, Jay estava vestido de preto dos pés à cabeça. O conjunto de tênis, calça de moletom e suéter de gola alta pareciam ter saído de um guia de *Como se vestir como um ladrão de desenho animado*. Na verdade, olhando do jeito certo, ele até parecia ser apenas uma cabeça flutuante. Uma cabeça com curtos cabelos loiros e grandes olhos castanhos. Os dois não se pareciam fisicamente e isso costumava irritar Ellie. Quando eram crianças, eles fingiam ser gêmeos, mas desconhecidos não acreditavam que aquele menino branco de aparência quase nórdica e celta fosse parente da menina Apache de pele marrom.

— Obrigado — disse ele —, mas não precisa. Eu estou com uma regata amarela aqui por baixo. Olha. — Ele tirou o suéter tão rápido que o tecido fez o cabelo dele ficar cheio de frizz.

— Isso não iria te ajudar em nada se caísse na água — disse ela. — Assim como ficar no topo de pirâmides humanas não te ajudaria a escalar isso aqui.

— Ah, não. Eu não fico no topo, faço parte da base — disse Jay, como se o erro dela sobre a logística acrobática de líderes de torcida fosse algo sério.

— Você devia procurar um lugar mais seguro para pichar. Ou não pichar nada, que tal?

— Ellie, eu não vim aqui para pichar nada — disse ele. — É a *Brittany*. — Ele se abaixou e pressionou os joelhos contra o peito.

Jay parecia triste. Tipo cachorro que caiu do caminhão da mudança. Por mais que Ellie odiasse esse papo de romance e relacionamentos — nunca havia saído com ninguém, não tinha planos de sair com ninguém e não sabia como aconselhar ou consolar amigos sobre nada que envolvia "relacionamentos" —, ela não podia deixar esse cachorro abandonado na rua.

— Brittany? — perguntou ela. — A Brittany, sua namorada? Ou a Brittany do clube de xadrez que te odeia?

— Namorada. *Ex*-namorada. Acho que agora as duas me odeiam.

— Desculpa. Eu não sabia.

— Foi ontem à noite. — Ele bateu em uma barra de metal perto de si. — Da última vez que viemos aqui, ela desenhou um coração na ponte. Escreveu nossos nomes dentro dele. "Jay + Brit". Eu só ia fazer um risco em zigue-zague cortando no meio, como se estivesse quebrado.

— Sei... — Ellie parou de falar e ficou pensativa. — Então... há uns vinte minutos você estava sentindo alguma emoção forte? Tipo medo?

— Na verdade, não.

— Droga. Podemos montar um plano de grafite mais seguro amanhã, tá bom? — disse ela. — Preciso ir.

Ele deu um passo para trás, concordando com a cabeça.

— Qual é a pressa, Ellie? Quer companhia?

— Ah, não, valeu. — Ela passou uma perna por cima da bicicleta e se equilibrou nas pontas dos pés. — Tô preocupada com meus pais porque... bom, não deve ser nada. Deixa pra lá.

— Me liga qualquer coisa — disse ele. — Se precisar de ajuda.

— Você também. — Ellie se esticou para bagunçar o cabelo dele com a mão enquanto Jay se encolhia para ajudar a amiga de um metro e meio a alcançar o topo da cabeça dele. Ela levou um choque quando tocou nele.

— Dizem que isso significa sorte — disse Jay, arrumando o cabelo.

Nessa hora, ela percebeu que sorte poderia ser ruim.

Um pavor congelante tomou conta de Ellie enquanto ela cruzava a ponte e descia pelo labirinto de ruas, até chegar no estacionamento do cinema. Ela viu o carro da família Bride, uma minivan meio acabada, perto da entrada. Os pais dela eram o tipo de pessoas que gostavam de ir ao cinema às segundas porque o pouco movimento permitia que achassem vagas de estacionamento e assentos melhores. Exausta do exercício para chegar até ali, Ellie se encostou na cabine da bilheteria e perguntou:

— Quando a sessão de *Lonesome* termina?

— Em quinze minutos — respondeu o funcionário. Ele usava um colete vermelho como uniforme que era obviamente uns tamanhos maiores que o dele e fazia com que parecesse jovem demais para trabalhar no turno da noite.

— Posso esperar no saguão? — perguntou Ellie.

— Tudo bem. Só fica atrás do organizador de fila.

Ele lançou um olhar incerto para a bicicleta, então Ellie a levou para dentro para evitar ser roubada. Aquela bicicleta tinha pneus de alta performance e, apesar dessa performance depender de manuseio, manobra e durabilidade, Ellie achou que atrairiam ladrões bastante interessados. Além do mais, a cor da bicicleta era verde neon, a cor menos sutil do mundo.

No saguão, as mesas de fórmica estavam empilhadas ao lado da lanchonete. Ao pisar, Ellie esmagou alguns milhos não estourados, que ficaram presos nas solas dos tênis. Ela se sentou e o cheiro de manteiga no ar trouxe conforto e calma. Os pais dela chegaram bem ao cinema, não estavam presos nos destroços de nenhum acidente da estrada. Se a mãe ou o pai tivesse passado mal durante o filme, o suficiente para causar o pânico de Kirby, haveria uma ambulância e paramédicos do lado de fora e várias chamadas não atendidas em seu celular.

Mesmo assim, Kirby não abaixaria o rabo e sairia correndo pelas paredes de brincadeira. Quem mais ele conhecia? Jay, Ellie, os pais da Ellie. Todos à salvo. Os vizinhos góticos amavam ele — normal —, mas estavam a milhares de quilômetros de distância. Ela não podia fazer nada por eles. Kirby também gostava dos avós, primos, tios e tias de Ellie. Será que ela tinha os números deles? Rolou a tela pelo histórico de mensagens e achou uma conversa de dois anos atrás que teve com o primo Trevor. Apesar de eles terem sido muito próximos, a vida de Trevor ficou caótica depois que ele casou com Lenore Moore, uma professora, se mudou para o Vale Rio Grande, no sul do Texas, e virou pai. O bebê, que agora tem sete meses de vida, nasceu prematuro e quase morreu duas vezes na UTI Neonatal. O pequeno Gregory está bem agora. Certo?

— Senhora, você precisa de alguma coisa? — perguntou o atendente da lanchonete e Ellie demorou para aceitar que, em seus plenos dezessete anos, ela já era velha o suficiente para ser chamada de "senhora".

— Não, obrigada — respondeu.

Ela precisava que essa noite acabasse sem uma morte. Ela precisava que aquilo tudo fosse um exagero. Ela precisava que o surto de Kirby fosse nada. Mas tudo isso eram necessidades ou *desejos*?

Jay precisava mesmo quebrar o desenho de coração na Ponte Herotonic? Ele agira como se sim. Arriscou a vida por causa disso. Talvez, às vezes, desejos pareçam necessidades. Porque a outra alternativa pode ser dolorosa demais.

Depois de alguns minutos, a multidão de pessoas da sala de cinema tomou conta do saguão. Ellie deixou a bicicleta encostada em uma mesa e encontrou os pais ao lado dos banheiros.

— Ellie, o que raios você está fazendo aqui? — perguntou o pai dela. Por sorte, a voz dele soava mais preocupada do que raivosa.

— Você veio até aqui de bicicleta? — perguntou a mãe. — No escuro? Tem noção do quão perigoso é isso, Ellie? E se um carro tivesse batido em você?

— Os celulares de vocês estavam desligados! — disse ela. — E eu tenho luzes de sinalização, fora que o Kirby veio comigo. — Ellie bebeu um gole de água do bebedouro ao lado. — Kirby surtou mais cedo. Ele estava correndo para todo lado. A última vez que isso aconteceu foi quando o vovô... Ei, o que foi?

Os pais dela estavam encarando seus celulares.

— Seis ligações perdidas — disse a mãe dela.

— A maioria é do seu irmão? — perguntou o pai. — Ele me ligou também.

— Ele deixou mensagem, mãe? Pai?

— *Shhh*, Ellie. Estou ouvindo a mensagem de voz.

— O que o tio queria? — perguntou Ellie, e ela sentiu o braço arrepiar.

— Eu não sei, mas ele está com uma voz péssima — disse a mãe. — Eu preciso ligar para ele.

A família saiu do cinema e ficou em pé ao lado da minivan. As montanhas mais próximas suavam; uma neblina pastosa deixava um sabor diferente na boca de Ellie toda vez que ela respirava. Ela tentava ouvir um lado da conversa que ficava mais assustadora a cada minuto que passava. "E ele está bem?" era seguido por "O que o médico disse?" e "Tem alguma chance dele acordar?". Depois, a mãe de Ellie começou a tremer tanto que derrubou o celular. Era assim que ela chorava: sem lágrimas, mas com muitos tremores, como se a tristeza dela fosse um terremoto ao invés de uma tempestade. Quando encerraram a ligação, eles estavam sozinhos na rua e Ellie estava apavorada.

— Trevor sofreu um acidente de carro — explicou a mãe dela, baixando a cabeça como se já estivesse de luto. — Ele está internado no Centro de Traumas Maria Northern. E eles... provavelmente não vão conseguir salvá-lo.

— O primo Trevor? — perguntou Ellie, retoricamente. Quem mais seria?

— Sim.

— Mãe — disse Ellie, com a voz estridente. Desesperada. — Se ele morrer, eu posso...

— Ellie — a mãe a cortou. — Não.

— Mas eu...

— Nunca faça isso! — ela elevou a voz. — *Nunca* faça isso. Todos os humanos... todos nós...

— ... sem exceções. — continuou o pai, porque ele conseguia falar de forma calma. Ser um médico veterinário não blindara seu coração, ao invés disso, o ensinara a controlar os sintomas de dor. — Fantasmas humanos são coisas terríveis.

Ellie olhou para o céu. Uma coruja voava em círculos sobre eles.

⚛ Dois ⚛

Naquela noite, Ellie sonhou que estava tentando cruzar a Ponte Herotonic, mas ela não tinha fim. O rio era um oceano, e a lua, o olho amarelado de uma coruja. Chamou Kirby, mas acabou invocando um líder de torcida loiro vestindo um suéter de gola alta chamado Jay Ross. Ele bloqueou o caminho dela, sorrindo, como se estivessem brincando.

— Qual é, cara — reclamou Ellie. — Me deixa passar. Não estou brincando.

Jay apontou para cima. No alto, Ellie viu uma frase pintada em uma das vigas horizontais: O ÚLTIMO DESEJO E O TESTAMENTO DELE.

Quando ela voltou o olhar para baixo, Jay havia sumido e uma névoa grossa no formato de um trem tomou conta da ponte, passando direto por ela. Cheirava a terra molhada e óleo de motor. Uma silhueta escura estava em pé em meio à névoa. Ela o reconheceu.

— Trevor? — perguntou Ellie. — O que está fazendo aqui?

— Estou morrendo, prima — disse ele. A voz soava como o gorgolejo de um rio.

— Não! Não é justo.

— Também acho. — Trevor se aproximou, e ela pode ver os detalhes em seu corpo. O rosto dele estava inchado, quebrado e cheio de sangue. Ellie desviou o olhar.

— Não dói mais — disse ele. — Posso pedir um favor?

— Sim. Qualquer coisa. Do que você precisa?

— Um homem chamado Abe Allerton me matou. — Ele apontou para o rosto desconfigurado. — Abe Allerton de Willowbee.

— Matou você? Por quê?

— É isso que me preocupa, prima. Eu estava tentando... — Trevor caiu de joelhos. — Tô ficando fraco. Ellie...

— Trevor, aguenta firme. — Ela tentou correr até ele, abraçá-lo, mas a névoa no ar era mais grossa do que melaço. — Quem é Abe? Você o conhecia?

— Um pouco — respondeu Trevor. — Encontrei com ele uma vez em uma reunião de pais e mestres. Há dois anos. Me escuta.

Ela se inclinou para frente. A voz dele era suave e trêmula, como se fosse um eco.

— Não deixe Abe machucar minha família — disse Trevor.

— Eu prometo.

— Obrigado. *Xastéyó.*

Por um segundo mágico, Ellie viu Trevor sorrir com seu rosto jovem e intacto. Era um sorriso triste, mas não infeliz. Arrependido, talvez.

E antes do sonho acabar, ele se foi.

⤙ Três ⤚

Ellie acordou bem antes do alarme tocar.

— Eu sonhei com os mortos — disse ela. — E agora?

Kirby pulou para fora da cama. Ele havia dormido a noite inteira enrolado aos pés de Ellie, se entretendo com sabe-se-lá-o-quê. Quando fantasmas dormem, eles voltam para o submundo. Então ele obviamente não estava sonhando. Talvez Kirby tenha passado sete horas contemplando esquilos e pedaços de queijo.

— E aí, garoto? Foi isso que você fez?

O rabo agitado do *poltergeist* bateu contra a mesa dela: *tum, tum, tum*. Ellie se concentrou no brilho de Kirby e a forma dele apareceu tal como a imagem que salta de um estereograma. Uma calda grossa e expressiva. O focinho de Springer spaniel: preto com uma linha branca do nariz até a testa. Olhos castanhos profundos.

— Vamos ver se alguém já acordou. — Ellie vestiu uma camiseta e um macacão jeans com remendos nos joelhos. Ela gostava de andar de patins, tanto quanto de bicicleta, e antes de ser mais esperta e comprar caneleiras, Ellie fez buracos em todas as calças jeans, *leggings* e macacões de seu guarda-roupas. A pele dela tinha tendência a ter hiperpigmentação. Todo corte, arranhão e machucado deixavam uma marca marrom que durava meses.

Enquanto lavava o rosto no banheiro do segundo andar, sua mente viajou para um lugar assustador. A maioria dos sonhos eram ficção graças ao sono profundo em estado REM. Bobos, assustadores, comuns, irrelevantes. A conversa dela com Trevor foi diferente.

Na verdade, a fez lembrar de uma história. Uma que causava calafrios em Ellie.

Quando era jovem, a Vó-Ancestral visitou Kunétai — o Rio Grande — para investigar uma série de desaparecimentos que estavam acontecendo na região. As pessoas sumiam perto do rio estuário. No começo, os habitantes locais botavam a culpa no azar e em uma série de coincidências. Em Kunétai viviam todos os tipos de monstros e feras, mas poucos eram mais letais do que as próprias águas do rio que poderiam capturar o nadador mais habilidoso e carregar o corpo inerte até alto mar. Entretanto, depois que onze adultos, quatro crianças e vários cavalos sumiram na mesma temporada, ficou evidente que alguém ou *alguma coisa* estava causando esse mal.

Quando ficou sabendo desse mistério, Vó Ancestral estava a quase quinhentos quilômetros de distância do estuário. Viajou a pé. Cavalos são criaturas nervosas que não gostavam da presença de fantasmas, e os cachorros dela podiam puxar o trenó com tudo o que ela precisava. Mesmo com a ajuda, ela estava exausta quando chegou no rio. O território Lipan mais próximo estava a um dia de distância, então acampou às margens do rio e ordenou que seus cachorros ficassem de guarda enquanto ela dormia.

Naquela noite, teve um pesadelo. Um jovem teria se arrastado para fora de uma poça de água preta e perguntado:

— Você é a mulher que mata monstros?

— Sou sim — respondeu ela.

O menino resmungou.

— Eu tenho um azar, Tia — disse ele. — Aquela coisa acabou de me afogar! *Urgh*! Não faz nem cinco minutos!

— O quê? — perguntou ela. — Um jacaré?

— Pior. Tinha a cabeça de um homem e o corpo de um peixe. Cuidado, Tia. Enquanto ele me atacava, algo na água me picou.

— Tipo um ferrão? — perguntou ela. — Ou uma picada de água-viva?

— Tipo isso. Fez com que meu corpo ficasse mole. Não podemos perder tempo. Corre! Você precisa achar essa criatura antes que mate mais alguém.

Vó Ancestral acordou em pânico. O último suspiro de uma pessoa é responsável por levá-la para o submundo. Às vezes, com esse suspiro, é possível deixar uma última mensagem. Um sussurro no ouvido de um sonhador receptivo.

Quando Vó Ancestral chegou no destino final, a comunidade Lipan estava em pânico. Outra pessoa havia sumido.

Um jovem.

Não havia tempo a perder. Ellie usou o delineador à prova d'água da mãe para escrever "Abe Allerton de Willowbee" no braço. Por garantia.

Não deixe Abe machucar minha família.

Na bancada, o celular dela apitou com um alerta de mensagem. Ela abriu o aplicativo de mensagens e leu:

JAY (9:31): Você tá bem?

O conteúdo e o timing impecável da mensagem a deixou nervosa. O Jay era clarividente? Ele tinha uma tia que era vidente, mas isso não queria dizer nada. O dom não era hereditário. Não podia ser passado adiante, como a cor dos olhos ou o tamanho dos pés.

O telefone apitou de novo.

JAY (9:33): Chegou bem em casa?

Ellie demorou para lembrar que não havia dado sinal de vida depois que voltou do cinema. É óbvio que Jay ficaria preocupado. Ela respondeu:

EL (9h34): Tô em casa

EL (9h34): Ñ to bem

JAY (9h34): ???

JAY (9h35): O que rolou?

JAY (9h35): Seus pais tão bem?

EL (9h35): Sim

EL (9h35): Mas

EL (9h35): Sei lá

EL (9h36): Tenho que ir

EL (9h36): Nos falamos depois

JAY (9h37): Tá bom :)

JAY (9h37): Quer sorvete?

Esse era o jeito de Jay de convidá-la para ir ao shopping, o único lugar da cidade onde se consegue sorvete de verdade. Ele não tomava sorvete de potes. Diz que esses têm gosto de papel. Sinceramente, Ellie não via diferença alguma.

EL (9h76): Te vejo às 12 horas

Depois de se despedir, Ellie desembaraçou o cabelo. Estava comprido, no meio das costas, sem camadas, de um tom castanho tão escuro que parecia quase preto. Ellie costumava ficar de cabelo solto, mas hoje ela o amarrou em um coque baixo. Olhou para o reflexo no espelho e estudou seu rosto. Como ele parecia maior e mais velho sem o cabelo caindo pelas bochechas e pescoço. Ellie tinha esperanças de se acostumar com o visual novo. O cabelo devia ser cortado para demonstrar uma grande mudança ou luto — era uma tradição Lipan — e ela sentia que ambos os motivos eram válidos.

Ellie pegou uma tesoura na gaveta do banheiro e hesitou logo em seguida. Não. Ainda não. Talvez Trevor tenha sobrevivido.

A escada reclamou quando ela desceu os degraus. Apesar da casa da família ter dois andares (sem contar o sótão), ela era estreita, como se tivesse sido espremida. As paredes foram decoradas com quadros comprados em brechós e fotos emolduradas. Ellie parou ao pé da escada, segurando firme o corrimão de madeira. Uma das molduras estava vazia. O pai dela devia ter tirado a foto ontem à noite.

Os anciãos sempre avisaram: é perigoso falar o nome ou ver o rosto de alguém que morre jovem. Isso pode fazer com que a pessoa retorne da sua nova jornada.

Ela tocou o espaço vazio onde ficava a foto sorridente de Trevor. A ausência causou um desconforto, como se a casa não fosse mais da família, mas de um estranho. Talvez ela tenha acordado em um universo paralelo, tão parecido com o dela que a única diferença eram as pessoas que não estavam mais ali.

— Adeus — disse Ellie. — Até... — Ela não terminou a frase. *Até breve.* Ellie não queria que esse encontro fosse tão breve assim.

Confiava na sabedoria dos pais e dos anciãos. Ellie conhecia as histórias de fantasmas humanos, tão assustadoras e violentas. Eles eram raros e efêmeros, e quase sempre deixavam um rastro de violência quando apareciam.

A questão é que ela nunca entendeu por que eram tão terríveis. Trevor amava a família e os amigos. Como a morte podia mudar esse sentimento? Como algo que vinha do Trevor poderia ser tão ruim? Era inconcebível, e ainda assim...

Ela tirou a mão da moldura. Às vezes o mundo parecia ter mistérios demais. Um dia Ellie mudaria isso.

Na cozinha encontrou o pai bebericando uma caneca de café.

— Você acordou antes do meio-dia? — perguntou ele. — O verão acabou e ninguém me disse nada? — Ele sorriu com a boca, mas os olhos castanhos estavam tristes.

— Parece que sim — respondeu Ellie. — Cadê a mamãe?

— Ela pegou o primeiro voo para McAllen.

— Por causa do... — Ellie parou de falar. Cada palavra sobre o acidente parecia um corte metafórico. Mais alguns desses e ela começaria a chorar. Lágrimas não eram motivo de vergonha, mas Ellie odiava como o rosto dela doía quando chorava. A dor era como um resfriado. — Quando aconteceu?

— Ontem à noite — contou o pai dela. — Por volta das 2h30 da manhã. Ele foi para o submundo em paz. Sem obstáculos, sem dor.

— Sem dor? Você não tem como saber isso, pai. — Apesar de Ellie ter falado baixinho, ele a ouviu. Deve ter ouvido. Não forçava mais um sorriso.

— Lenore precisa de ajuda com o bebê. Por isso a sua mãe foi sem aviso. — Ele colocou a caneca no balcão e abraçou Ellie. O colete de lã dele fez o queixo de Ellie coçar. Ele precisava usar um uniforme azul com um jaleco no trabalho, mas quando estava de folga, vestia suéteres de tricô, calças de tweed e coletes de lã. — Ela precisa resolver outras coisas também. Seus tios estão arrasados. Não conseguem lidar com os preparativos do enterro sem ajuda.

Era curioso como pensar na viúva de Trevor, o filho recém-nascido, e os pais dele, fazia com que Ellie tivesse forças para aguentar firme. Ela tinha um trabalho a fazer: protegê-los de Abe Allerton.

— A polícia está investigando o acidente? — perguntou.

— Acho que sim.

— Deixa eu facilitar a vida de todo mundo. Foi Abe Allerton quem o matou. Abe Allerton de uma cidade chamada Willowbee.

O pai dela deu um passo para trás, preocupado.

— De onde você tirou isso?

— O meu primo me contou, em um sonho. Disse quem o matou. Do mesmo jeito que o menino afogado falou para a Vó Ancestral sobre o monstro do rio.

— Entendi. — Pela expressão dele, parecia que isso não era verdade. — Espera. De qual monstro do rio você está falando? Ela não lutou contra vários?

— O que tinha o rosto de humano e escamas venenosas... Não importa. Pai, eu acho que o primo falou comigo durante a passagem, depois do último suspiro e antes do espírito ir para o Além.

— É possível. Você e a Vó Ancestral têm tanto em comum.

— Você acha? — perguntou ela.

— Com certeza. Eu nunca a conheci, obviamente, mas vocês duas são ótimas treinadoras de fantasmas. Inteligentes e corajosas.

Ellie deu um sorriso tímido.

— Obrigada — disse ela, pegando um copo do armário e se servindo de suco de laranja. Estava sem fome. — Sabe o que isso significa, não sabe? Abe Allerton de Willowbee é um assassino e ele *não pode* ferir mais ninguém.

— Hum.

— Eu estou errada? Queremos arriscar não seguir essa pista? A Vó Ancestral acreditou no sonho dela e isso provavelmente salvou muitas vidas.

— Não. Mas... — O pai tomou um longo gole do café. — Quando você estava dormindo, o Tre... digo, *seu primo* descreveu o assassinato?

Ela balançou a cabeça em negativa.

— Não tivemos muito tempo para falar. Pai, ele estava péssimo. Coberto de sangue e todo machucado. Deve ter sido uma tortura. Tem alguém com quem a gente possa falar? Um xerife ou algo assim?

— Deixe a polícia fazer o trabalho dela primeiro — disse o pai. — Deixe que investiguem o caso.

— Mas será que vão mesmo? — Ela bateu o copo no balcão. O suco derramou e formou uma poça nos azulejos. — Todo mundo acha que foi um acidente, não é? Até a Lenore!

— Ah. Bom. Não me surpreende. — O pai dela falou com um tom seco, o mesmo que ele usa para falar detalhes médicos no trabalho. — Os ferimentos do seu primo condizem com uma colisão de alta velocidade.

— Ele estava correndo? Onde foi isso? Uma rodovia? Não tem testemunhas?

— Não. Um fazendeiro o encontrou na beira de uma estrada pequena. Era um lugar afastado. Seu primo não passava por ali regularmente na volta para casa. Mas ele estava sozinho no carro destruído.

— Isso é muito suspeito. Falei pra polícia que ele nunca dirigia rápido assim a menos que tivesse um motivo. Tá na cara que Abe Allerton estava perseguindo ele. — A resposta não era tão óbvia assim. No sonho de Ellie, Trevor não havia dito nada sobre uma perseguição de carro. Ele dissera apenas que Abe tinha matado ele. Isso quer dizer que havia a intenção de matar. Mas qual era o motivo?

— Por ora — disse o pai de Ellie —, todo mundo quer saber *o que* aconteceu, e não *quem* está por trás disso.

— *O que* e *quem* estão conectados! Então, vamos usar o *quem* para descobrir *o que*!

— Você não está errada. — O pai de Ellie foi até a área de jantar composta por uma mesa e três cadeiras de vime. Ele desdobrou um mapa do Texas e o abriu sobre a mesa de madeira cheia de migalhas. O mapa parecia uma toalha de mesa amassada com as linhas de estradas, rios e fronteiras dos municípios.

— Para que isso? — perguntou Ellie.

— Sua mãe precisa de um carro lá, então vamos com o nosso para o enterro. Eu posso deixar a van com ela e voltamos de avião.

— A mamãe vai ficar lá por muito tempo? — A mãe de Ellie, Vivian (ou Srta. Bride, como era conhecida na escola), ensinava matemática para turmas do ensino médio. O trabalho não era fácil, mas tinha um ótimo benefício: ela tinha dois meses de férias no verão. — Eu posso ajudar!

— Tem certeza? Ela quer morar com a Lenore até as coisas voltarem ao normal. Talvez leve algumas semanas.

— Tenho sim. — Ellie não conseguiria proteger a família de Trevor a mais de mil quilômetros de distância.

— Obrigado. — O pai dela traçou uma linha entre o Norte e o Sul do Texas. — Essa vai ser a nossa viagem.

— Quando saímos? — perguntou Ellie.

— Daqui a dois dias. — Ele se aproximou do mapa, apertando os olhos, e apontou para um lugar no extremo sul do Texas. — Qual o nome dessa cidade, Ellie? Não estou com meus óculos.

Ellie olhou para a palavra. Estava meio apagada, como se nem devesse estar ali.

— É Willowbee. Pai...

— Eu achei mesmo que o nome era familiar. — Ele olhou para a escala do mapa. — Willowbee fica a cerca de cinquenta quilômetros da escola da cidade e a quinze quilômetros da estrada.

— Que estrada? — perguntou ela.

— Onde encontraram o seu primo. — Ele levantou o olhar. — Eu acredito em você, Ellie.

⇛ Quatro ⇚

A praça de alimentação estava lotada, mas Ellie conseguiu achar uma mesa vazia perto do quiosque de pretzel. Ficou sentada lá, mordiscando amendoins torrados com mel. A frustração que sentia acabava com o apetite dela. Era como se o estômago estivesse cheio de pedras. Cada mordida tinha um gosto ruim. Era assim que o Jay se sentia quando tomava sorvete de pote?

Ellie batucou os dedos na mesa e tentou pensar em outra coisa que não fosse morte e luto. Não era fácil seguir o conselho do pai. Confiar que a polícia — pessoas estranhas! — iria atrás da justiça que Trevor merecia. Especialmente depois que foi *ela* quem Trevor visitou no sonho. Confiou *nela* para manter a família em segurança.

Ellie ainda não havia chorado pela morte de Trevor. Não muito. Algumas lágrimas caíram quando ela foi de bicicleta até o shopping, mas o vento logo as levou embora. Quando Kirby morreu, Ellie abraçou o brinquedo favorito dele e chorou por horas. Naquela época, ela não sabia se ele iria voltar. Despertar fantasmas era uma habilidade complexa e nem todo mundo consegue dominar isso. A mãe de Ellie só conseguia chamar os mortos quando estava em um estado bem profundo de meditação.

Talvez a ausência de lágrimas fosse algo bom. Chorar ajudava a aliviar a agonia de uma perda, Ellie queria que a dor que ela sentia permanecesse firme. Que a incomodasse até Trevor ser vingado.

Com sorte, isso aconteceria com uma investigação policial que levaria a uma prisão e depois um julgamento por júri popular e cumprimento de pena por assassinato. Entretanto, o sistema de justiça era falho. Muitos crimes não eram solucionados, especialmente os violentos em que as vítimas eram pessoas indígenas. Além do mais, a morte de Trevor fora tão estranha que talvez envolvesse alguma mágica. Isso poderia acabar com a chance de ter justiça. Magia, por ser uma energia de outro plano, distorcia e alterava a nossa realidade. A defesa de Abe Allerton poderia alegar que qualquer sinal de mágica na cena do crime tirava dele a chance de ter um julgamento justo, já que não se poderia confiar nas evidências. Noventa por cento das vezes, esse argumento funcionava para aqueles com advogados supercaros. Curioso como raramente dava certo para outras pessoas.

Se a polícia falhasse, o verão de Ellie seria bem ocupado.

Ela mandou uma mensagem para Jay: "Sentada perto do quiosque de pretzel. Traga o seu sorvete". Ellie tinha que ficar ali, ou iria perder a mesa. Havia várias pessoas carregando bandejas de comida andando entre mesas, sem rumo, procurando por um lugar para sentar. As mesas ficavam tão próximas que ela conseguia ouvir a conversa da mesa ao lado.

— Ai, meu Deus! — disse uma mulher. — Espantalhos?

— Sim — disse um homem. — Daqueles que são feitos com palha, mas os olhos... os olhos eram *de verdade*.

— Ai. Meu. Deus. Eu *nunca* vou dirigir em Iowa. Qual era o tamanho desse milharal?

— Vai saber. Nós demos a volta depois de uns quarenta quilômetros. O tanque chegou na reserva e eu estava começando a ficar preocupado...

— Com o quê?

— Os espantalhos. Eles estavam nos observando. Se ficássemos parados lá no meio, eles iriam...

— Oi, Ellie! — disse Jay com uma taça de banana split nas mãos. Ele sentou na cadeira vazia em frente. Vestia uma camisa polo verde, calças bege e sapatos muito brancos. Esse visual era mais a cara dele do que aquelas roupas todas pretas.

— Bem na hora! — exclamou Ellie. Se continuasse ouvindo a história dos espantalhos, era capaz de ter pesadelos pouco antes da viagem pelo Texas. As fazendas de Iowa tinham a fama de serem bizarras, assim como as pradarias que cobrem o centro-oeste dos Estados Unidos.

— Como você está? — perguntou Jay. A voz dele parecia mais gentil do que o normal. Preocupada.

— Mal — respondeu ela.

— O que aconteceu?

Como ela iria responder isso? Ellie não queria a pena, a bondade ou os sentimentos dele. A ideia de alguém a consolando a deixava ansiosa, apesar de não saber o porquê.

— Alguém matou meu primo — contou ela. — Por isso que o Kirby surtou ontem.

— O qu... Trevor?

— Cuidado. Não fala o nome dele.

— Desculpa. — Ele esticou o braço por cima da mesa para apertar a mão dela, que baixou o olhar, encarando a diferença entre os dedos deles. As unhas dele eram curtas e bem-feitas. Ela tinha pintado suas próprias unhas com um esmalte verde neon e as lixado no formato *stiletto*. — Posso ajudar de alguma forma?

Ela tirou a mão de alcance e batucou na mesa.

— O homem que fez isso precisa pagar — declarou ela.

— Me deixa ajudar — disse Jay, sem hesitar.

— Obrigada. — Comeram em silêncio. Ela continuou comendo os amendoins. Ele cutucou o sorvete com a colher de plástico. Ellie percebeu que não era um silêncio agradável. Pelo menos não para ela. Se sentia desconfortável por estar com o melhor amigo, talvez porque eles nunca tiveram que lidar com coisas pesadas como assassinato. Os problemas da vida deles costumavam ser grafites que precisavam de conserto e cachorros com medo de caveiras de olhos de plástico.

Ela sentia falta disso.

— E o que aconteceu com o coração na ponte? — perguntou Ellie.

— Eu... ah. Ah tá. É. Aquilo. Não é mais um problema. Minha irmã me deu uma prensa ontem sobre isso. A Ronnie sabia que eu estava armando alguma coisa.

— Será que foi a roupa preta que te denunciou?

Jay balançou a cabeça concordando.

— Ela prometeu que a coisa toda seria nosso segredo, mas eu acho que isso não vale para namorados porque agora o Al, o carinha da Ronnie, quer subir na ponte pra mim.

— O Al sabe escalar?

— Provavelmente. Ele é amaldiçoado. — Jay botou as mãos ao redor da boca para esconder a fala de possíveis leitores de lábios. — Uma maldição *vampiresca*.

— Uau. Essa é rara. — Os Estados Unidos acompanhavam pessoas amaldiçoadas com os Centros de Cidadania Vampírica. Os ccv faziam check-ups anuais para monitorar o avanço da maldição. Se os efeitos colaterais nocivos passassem de um limite "seguro", os amaldiçoados eram levados para um sanatório, onde ficam para morrer. Para evitar esse isolamento, muitos vampiros moravam fora dos EUA, em países mais liberais.

— Como eles se conheceram? — perguntou Ellie.

— Na escola. Ronnie e Al estudam juntos na universidade North Herotonic.

— Preciso conversar com eles antes de chegar a hora de me inscrever para a faculdade, então — disse Ellie. — Essa tá no topo da minha lista.

Ele se endireitou na cadeira, curioso.

— Faculdade? Achei que você ia começar aquele negócio de investigação.

— Bom, eu estava pensando sobre isso... — Se ela quisesse ser uma investigadora paranormal, não *precisava* de um diploma. Ellie havia pesquisado algumas opções na internet. Esse era o Plano A de carreira dela. O plano B era paleontologia, já que ela podia contar com uma ajudinha dos dinossauros fantasmas para analisar seus achados. Dito isso, apesar de Ellie ter invocado cachorros, mosquitos, borboletas e ratos do Além, ela nunca tentou acordar espécies que estavam extintas. Tinha que praticar. Talvez as férias de verão fossem uma boa oportunidade para começar.

— A North Herotonic tem um bom curso sobre monstros invasivos e ótimas oportunidades de estágio — ela continuou. — Tipo, no semestre passado, o departamento ParaNor financiou uma viagem para estudar cavernas com pinturas rupestres nos arredores de Austin.

— Cavernas de Austin? Esses lugares são perigosos. Perigosos do tipo que *comem pessoas*. — Ele parecia mais fascinado do que assustado. Era o tipo de reação que Ellie esperava de Jay.

— Viu, essa é a mágica de viagens assim — disse ela. — A caverna usa truques para atrair presas. Então, se você estiver bem preparado, é tão perigoso quanto um túnel qualquer. É por isso que eu quero um diploma. Para ter a oportunidade de aprender com um IP experiente. Do mesmo jeito que eu aprendi o segredo da Vó Ancestral. É como minha mãe sempre diz: "Não precisa reinventar a roda."

— Economiza bem o tempo — Jay concordou. — Eu vou me inscrever para a Herotonic também, se os meus pais deixarem. Eles não gostaram do Al.

— Por causa da maldição?

— É. Eles ofereceram pagar a cura dele. Mas o Al recusou. O cara só é vampiro há uns dois anos. Disse que tem mais vantagens do que desvantagens.

— Ele acha que é imortal? — Um vampiro vive em média noventa e dois anos. Um bom tempo de vida, claro, mas imortalidade? Não mesmo. À medida que a maldição se desenvolve, as desvantagens ficam mais evidentes. Protetor solar não vai protegê-lo para sempre e vampiros idosos precisam de sangue fresco; as bolsas de sangue causam náuseas.

— Eu não sei. — Jay deve ter percebido que o sorvete dele estava derretendo ao redor da banana porque colocou uma colher cheia na boca antes de continuar falando. — Deve ser por isso que ele tem sido tão legal comigo.

— Ah, é?

— Aham — Jay apoiou o queixo em uma mão e suspirou. — Eu entendo o Al, mas... é estranho. Ele é mesmo legal, ou só está fingindo para ter minha aprovação? Eu não gosto de me sentir usado.

— Porque você é uma boa pessoa. Pessoas boas não usam os outros.

— Isso aí! E eu também sei fazer isso, olha! — ele começou a se levantar, olhou por cima do ombro e se sentou de novo. — Tá muito cheio aqui.

— O que você ia fazer? — perguntou Ellie

— Dar uma cambalhota no ar.

— Isso seria bem legal de ver.

— Aham. — Outro suspiro, mais leve dessa vez. — Vou encontrar com o Al na ponte amanhã. Ao pôr do sol.

— Posso ir também? — perguntou Ellie. Por que não?

— Você quer ir? — questionou Jay.

— Que foi? Tá preocupado que eu vou arruinar o momento entre cunhados?

Ele arrumou a postura e derrubou a colher na taça.

— Cunhados? Você sabe que o Al e a Ronnie não são casados, né?

— Eu senti que era algo sério já que os seus pais ofereceram pagar pela cura dele. Isso é bem caro.

— Pois é — concordou Jay. — É sério, mas não é um *noivado*. Eles são novos demais! Imagina como seria se casar com vinte anos?

— É pra eu fazer mesmo? Nunca me imaginei casando.

— Justo — respondeu ele. — É... Ellie, eu sei que você tem coisas mais importantes a fazer agora. Sério, se...

— Encontro vocês na ponte — ela interrompeu o amigo. — Não podemos fazer nada sobre Allerton até eu chegar no sul do Texas.

— Quando você vai?

— Daqui umas trinta horas — respondeu ela. — Mal posso esperar.

~~ Cinco ~~

No dia seguinte, Ellie e Jay se encontraram perto da placa de perigo dos PCBS. Sob um céu iluminado pelo sol poente, o rio Herotonic cintilava como mercúrio.

— Você chegou cedo! — disse Ellie. Eles deviam se encontrar quando o sol estivesse se pondo, mas a definição de "pôr do sol" era relativa, então ela optou por se prevenir e chegar antes da explosão de cores no céu começar.

— Não queria deixar ninguém esperando — disse Jay. Ele enfiou as mãos nos bolsos da calça. Infelizmente, eram tão justos que as mãos mal cabiam. — Mas acho que o Al não vai aparecer até o céu ficar vermelho.

— Não tem problema — disse uma terceira pessoa com um sotaque forte de Minnesota. — Eu uso protetor solar. Além do mais, a sorte ajuda quem cedo madruga, gente. — Ellie e Jay se viraram tão rápido que quase se bateram. Um jovem estava sobre uma rocha à beira do rio. Ele parecia ter saído de um filme dos anos 1980: usava uma jaqueta de couro preta, camiseta branca e uma calça jeans de corte reto. Suas sobrancelhas pálidas faziam contraste com o cabelo preto cheio de gel. Os óculos de armação fosca completavam tudo, apesar de Ellie achar que ele devia usá-los pelo visual, e não pela funcionalidade. Ela também reparou que tinha um plástico branco ao redor das orelhas dele, o que queria dizer que ele cumpria suas promessas.

— Não seria Deus? — perguntou Jay, sorrindo. — "Deus ajuda quem cedo madruga"?

— É, mas Deus é algo muito relativo — respondeu Al. — Não gosto de supor a crença espiritual de ninguém. Você sai por aí na rua perguntando: "Essa pessoa é monoteísta?". Nem pensar. Deixo as pessoas acreditarem no que quiserem. — Ele riu, alto, e Ellie ficou se perguntando se Al sempre projetava a voz assim, como se fosse um cantor de ópera. Talvez ele estivesse nervoso. É difícil dizer o estado emocional de alguém, ainda mais de estranhos.

— É... — disse ela. — Eu já fui voluntária em um centro comunitário. A primeira coisa que nos ensinam é: respeite as crenças das pessoas.

Al pulou da rocha e se aproximou com um sorriso no rosto. Apesar dos dentes serem absurdamente brancos — tipo o sorriso de um apresentador de jornal, ou o jaleco de um médico —, não eram afiados o suficiente para furar a pele de alguém. Será que ele tinha um par de caninos super afiados que ficavam escondidos? Até mesmo os vampiros recém-amaldiçoados tinham que beber mais sangue do que comer comida normal, e apesar de terem a opção de comprar bolsas de sangue em comércios especializados, esses lugares costumavam ficar sem estoque frequentemente.

— Al, Ellie — disse Jay. — Ellie, Al.

Ellie estava esperando um aperto de mão, mas Al esticou o braço com a mão fechada para cumprimentá-la com um soquinho. Sabe aquele velho incômodo de como cumprimentar pessoas estranhas? Se você não toma uma decisão rápido sobre como agir, esse momento vira uma série de confusões e risos desconfortáveis? Ellie pegou a mão dele, do mesmo jeito que "papel cobre pedra" quando se joga Pedra, papel e tesoura.

— Fiquei sabendo que você estuda na Universidade Herotonic — disse ela. — Qual curso?

— Química — respondeu ele. — O mesmo que a Ronnie. Nós queremos fazer Medicina depois.

— Eu não sabia disso — comentou Jay. — Ronnie disse que queria ser pesquisadora...

— É. Fazer pesquisa em biomedicina. Um dia nós vamos abrir um laboratório. — Ele cruzou os braços. — Mas deixa pra lá. Cadê o coração?

— Espera aí — disse Ellie. — Você sabe escalar?

— Tão bem quanto a Dona Aranha subindo a parede. — Al olhou para cima. — Nenhum sinal de chuva, então tô tranquilo.

— Ótimo. Onde está o coração, Jay? — falou ela.

— Por aqui. — Jay começou a andar em direção à ponte. Mais uma vez, ele tentou enfiar as mãos nos bolsos. Enquanto o trio cruzava a passarela de metal, os passos pesados de Ellie e Jay formavam uma batida quase musical. Al não fazia tanto barulho com os pés, mas era ele quem mais falava.

— Vocês gostam de jogar boliche? — perguntou. — Quero formar um time para competir nos torneios locais.

— Eu me divirto jogando, mas isso não quer dizer que eu seja boa... — Talvez ela até conseguisse treinar Kirby para ajudar a evitar que a bola fosse parar nas calhas. — Dá pra ganhar dinheiro com esses torneios?

— Eles dão troféus e vale-compras — respondeu Al. — Ano passado, cada um dos campeões ganhou cinquenta dólares para comer no Jukebox Burger. Esse é dos bons. Tem batata doce frita lá. O que você acha, Jay?

— Um time de boliche? Ah, não, valeu. Não tenho tempo. Treino de torcida. — Jay se encostou na grade de segurança e apontou para a viga no alto. — Ali. Tá vendo?

O vento soprou entre as vigas de metal e fez ondulações na água do rio, banhada de cores do pôr do sol. Al e Jay trocaram de lugar.

— Que vista, hein? — Al respirou fundo. — Eca. Fiz besteira. Tão sentindo isso? Cheiro de peixe podre, esgoto e ferrugem. Eu odeio como o mundo se estragou inteiro. — Ele tossiu, tremeu, e cuspiu no rio. O cuspe era rosado, manchado de sangue. Ellie se perguntou se as lágrimas dele também sangravam. — É a água corrente — explicou. — Me deixa enjoado. Não sei por quê. Tem a ver com a maldição.

— Mesmo? — disse Jay, nervoso. — Você não precisa ajudar com isso. Sério.

— Que nada — dispensou Al. — Antes da transformação, eu vivia com dor. Um enjoo leve não é nada. — Ele balançou a lata de tinta spray. *Clack, clack, clack.* E inclinou a cabeça com seu cabelo penteado para o lado, admirando a subida. — Beleza. Vamos nessa. — Ele pulou na viga e começou a subir pela parte reta.

— Ele realmente parece uma aranha — disse Ellie. — Uma aranha de quatro pernas. Ou seja, um Homem-Aranha.

— Ou um lagarto — complementou Jay. — Alguém inventou uma tinta que repele vampiros. Eles não conseguem chegar perto. É muito útil para evitar arrombamentos, eu acho, mas as pessoas com essa maldição não precisam de convite para chegar perto de uma casa, entrar nela?

— Mais ou menos. — Ellie baixou a voz. — Essas pessoas podem entrar em qualquer lugar, mas se retirarem o convite delas ali, a maldição faz com que passem mal. É melhor a gente não falar sobre isso por perto do Al, pode ser gatilho pra ele.

— Ah, desculpa. É que eu...

— Você quer que eu faça um X em cima dele? — gritou Al. — Um X pela ex?

— Não, uma linha em zigue-zague — respondeu Jay. — Como se fosse um coração partido.

— Isso é meio dramático, meu jovem. Tem certeza? — questionou Al.

— Para com esse negócio de me chamar de "jovem". Você é só três anos mais velho do que eu.

— É costume. — O assovio baixo da tinta aerossol desenhou um raio que cortou o coração no meio. — É assim que eu chamo minhas irmãs mais novas.

— Eu não sou... O que isso quer dizer? Ellie, pergunta pra ele.

— Tá bom, tá bom — aceitou Ellie. — Al, o quão sério é o seu relacionamento com a Ronnie?

— Que bom que você perguntou, porque eu já ia demonstrar isso. — Ele retomou a escalada e, em poucos segundos, chegou na viga horizontal mais alta da Ponte Herotonic.

A quase vinte metros acima do nível do rio, a treliça mais alta era a maior e mais perigosa de todas.

— O que ele tá fazendo? — perguntou Jay.

— Desenhando alguma coisa, ou escrevendo. Não consigo ver direito. — Ellie se afastou sobre a grade de proteção. De onde estava, ela mal conseguia ver Al, muito menos a viga. — É, com certeza tá escrevendo alguma coisa. Segura a minha mão, não quero cair.

Com a ajuda de Jay, Ellie conseguiu se inclinar mais para ler a mensagem. Ela leu em voz alta:

— R-O-N-N-I-E-V-O-C-Ê. Ronnie, você... Q-U-E-R. Quer! Ronnie, você quer...

— Quer o quê? — perguntou Jay. — O quê? Ele não tá escrevendo um C, né?

— Com certeza é um C. Seguido de um A. Nossa. Não acredito que ele vai pedir sua irmã em casamento desse jeito. Ou é muito fofo ou muito péssimo, depende da pessoa.

— Meus pais vão surtar, é sério! Eles vão parar de pagar a faculdade da Ronnie! Eu tenho que fazer ele parar. — Jay ajudou Ellie a voltar para a passarela da ponte. Assim que ela estava em pé e segura, ele subiu na viga mais baixa e começou a escalar lentamente. As mãos e joelhos dele raspavam a ferrugem das vigas. Infelizmente, para mortais como o Jay, os andaimes eram cruzados em X. Subir a primeira parte era fácil, mas passar pela parte cruzada não seria possível com as calças *skinny* que ele estava usando.

— Para com isso — disse Ellie. — Jay, tô falando sério. Você vai cair! Já ouviu a história do Ícaro?

— É mais largo do que uma trave de ginástica. Relaxa! — Traves de ginástica não eram íngremes e enferrujadas. As pernas de Jay escorregaram e soltaram partículas de metal oxidado no ar. Ele ficou balançado sobre o rio, a três metros acima de Ellie.

— Merda! Aguenta firme! Al, ajuda aqui — gritou Ellie.

Al gritou alguma coisa em resposta, mas ela não pôde ouvir porque na mesma hora Jay escorregou e ela tinha que pegá-lo, mas...

Na tentativa de se inclinar sobre a grade para pegá-lo, Ellie caiu. Não teve tempo de invocar Kirby. Mal teve tempo de gritar! O rio se aproximava. Dez metros. Cinco metros. Três. Com uma enxurrada de bolhas, tudo ao seu redor ficou frio e escuro. O nariz dela queimou com o fluxo de água que entrava pelas narinas. Ela bateu as pernas, tentando chegar na superfície, lutando contra o peso das roupas molhadas.

Quando jeans fica molhado, parece pesar tanto quanto um bloco de chumbo. Ela havia escolhido aquela calça para proteger as pernas de picadas de inseto, mas o tecido grosso agora poderia afogá-la.

A cabeça de Ellie rompeu a superfície do rio. Enquanto a correnteza a carregava para baixo da ponte, ela respirou fundo para encher os pulmões de ar. A água estava fria, mas não gelada; ela sobreviveu à queda então escapar dali não devia ser tão difícil. Quando Ellie saiu da sombra da ponte, ouviu o barulho de algo caindo na água e poucos segundos depois, a cabeça de Jay apareceu, tossindo.

— Você tá bem? — gritou Ellie. Ela tinha que gritar. Seus ouvidos estavam cheios d'água.

— Sim! Nada até a beirada! Em diagonal! — Ele cuspiu água. — É difícil boiar! Minha calça é muito pesada!

— A minha também!

— Me segue! — Jay saiu na frente com um nado forte de peito. Ellie tentou fazer o mesmo, mas entrou mais água em seu nariz, fazendo-o arder como se ela tivesse inalado pimenta. Trocou então para bom e velho nado cachorrinho. Kirby apareceu ao lado dela, nadando sem movimentar a água, com seu corpo brilhando por causa do asfalto quente.

— Tá se divertindo?

Pelo menos ele parecia estar tranquilo. Isso queria dizer que PCBS e bagres eram as únicas coisas dentro do rio. Porém, quando o monstro do Kunétai atacou a Vó Ancestral, ninguém — nem mesmo os cachorros dela — estavam esperando por ele.

Ellie sentiu o peito pesar. E se o monstro tivesse amigos? Criaturas com escamas venenosas, caudas farpadas, rosto humano e uma sede de vingança a ser saciada? Não seria a primeira vez que os inimigos da Vó Ancestral guardavam rancor de gerações humanas. E aqui estava Ellie, no meio de um rio, lutando contra o peso da calça jeans molhada.

Como a Vó Ancestral sobreviveu ao encontro no Kunétai?

Depois que chegou no território Lipan, ela pediu duas coisas: uma rede grande o suficiente para pegar um bisão e algo que pertencia ao menino perdido que a visitara em seus sonhos. Uma dúzia de mulheres começaram a tecer a rede e os pais do menino trouxeram as botas dele.

— Elas estavam jogadas à beira do rio — contou o pai. — Era como se...

— Xastéyó, Shela. — disse a Vó Ancestral. Em seguida, ela pediu para seus cachorros rastrearem o cheiro do menino. Até mesmo o faro paranormal deles ficara confuso quando se aproximaram do rio. Durante três dias, enquanto as mulheres teciam a rede, a Vó Ancestral viajou por toda a extensão de Kunétai procurando por algum rastro do corpo ou do monstro.

No quarto dia, os cachorros acharam um elástico de cabelo na ribanceira, coberto de lodo e quase todo enterrado na lama seca. Nele estava presa uma mecha de cabelos pretos e longos. A Vó Ancestral colocou a mecha no fundo da bolsa e voltou para seus anfitriões.

— Nós terminamos a rede — informaram as mulheres. — Você precisa de mais alguma coisa?

— Carne fresca — respondeu. — Para servir de isca para o monstro. Shech'oonii, o menino perdido costumava amarrar o cabelo? — Naquela época a maioria das pessoas tinha o cabelo comprido e o usava solto.

— Só quando vai nadar — respondeu uma mulher. — No lago, não no rio. Nossas crianças nunca brincam lá. Nós as ensinamos a ter cuidado!

— Entendi — disse Vó Ancestral. — Então se ele tirou as botas e amarrou o cabelo...

— O quê?

— Ele deve ter entrado na água por vontade própria.

As mulheres não aceitaram a teoria.

— Por que alguém faria isso?

— Eu não sei — respondeu ela. — Ainda não. Obrigada pela rede. Ha'au. Agora, preciso ir colher ervas.

Na manhã seguinte, Vó Ancestral voltou para a curva do rio onde havia encontrado o elástico de cabelo. Um caçador ofereceu a ela um cervo recém-abatido como isca. Depois de agradecer ao animal pelo sacrifício, colocou o corpo próximo ao rio, tão perto da beirada que as patas chegaram a tocar a água. Ali perto crescia um bosque de zimbros, Vó Ancestral se sentou ao pé deles e esperou. Ela brincou com seus cachorros para passar o tempo. Até fez brinquedos para eles, com pedaços de tecido e couro. Ela sempre carregava consigo bonecas com sorrisos pintados que faziam barulho como uma cabaça porque tinham mesquites de feijão secos dentro. Os cachorros nunca se cansavam de brincar com elas.

Vó Ancestral desejou poder se distrair com tanta facilidade assim.

Ela esperou.

E esperou.

E esperou até o dia se pôr. Até os olhos arderem de cansaço. Até dormir. Até um grito a acordar.

Um pouco desorientada, ela chamou os cachorros. Eles choraram, confusos, mas não agressivos. Ela passou pelos arbustos entre os zimbros e o rio com cuidado, pois cobras e escorpiões se escondiam nas sombras. O único indicativo do cervo era a marca de onde seu corpo fora colocado na grama.

— Me ajuda, tia! — Alguém gritou. — Ele me pegou!

Quando Vó Ancestral olhou para a superfície ondulante e prateada de Kunétai, banhada pela luz da lua, ela viu o menino desaparecido. O rosto dele balançava sobre a água, como se estivesse boiando de costas.

— Por favor! — O menino repetiu o pedido. Água saía da boca aberta dele. Sendo engolido pelo rio, o menino afundou.

— Ei! — Vó Ancestral gritou. — Vou jogar uma corda! — Ela tirou uma corda do seu trenó e procurou por um lugar para jogá-la até o menino. Não havia sinais de movimento no rio. Será que ele estava consciente? *Como* poderia estar consciente? Às vezes, as pessoas voltam dos mortos, mas o corpo precisa estar em boas condições. Se a pessoa não conseguisse assoprar seu último suspiro de volta para os pulmões antes do corpo começar a apodrecer, era o fim.

A Vó Ancestral hesitou. Por que o menino tiraria as botas, amarraria o cabelo e mergulharia de encontro à sua morte?

— É assim que você atrai suas vítimas para as águas? — gritou ela. — Eu sei o que você é, sei que não é humano! Aquele bravo menino usou seus últimos segundos em meus sonhos. Ele me contou de você, criatura. Espero que tenha gostado do cervo.

Pequenas ondas surgiram na superfície do rio antes do monstro aparecer. Era um peixe com escamas vermelhas como rubis e ferrões pretos. Devia ter mais de três metros de comprimento. Ele também tinha duas faces. A primeira parecia com a de um peixe-jacaré. A segunda tinha um formato quase humano, parecia maleável como se fosse feita de argila, e saía do topo da cabeça como se fosse uma máscara. As duas faces sorriram quando o monstro saltou, lançando gritos estridentes.

— É um rio muito longo — disse o monstro, espirrando água enquanto nadava para longe. — Você nunca mais vai me encontrar.

Os cachorros da Vó Ancestral começaram a uivar, finalmente entendendo o perigo da situação. Ela levantou a mão e ordenou:

— Quietos! Não precisamos segui-lo.

Ela voltou para a floresta de zimbros e esperou até o amanhecer. Então pegou a rede tecida pelas mulheres e começou a descer o rio. Passou o dia inteiro caminhando até encontrar o que queria: um grande corpo vermelho boiando na água. Morto. Ela jogou a rede e puxou o corpo para fora do Kunétai. Com cuidado, Vó Ancestral o arrastou para o meio do deserto e o enterrou numa cova bem funda — tão funda que nem toupeiras curiosas poderiam encontrá-lo.

Ela havia enchido o cervo com ervas venenosas. O monstro morrera provando do próprio remédio. Mas era um monstro e eles eram mais difíceis de matar do que um humano normal. Se ela tivesse enterrado o corpo perto do rio, uma enchente poderia tê-lo levado de volta para o Kunétai.

Enquanto Ellie pensava sobre a Vó Ancestral, olhou de relance o rosto de Jay sobre a água do Herotonic e se perguntou se o corpo do monstro ainda aguardava ser trazido de volta à vida.

— Ei, vocês aí! Se agarrem nisso! — Al estava em pé na beira do rio. Ele havia arrancado uma pequena árvore do chão e a segurava sobre a água. Jay e Ellie foram cobertos pelo ramo cheio de galhos finos. Cada um segurou em um galho e foram puxados por Al até a beira do rio.

— Valeu — agradeceu Ellie. Na parte rasa, suas pernas se arrastaram pelo fundo do rio, levantando uma nuvem de lodo sob a água. Gemendo, ela se arrastou até o cascalho e a grama, onde se sentou ao lado de Jay. — *Aff.* Ou isso vai nos dar superpoderes, ou uma baita dor de barriga.

— O que aconteceu com vocês, hein? — Al quis saber. — Alguém precisa de um médico? É pra ligar pra emergência?

— Estamos bem — disse Jay. — Não estamos?

— Estamos — respondeu Ellie. — Agora que saímos da água, sim. Eu adoraria uma toalha. E uma garrafa de algo que não tenha gosto de cocô de pato ou peixe morto. — Ela olhou pensativa para o Herotonic. Parecia tranquilo. Seguro. E era isso que a assustava: o perigo que está bem na sua frente, mas você não o vê.

— Tem um posto de gasolina no fim da rua — disse Al. — Fiquem aqui. Eu volto em cinco minutos.

Depois que ele partiu, Ellie catou o celular de dentro das calças molhadas. Como temia, a água havia acabado com ele.

— Tela azul versão celular.

— Ah, não — disse Jay. — O meu é à prova d'água, mas... — Ele tateou os bolsos da calça. — Caiu no rio.

Ellie mexeu os dedos do pé e estremeceu. As meias estavam encharcadas.

— O lado bom é que o peixe de duas caras agora pode usar o telefone pra pedir pizza como uma pessoa normal.

— O quê?

Ela balançou a cabeça:

— Nada... é só uma história.

— Ellie? — chamou Jay.

— O que foi?

— Eu sinto muito.

— Pelo quê?

— Você tentou me ajudar e deu nisso. Eu vou pagar um celular novo pra você.

— Eu agradeço, de verdade — disse ela. — Mas não se preocupa. Eu tenho um reserva em casa. Foi uma dessas promoções de "compre um e leve dois" da operadora. Meus pais me deixaram ficar com os dois porque o meu pai se recusa a abrir mão do celular flip de mil anos dele, e a minha mãe sempre quer só os modelos mais novos.

A mente dela voltou para o momento da queda. Como tudo aconteceu tão rápido. Como não tinha previsto nada daquilo. Como poderia ter morrido afogada por causa de um desenho em uma ponte.

— Eu já te contei a história do uivo? — perguntou ela. — Aquela que aconteceu no sétimo ano?

— Quando o Kirby destruiu a sala de aula, né?

— Essa mesmo — confirmou Ellie. — Ele fez todo mundo ficar com o nariz sangrando, do nada. Fico feliz que nós não estávamos na mesma turma na época.

— Eu não! Parece que foi divertido.

— Você não estava lá, Jay! Não sabe o que aconteceu! — Ela balançou o dedo. — De qualquer forma, quando eu voltei para casa, *suspensa* da escola, minha mãe me contou sobre a morte de Ícaro. É uma parábola grega antiga. O pai do Ícaro, Dédalo, era um inventor e construiu asas feitas de cera e penas. Era um feito de engenharia impressionante para a época. Dédalo avisou para o filho: "Não voe alto ou baixo demais". Óbvio que o Ícaro ignorou isso. Ele voou perto demais do sol, as asas derreteram, e ele caiu direto no mar Mediterrâneo e...

— Ah, sei. Eu conheço essa história — Jay a interrompeu. — Nós vemos Grécia Antiga todo ano na escola.

— Foi o que eu imaginei, mas você não entendeu a minha piada do peixe de duas caras, então quis dar um contexto maior.

— O que essa parábola tem a ver com fantasmas? Tem uma parte dois da história que eu não sei?

— Não pro Ícaro. Ele morreu mesmo.

— Ah.

— Minha mãe me disse: "Não seja como o Ícaro, Ellie. Todo cuidado é pouco". Como eu era criança na época, perguntei: "Mas então não é pra eu me arriscar nunca?".

— É uma boa pergunta — disse Jay. — Não achei infantil.

— Minha mãe achou que eu estava sendo, nas palavras dela, *obstinada* — disse Ellie. — Ela provavelmente estava certa, considerando que eu já tinha sido suspensa e tal. Essa parte não importa. O que eu quero dizer é que durante esse verão, investigando o assassinato do meu primo, talvez a gente passe por momentos de perigo em que vamos ser sensatos ou não. É difícil saber se você está perto demais do sol, até ver as penas caindo.

— Não se preocupa. Vai dar tudo certo — assegurou ele. — Não somos o Ícaro.

— Disse o cara que acabou de cair num corpo d'água enorme.

— Caiu num corpo d'água enorme e *sobreviveu*.

As estrelas começaram a aparecer no céu, uma após a outra. Quando a neblina começou a engrossar, Jay esticou a mão.

— Olha só o que eu aprendi — disse ele. Uma bola branca como mármore piscou e apareceu flutuando sobre a palma da mão dele. Na hora, Ellie achou que era um vaga-lume.

— Mágica? — perguntou ela. A luz piscou, falhando.

— Aham. — A voz de Jay parecia cansada. — É um fogo-fátuo. O segredo da sua família é bem mais poderoso.

— Mas o meu segredo não é mágico. Como você fez isso?

— Eu sou descendente do Lord Oberon. — Ele baixou a mão e a luz seguiu o movimento, como se estivesse presa a ele.

— Tá falando sério?! — Ellie deu um tapa na própria perna, que fez um barulho abafado por causa das calças molhadas. A linhagem de Oberon era conhecida por ter uma aptidão fora do normal para fazer mágicas, embora o motivo para isso seja desconhecido, como muitos detalhes da dimensão alienígena. — Não brinca! Você comentou comigo uma vez, mas... Me desculpa, eu achei que dizer "Eu sou descendente da realeza feérica" era algo que as pessoas saíam dizendo por aí, tipo quando dizem que tem uma bisavó índia na família.

— Bom, na verdade — disse Jay —, Oberon tem *muitos* descendentes distantes. — A luz apagou e ele deixou sua mão cair ao lado do corpo. — Depois de um tempo, toda a magia foi se diluindo dos genes ou algo assim. Eu sou provavelmente o último criador de luz da minha linhagem.

— Para a sorte de Kirby, o segredo da minha família é conhecimento geracional, não é algo genético — disse Ellie.

— Eu sempre quis perguntar isso: você conseguiria ensinar qualquer um, até eu, a convocar alguém que morreu?

— Teoricamente, sim.

— Uau.

— Geralmente, o segredo é passado para as filhas mais velhas quando chegam na idade certa. Uns doze, treze anos.

— Por que é assim? — perguntou Jay. — Por que você não ensina para mais pessoas?

— Porque é perigoso. Mas... com a pessoa certa, esse segredo pode mudar o mundo. É por isso que não pode ser esquecido. — O vento suave secou o rosto de Ellie enquanto ela falava. — Uma vez, minha Vó Ancestral acabou com um exército de invasores assassinos. Ela tinha doze anos na época.

— Como?

— Convocou mil bisões. Os cachorros fantasma dela os guiaram em direção ao exército do mal e os esmagaram. — Ellie bateu palmas. — Salvou o dia, simples assim. Adivinha o que eu tava fazendo quando tinha doze anos?

— Furando as orelhas?

— Não. Traumatizando uma sala inteira de crianças e sendo suspensa da escola. Agora, todo Dia das Bruxas, as minhas vítimas jogam ovos na minha casa. A Vó Ancestral deve achar que eu sou uma vergonha.

— Ah, não fala isso. Minha avó me deu um biscoito quando eu aprendi a amarrar os sapatos. A questão é... é muito fácil impressionar avós. A Vó Ancestral deve te achar a melhor pessoa do mundo.

— Isso faz eu me sentir um pouco melhor. — Ela olhou para a ponte, pensativa. Ainda era possível ver o grafite do Al, apesar das sombras esconderem um pouco a tinta preta. — Ah, ele realmente escreveu "Ronnie, você quer casar comigo?" na Ponte Herotonic. Espero que não tenha outras pessoas chamadas Ronnie na cidade.

— O que eu faço? — perguntou Jay.

— Deixa pra lá. Nossos dias de mexer com grafite acabaram.

— De acordo. Vamos para a calçada — sugeriu ele. — Os mosquitos estão se aproximando.

— Mostre o caminho, Jovem Oberon.

O fogo-fátuo pairou no ar brilhando entre eles. Era forte o suficiente, apesar de pequeno, para iluminar o caminho pelas margens do rio e não os deixar tropeçar em uma pedra de mica ou uma lata de cerveja vazia. Juntos, eles chegaram na calçada onde esperaram Al voltar com as toalhas. Enquanto Ellie e Jay observavam as estrelas, Kirby tentava pegar o fogo-fátuo, que escapava direto por sua boca fantasma.

O pai de Ellie estava andando de um lado para o outro da varanda quando ela voltou para casa.

— Por que você não me atendeu? — perguntou ele. — Eu passei a noite toda ligando.

— Meu celular pifou.

— Olha só pra você. Coberta de lama. — Ele a guiou até a cozinha, molhou uma toalha de rosto com água quente e limpou a sujeira do rosto dela. Na sala bem iluminada, Ellie conseguiu ver a expressão preocupada no rosto dele.

— Desculpa, pai — disse ela. — É uma longa história. Eu e o Jay...

— É claro que ele está metido nisso.

— Ei, não foi ideia nossa cair no rio. Foi um acidente.

— No rio, Elatsoe?! — Ele jogou a toalha na pia vazia e saiu da cozinha bufando.

— Eu posso explicar! Pai, qual é. Acidentes acontecem. — Ellie o seguiu até a sala de estar. Na verdade, era uma sala de estar/biblioteca já que todas as paredes eram cheias de prateleiras de livros. Uma prateleira continha livros de não ficção, principalmente livros de referência médica, e biografias escritas por pessoas indígenas famosas. Outra prateleira estava cheia de livros do gênero favorito da mãe de Ellie: fantasia. Outra tinha os favoritos do pai: *true crime* e thriller. A quarta prateleira, a maior, guardava a coleção de quadrinhos de Ellie. Ela gostava de obras independentes e auto publicações. Sentia que se conectava melhor com elas do que com os super-heróis mais famosos.

— Acidentes também matam — disse o pai dela.

— Está falando do meu primo? — perguntou Ellie. — Ele foi assassinado. Achei que você tivesse acreditado em mim!

— Estou falando de *você* em um *rio*, Ellie. — O pai dela pegou um quadrinho da prateleira. Na capa havia uma mulher não-branca vestindo uma capa vermelha esvoaçante. *Saltadora de Satélites, volume 3*. Um capítulo incrível. — Isso aqui é imaginação, não é um guia para a vida — disse ele

— Eu sei.

— Não parece.

— Eu não estou usando uma capa, estou?

— Você está de castigo.

— Nós vamos para o enterro depois de amanhã.

— Depois do enterro você está de castigo! Vai tomar um banho. O rio Herotonic deve ser radioativo.

Ellie quase retrucou. O pai não sabia o que tinha acontecido. Não havia sido ela quem colocara a vida em risco. Estava apenas tentando ajudar o Jay, só isso. Ele precisava dela.

Mesmo assim, a última coisa que ela ou o pai precisavam naquele momento era de uma briga sobre responsabilidade.

— Tá bom — disse ela. — Eu vou me lavar antes que esse lixo tóxico me transforme em uma vilã superpoderosa. — Tirou os sapatos molhados e foi para as escadas.

— Ellie? — O pai dela a chamou.

Ela parou no primeiro degrau e se virou.

— Eu?

— Vamos honrar o último desejo do seu primo — disse ele. — Juntos. Como uma família.

— Como uma família — ela concordou.

Seis

Aqui vai uma coisa sobre o Texas: o estado é grande. Alguns texanos vão insistir em dizer que é o maior dos Estados Unidos da América, e apesar de não ser verdade, é quase isso. A viagem de carro de Texarkana até McAllen leva catorze horas. Dá para ir do Maine até Connecticut em menos tempo. Dito isso, Ellie gostava de ver o mundo passar pela janela. Olhava admirada para as fazendas e as grandes árvores retorcidas que cresciam entre as plantações de milho. À beira da estrada brotava-se um arco-íris de flores silvestres.

Enquanto o pai ouvia sua playlist favorita para longas viagens de carro (rock dos anos 1980), Ellie relembrava suas memórias com Trevor. Não havia pistas ou nenhum sinal de que ele sofreria uma morte violenta. Se vidas fossem como livros, o capítulo final dele parecia ter vindo cedo demais e pertencia a um gênero completamente diferente.

Quando tinha três anos de idade, Ellie achava que Trevor era velho e sábio. Ele tinha espichado e era mais alto que os pais dela. Costumava girá-la no ar. Nunca rápido demais. Ellie sentia como se estivesse voando.

Depois que Ellie aprendeu a escrever e digitar, Trevor tentou fazer com que ela se interessasse pelo MMORPG favorito dele, mas ela só queria ler os gibis dele. Trevor tinha tantos. Como conseguiu comprar tudo aquilo? Ele explicou que estudantes no ensino médio podem trabalhar por meio período depois de completarem dezesseis anos.

— Às vezes eu dou aula de reforço — contou Trevor. — Se você precisar de ajuda com matemática, é minha matéria favorita.

— Valeu, mas eu vou bem na escola — disse ela. — Posso pegar esses emprestado? — Ellie apontou para a pilha de quadrinhos do *Detetive Mariposa* ao lado do pufe velho.

— Pede pra sua mãe. Eles são bem violentos.

Tanto a mãe quanto o pai disseram que não. Ao invés disso, Ellie pegou emprestado um exemplar de *Saltadora de Satélites*.

Depois de mais de cem volumes de *Saltadora de Satélites*, a Ellie de catorze anos foi visitar Trevor no sul do Texas. Ela não o via desde que ele se mudara para Kunétai, o Rio Grande, para ser um professor do ensino fundamental e pai de família. Quando Ellie e Trevor se cumprimentaram, ela tentou começar um aperto de mãos, e ele riu. Então ela não ficou mais nervosa. Ele apresentou Ellie para a esposa, uma mulher chamada Lenore. Lenore tinha um daqueles cabelos coloridos e em camadas que precisavam ser retocados a cada seis semanas, e ela cheirava a gardênias. O perfume era discreto o suficiente para Ellie só senti-lo quando Lenore a abraçava.

Como Trevor e Lenore eram professores, se casaram de um jeito rápido e burocrático na primavera, e planejaram uma festa com amigos e família e uma lua de mel para as férias de verão.

— Pra onde vocês vão? — perguntou Ellie.

— Primeiro, vamos visitar meus tataravôs em Guadalajara — disse Lenore. — Eles não vão poder vir para cá para o casamento.

— Que fofos — disse Ellie. — E depois, vão para onde?

— Vamos cruzar o Atlântico. Inglaterra, França, Espanha. — Lenore contava os países nos dedos das mãos com unhas francesinhas.

— Os Apache contra-atacam! — disse Trevor.

— Não faz essa piada quando estivermos viajando — pediu Lenore. — Muita gente não vai entender.

— Mas você acha engraçada, não acha?

— Não! E nem é verdade.

De acordo com a mãe de Ellie, que era uma biblioteca ambulante sobre a história da família (isso incluía fofocas), esse assunto causava discórdia entre seus parentes. Lenore, que tinha família espanhola e outra descendência desconhecida, não era indígena, mas Trevor achou que isso não seria um problema. Afinal, os filhos deles seriam Lipan e a cultura do povo que importava para alimentar o sentimento de pertencimento. Era o que ele sempre dizia. Mas Lenore tinha sua própria cultura, suas próprias experiências. Essa era uma daquelas questões pessoais e supercomplexas de identidade que não tem uma resposta final, e Ellie não estava a fim de começar essa briga outra vez. Para mudar de assunto, mostrou todos os truques que Kirby sabia fazer. Aparece. Desaparece. Junto. Senta, fica, rola no chão, finge de morto-morto. Procura. Escuta. Faz isso levitar.

— Ele é *tão* mais inteligente que o cachorro da minha mãe! — Disse Lenore, tentando fazer carinho no ar brilhante. Kirby se encostou na mão dela, aproveitando o momento.

— Um dia, eu vou poder ensinar sua filha mais velha a acordar os mortos — ofereceu Ellie. — Eu não planejo ter filhos.

— Não, não, não — recusou Lenore. — Meus filhos hipotéticos não vão aprender segredos de fantasmas. A morte é um ponto-final da vida.

Ellie fez carinho em Kirby também. Sentiu uma sensação estranha, como se estivesse tentando aproximar dois ímãs com os polos iguais. A mão dela sentiu uma resistência quase imperceptível. Não era um pelo macio e quentinho.

— Minha mãe disse a mesma coisa quando me ensinou — disse Ellie. — Ela ainda tem medo disso. Mas nós nunca acordamos humanos. Só animais.

— Morte é morte. Sem ofensa, Kirby. Você é perfeito, doguinho.

Ellie não tentou convencer Lenore. Não era o papel dela fazer isso.

No dia seguinte, Ellie e Trevor foram fazer uma trilha no Parque Nacional perto das montanhas sagradas. No começo da trilha, passaram por várias pessoas. Era um belo dia de primavera, estava ensolarado e com um vento leve e refrescante. O clima perfeito para caminhar ou correr, mas a trilha tinha várias plantas e ramos crescendo no caminho, então havia menos pessoas ali. Ellie preferiu o caminho mais cheio de mato. Ela e Trevor estavam procurando por pássaros raros: passeriformes, guarda-rios, *Toxostomas rufum*. Raros espécimes com penas vermelhas, verdes e amarelas. Os animais que se mantinham longe de lugares tumultuados.

— Eu quero passear aqui todo dia — disse Trevor. Baixinho, para não assustar os pássaros.

— Por que não faz isso? — perguntou ela.

— Não tenho tempo, prima. E aqui fica lotado no verão. Talvez quando eu me aposentar...

— Quando vai ser isso?

— Daqui a uns cinquenta anos, com sorte.

Ele parou de repente e olhou para os pés. A trilha, antes estreita e cheia de plantas, agora era feita de pedras. Aquela era uma trilha oficial do parque? Talvez eles tivessem errado o caminho e seguido uma trilha de cervos. Trevor pegou um mapa da bermuda e o abriu.

— Nós viemos por aqui — disse ele, apontando para um emaranhado de linhas coloridas na floresta desenhada. — Seguimos pela rota azul. Nós devemos estar por aqui. Onde está essa trilha?

— Tá na hora de pedir socorro? — Ellie ainda não estava com medo. Seu celular estava completamente carregado, a garrafa d'água cheia, sem contar com Kirby, que podia uivar e pedir ajuda. Ela não havia considerado que onde estavam não pegava sinal de celular, que a água acaba mais rapidamente no calor, e que era provável que os uivos do Kirby mais assustassem do que atraíssem ajuda.

— Vamos voltar — sugeriu Trevor. — Faz tempo que não vejo um pássaro. Acho que estão se escondendo. — Ele estava certo. A floresta estava em silêncio. Quando as folhas pararam de voar? Parecia que Ellie estava usando fones de ouvido, até a voz do Trevor parecia abafada.

Quando voltaram pelo caminho, passaram por um senhor que os cumprimentou. O homem idoso estava tão abaixado que o cabelo prateado tocava na ponta dos ramos da trilha, como se fosse um véu.

— Com licença — disse Trevor. — Estamos na trilha azul? Eu acho que... Ah, droga!

Trevor se jogou entre Ellie e o homem com os braços abertos, como se fosse um escudo humano. Havia aparecido um urso entre os arbustos?

— O que aconteceu? — perguntou Ellie.

— Corre! — mandou ele. — Ellie, corre!

— Pra onde? Estamos perdidos!

O homem ficou ereto, cresceu e cresceu até ficar maior do que Trevor. O cabelo prateado se mexeu e ficou arrepiado como se ele tivesse levado um choque. Para Ellie, os fios pareciam antenas ou até línguas de bocas. Provando, caçando, procurando por uma presa. O homem não tinha boca, nariz, olhos ou orelhas. Mesmo assim, seu rosto vazio seguiu Ellie e Trevor enquanto eles se afastavam.

— O seu cachorro ataca? — perguntou Trevor.

— Eu não sei! Ele é um cachorro doméstico! O que tá acontecendo?

— Mal antigo. É o Sanguessuga.

— Mas a Vó Ancestral o matou!

Ela se lembrou da história, uma das várias aventuras de sua tatatata-ravó. A mãe dela havia contado essa história anos atrás.

— Uma vez — explicou a mãe dela —, um monstro saiu das Profundezas e foi morar no pântano. Como raízes, os cabelos dele se espalharam pelas águas e pela lama. Subiram pelas árvores, se enrolaram nos galhos, e se enfiaram nos troncos. Ele cobriu o pântano com uma camada de micélio preto, sugando a vida da terra. Muitos heróis tentaram matar o Sanguessuga, mas eles foram devorados pela lama, presos por um cabelo terrível, como se fosse uma teia de aranha. Séculos se passaram e o Sanguessuga cresceu, cada vez mais forte graças ao sangue consumido. Finalmente, um furacão o desestabilizou e a Vó Ancestral conseguiu cortar o cabelo dele. Torça para que o Sanguessuga continue nas Profundezas.

— Ela tentou me matar, sim — disse o Sanguessuga. A voz dele soava como um enxame de vespas. Como o monstro falava Lipan ao invés de inglês, Ellie teve dificuldade para entender o que ele dizia. Ela passava mais tempo treinando o Kirby do que praticando o próprio idioma, algo que deixava a mãe dela frustrada. — Agora eu estou forte o suficiente para me vingar — ele continuou. — Você tem o mesmo cheiro daquela que me atacou. — O cabelo branco dele se enrolou nos galhos e os quebrou em pequenos pedaços de madeira.

— Monstro — chamou Trevor —, tenho más notícias. Seu cabelo está mais branco do que lã de carneiros. Você está morrendo. Eu poderia te matar hoje mesmo, usando uma agulha. Ou isso. — Ele mostrou a faca do canivete suíço. A lâmina pequena era afiada, como se nunca tivesse sido usada. Trevor fazia mais o tipo que usava o alicate, a lixa de unha e a chave de fenda.

— É mesmo? — perguntou o Sanguessuga. O cabelo dele começou a se mexer. — Quero ver.

Mesmo que o monstro estivesse morrendo, Ellie não achava que ela e Trevor conseguiriam escapar dele com uma faca tão pequena. A sede de vingança do Sanguessuga era forte o suficiente para mantê-lo preso à terra por séculos. Quão perigosos deveriam ser seus últimos golpes mortais? Como Trevor iria atingi-lo se ele mal conseguia atravessar o pântano coberto pela rede de cabelos, finos como agulhas de costura, cada um mais afiado do que o outro, mais sedentos por sangue do que mosquitos...

De repente, Ellie teve uma ideia. Ela foi além da terra, deixou sua mente seguir até o mar de animais mortos enterrados, e acordou milhares: todo mosquito que havia morrido naquelas terras. Trevor e ela estavam usando um repelente bem forte, será que funcionaria contra fantasmas também? Era o que ela esperava. Ellie também torceu para que os mosquitos mortos — fêmeas, pelo menos — estivessem com sede de sangue.

Ela os ouviu primeiro, viu o ar encher da terra até a cúpula das árvores, sentiu as picadas nos braços. Sentiu sangue ser sugado de si, pequenas gotas vermelhas brilhavam em seus braços, enquanto eles saíram voando para longe de barriga cheia. Mas o repelente até que funcionou porque ela e Trevor só levaram algumas picadas, mas o Sanguessuga estava se contorcendo, seu cabelo foi envolvido por nuvens de fantasmas translúcidos, o corpo estava coberto de gotículas vermelhas.

Trevor pegou a mão de Ellie e começou a correr. Algum tempo depois, quando já haviam chegado na cabana da Guarda Florestal e relatado a experiência, Trevor disse:

— Aquilo foi incrível, Ellie. Você é uma super-heroína!

— Haha. Ah, qual é? Não sou como a Vó Ancestral.

— Ainda não — disse ele. — Mas vai ser.

— Talvez, quando você se aposentar — retrucou ela, rindo envergonhada, orgulhosa e ainda um pouco assustada porque o monstro a pegara de surpresa, e agora ela não sabia quando ou como poderia se sentir segura de novo.

— Vai ser bem antes disso — disse Trevor.

O parque ficou fechado por uma semana. Durante esse período, todos os mosquitos fantasma voltaram a dormir no submundo das Profundezas. Os guardas florestais encontraram um chumaço de cabelo branco na trilha azul. Demorou, mas o Sanguessuga havia morrido finalmente. Ellie tinha terminado o trabalho da Vó Ancestral.

Deveria ter sido um momento de orgulho, mas Ellie ficou triste. O Sanguessuga era o último de sua espécie. Os monstros das suas ancestrais haviam sido substituídos por outras ameaças. Criaturas invasivas, maldições estrangeiras, magia sombria e alquimias. Vampiros eram os novos sugadores de sangue.

Por outro lado, Trevor ficou radiante.

— Eu vou conversar com a Lenore — declarou ele. — Vou convencê-la que nossas crianças hipotéticas precisam aprender o seu segredo. É incrível!

Essa foi a última vez que Ellie e Trevor passaram um tempo juntos e a lembrança trouxe lágrimas aos olhos dela, porque o primo nunca teria a oportunidade de se aposentar. Nunca mais tiraria a maior pontuação no fliperama ou mandaria fotos de gatinhos para Ellie. Nunca mais usaria um colete brega com o alfabeto inteiro bordado nele no primeiro dia de aula para fazer seus alunos morrerem de vergonha.

Ela não podia salvá-lo.

Mas podia proteger a família dele. Trevor acreditava nisso, pelo menos. Ele devia estar falando sério quando chamou Ellie de heroína.

⇝ Sete ⇜

Depois de nove horas de viagem, Ellie viu um outdoor na estrada: "POSTO DE GASOLINA E LOJA DE GEOLOGIA! MUSEU! SAÍDA EM 3 KMS".

— Precisamos parar para abastecer? — perguntou ela.

— O tanque está na metade — respondeu o pai dela. Isso era um sim. Ele nunca deixava o nível da gasolina chegar a menos de um quarto de tanque, deixava o pai ansioso. Sempre que Ellie implicava com isso, ele contava alguma história que envolvia um amigo de um amigo que teria morrido por não estar preparado para tudo.

— Nós podemos ir bem longe com meio tanque — provocou Ellie. Gostava muito dessas histórias.

— Às vezes você precisa ir mais do que "bem longe", Ellie — disse o pai dela. — Lembra das Brown-Johnsons? As suas antigas babás?

— Lembro.

— O chefe de um vizinho delas se perdeu quando estava em Iowa. Ele ficou dirigindo por uma plantação de milho que parecia não ter fim. Quando a gasolina acabou, depois dele rodar 160 quilômetros... os espantalhos o pegaram. Amarraram um saco na cabeça dele e o prenderam em um poste. O homem quase não escapou com vida. Se ele estivesse com o tanque cheio... — O pai de Ellie balançou a cabeça indignado. — Todo cuidado é pouco.

— Como ele escapou, afinal?

— Ah. Não sei. Provavelmente se contorceu até se soltar e tacou fogo na plantação com um fósforo que tinha escondido no sapato.

— Vou me lembrar disso. — Considerando a fofoca que tinha ouvido quando esteve no shopping no começo da semana, espantalhos do mal estavam virando um problema de verdade. Devem estar aumentando por causa dos campos de monocultura de milho e soja. As antigas histórias de terror sobre as pradarias estavam sendo substituídas por encontros com corpos cheios de palha e olhos mortos feitos de botões.

Felizmente, depois que Ellie e o pai passaram pela região de fazendas do sul do Texas, tudo ficou bem simples.

— Podemos abastecer no Posto de Gasolina e Loja de Geologia? — perguntou ela. — Eu quero ver se eles vendem fósseis lá.

— Claro — disse o pai. Ele bocejou e rolou os ombros. — Espero que tenham café também.

— Pai, você tá cansado? Eu posso assumir por algumas horas. — Desde janeiro Ellie havia tirado a carteira de motorista. Ela odiava o documento em si porque a foto tinha ficado péssima, uma combinação nada atraente de um meio sorriso com um meio bocejo, mas permitia que ela dirigisse um belo carro. Não que tivesse a chance de fazer isso com frequência. Acidentes de carro são a maior causa de morte entre adolescentes, isso inclui maldições e chãos de banheiro escorregadios. Então, por ordem dos pais, até se formar no ensino médio, Ellie não podia dirigir sozinha.

Será que se o pai dela estivesse dormindo no banco do passageiro contaria? Aparentemente, não, porque ele respondeu:

— Não, não. Eu vou tirar um cochilo rápido no estacionamento.

— Você vai ficar exausto, pai.

— Não é tão ruim assim. Eu posso estacionar na sombra e deixar a janela aberta.

— Tá bom, mas o Kirby vem comigo. Eu não vou deixar cachorro nenhum dentro de um carro quente.

— De acordo. — Ele saiu da rodovia. Logo à frente, o posto de gasolina quebrou a monotonia da paisagem meio-do-nada do Texas. Rodeado por concreto e bombas de gasolina, estava um prédio baixo de teto reto, parecia um galpão. O pai de Ellie parou no estacionamento em frente a ele.

— Podemos abastecer na hora de ir embora. Você precisa de dinheiro para os fósseis?

Ellie nunca recusava dinheiro de graça.

— Sim, por favor! — ele entregou uma nota de vinte dólares e inclinou o banco.

— Compra um cafezinho pra mim, se tiverem.

— Cafezinho? Nossa, pai, agora você falou como se fosse um velhinho...

— Ah, deixa o seu pai com os vícios dele. Além do mais, eu...

— Você não é velho! — ela interrompeu.

O pai ergueu as sobrancelhas, fazendo surgir linhas na testa.

— Obrigado. E por ser mais velho, eu sei das coisas, querida. Sei que não podemos falar sobre algumas coisas em certos lugares... — Ele se calou.

— Pai. Somos Apache. O Wendigo é um monstro do norte.

— Cuidado, Ellie. Todo cuidado é pouco.

— Entendi. Cafezinho e cuidado com monstros. Obrigada pelo dinheiro para os fósseis! — Ela saiu correndo antes que o pai pudesse começar alguma longa história sobre o amigo de um amigo que deu de cara com o Wendigo. Teriam bastante tempo para isso na segunda parte da viagem.

A entrada do museu de pedras levava para uma loja de conveniências de beira de estrada normal. Lá havia doces, refrigerantes, cigarros e outras coisas que motoristas sempre precisavam. Tinha uma placa em cima do balcão do caixa: "Museu de geologia na porta dos fundos, peça ajuda". Ellie se aproximou da caixa, uma mulher branca de meia-idade com um rosto oval e óculos de armação rosa.

— Vocês têm muitos fósseis? — perguntou Ellie.

— Temos sim. Fósseis, insetos presos em âmbar, e minerais. Cinco dólares pra entrar no museu.

— Obrigada! Parece ótimo. Tem dentes de megalodontes e pegadas de tiranossauro?

— O primeiro pode ser que tenha. E aí? — A mulher esticou a mão para Ellie. Foi divertido perceber que as unhas dela eram de acrílico e estilo *stiletto*. Eram quase tão pontudas quanto as garras de um velociraptor, o que combinava com o museu.

— Legal. — Ellie deu a nota de vinte dólares e recebeu uma de cinco e outra de dez de troco. A imagem de Lincoln e Hamilton nas notas era bem melhor do que a do assassino de indígenas Andrew Jackson. Não que ela gostasse de verdade dos primeiros presidentes. Enquanto Ellie ia em direção à entrada do museu (uma porta atrás do balcão), a caixa limpou a garganta: *Ah-am.*

— Hum, pois não? — perguntou Ellie.

A mulher apontou para uma tela ao lado da caixa registradora. Mostrava a imagem em preto e branco do sistema de segurança do museu.

Ellie não entendeu de cara. Não viu nada que fosse interessante, só alguns corredores vazios entre as exposições. Na verdade, ela seria a única visitante do museu.

Ah. Devia ser isso. A mulher queria que ela soubesse: *Estou de olho em você, delinquente.*

— O que foi? — perguntou Ellie. — Quer que eu assine um termo de imagem para aparecer no seu programa de TV?

A mulher não respondeu — nenhum sorriso ou careta —, então Ellie foi em frente, determinada a ser entretida pelas pedras. Ela não se importava com a atitude rude, era uma mulher estranha, uma pessoa aleatória. Ellie nunca mais a veria de novo. Era como o pai dela sempre dizia: "Energia negativa é como a água que escorre pelas penas de um pato. Como você sabe, as penas dos patos são cobertas por óleos hidrofóbicos que repelem a água. Isso é essencial para a sobrevivência deles".

Mas essa história das penas acabou ficando cansativa. Ellie tinha deixado passar mais grosserias do que podia contar. Por que estranhos mal olhavam para ela e já pensavam: "coisa boa aí não tem"? Alguns deles provavelmente tratavam todos os adolescentes como se fossem problema, mas isso não explicava por que, quando ela e Jay iam para o shopping, os seguranças seguiam apenas Ellie pelas lojas.

Chamou Kirby para ficar ao lado dela. Tocou no focinho brilhante e ele carinhosamente se encostou na mão dela. Kirby não tinha mais um focinho molhado ou um pelo macio, mas o amor dele por carinho continuava na vida pós-morte.

— Bom menino — ela sussurrou. — Meu bom menino.

O museu era um grande espaço aberto com fileiras de expositores espalhados. Ellie sentiu a câmera a observando quando se aproximou da primeira vitrine. Estava cheio de amostras de piritas e bornites brilhantes. Dois dos minerais favoritos dela. Ela não se importava que fossem pedras que valiam quase nada. Eram lindas.

Quando ela se aproximou do vidro, admirando as amostras, Ellie se perguntou se a postura dela era suspeita. Talvez devesse colocar os braços nas costas para mostrar que não iria quebrar o vidro e sair correndo com um tesouro de minérios que compraria apenas um hambúrguer no McDonald's. Quanto tempo ela deveria ficar parada ali? Pouco tempo iria parecer que estava nervosa. Tempo demais iria parecer gananciosa. Onde será que ficavam as câmeras? Não, não procure. Isso pode parecer suspeito também. Ellie não queria parecer suspeita. Mais do que tudo, ela não queria parecer incomodada. Por que Ellie deveria podar seu comportamento por causa de uma mulher idiota? Por que ela deveria se importar com a opinião de uma estranha?

Por que ela se importava?

O celular dela tocou. Ellie colocou toques de celular personalizados para toda a sua família e amigos, essa era uma música energética usada em treinos de líder de torcida. Ela olhou para a tela: LIGAÇÃO DE JAY.

— E aí, Jovem Oberon? — atendeu ela.

— De novo? Haha. Esse é meu novo nome?

— Depende. Você amou ou odiou? Não pode ter sentimentos conflitantes com um apelido.

— Eu gosto, mas não deixa de falar a segunda parte.

— Tipo que você é o décimo milionésimo na linha de sucessão ao trono das rosas pretas? — perguntou Ellie. — Isso te torna parte da família real, né?

— Nem pensar — disse ele. — Eu só tenho o poder de criar luz. E nem é muita luz. Eu mal posso usar a luz para ler um livro.

— A sua irmã consegue fazer mágica também? — perguntou Ellie.

— Não. Mas ela não fica praticando como eu.

— Por que não? Ela tá com medo de desestabilizar a realidade? Tenho quase certeza de que isso não vai acontecer com truques pequenos.

— Ronnie disse que celulares produzem mais luzes do que um fogo-fátuo do século xx, então não tem por que perder tempo com esses truques. Além do mais, ela se preocupa com o impacto ambiental do uso de magia. Consegue usar um anel de fadas para ir de um lugar a outro, mas não consegue usar poderes. Por enquanto. Criar um pouco de luz é bem menos prejudicial ao meio ambiente do que o transporte via círculos. É o mesmo que comparar a emissão de gás carbônico de um patinete elétrico a de um avião.

— Vocês têm sorte — disse Ellie. — Eu abriria mão da minha bicicleta em troca de poder viajar de Austin para Nova York em uma fração de segundos. Não é que eu odeie atravessar o Texas de carro com meu pai, mas, depois de seis horas de viagem, a minha bunda está ficando dormente, e aí a viagem começa a perder a graça.

Basicamente, círculos de fadas eram portais feitos de cogumelos e flores que funcionavam graças à magia do reino feérico. Havia Centros de Transporte via Círculos em toda cidade grande. Ellie não podia usar os círculos porque toda viagem de portais precisava ser aprovada pelo povo feérico, e fadas não gostavam de "estranhos". Estranhos, na opinião deles, era qualquer pessoa sem parentesco com pelo menos uma pessoa interdimensional, também conhecido como "feérico". Não era o caso da Ellie. Toda vez que ela tinha que pagar caro em uma passagem de avião ou perdia uma excursão da escola, a raiva dela por essas criaturas sobrenaturais esnobes crescia. Parecia cruel que humanoides de outra dimensão pudessem julgar Ellie — e outras pessoas — na própria terra natal delas. Mas não havia nada de justo nesse sistema mesmo, e o povo feérico só se importava com as próprias regras.

— Desculpa — disse Jay. — Eu queria poder ajudar. Tem uma lacuna nessa regra, sabia?

— Casamento?

— Talvez.

— Eu prefiro passar horas em um carro quente, mas valeu. — Ela piscou dramaticamente, em seguida percebeu que era uma perda de tempo. — E aí?

— Só queria checar como você estava — disse Jay. — Seus pulmões estão bem? Não inspirou água do rio, né? Um cara me falou sobre um tal de afogamento seco que... então, é essa coisa fatal que pode acontecer até um dia depois de entrar água nos seus pulmões. Você tá com dificuldade pra respirar? Seu peito dói?

— Não. Relaxa. Eu tô ótima.

— Ah, ok. Fique de olho na sua oxigenação.

— Se eu parar de respirar oxigênio, eu te aviso.

— Obrigado — agradeceu Jay, de um jeito tão sincero que fez Ellie se sentir mal por ter sido sarcástica. — Como está sendo a viagem?

— Fizemos uma parada rápida. Eu achei uma loja de fósseis. Se tiverem algo pequeno e inofensivo, seria legal treinar acordar fantasmas pré-históricos. Me manter ocupada.

— Você consegue fazer isso? Tipo, você consegue acordar espécies extintas?

— Claro — disse ela. — Minha avó achou uma presa de mamute um tempo atrás. Demorou tipo, quatro décadas, mas agora a mamute é a melhor amiga dela. Ela nem precisa mais de um carro. Vai para a cidade montada na mamute quando precisa fazer mercado.

— Todos os seus ancestrais são super-heróis?

— Sim — disse ela. — Mas ninguém se compara à Vó Ancestral. Ela tem o melhor histórico de todos.

— Que mentalidade pessimista. Você é do time intergeracional! Você e ela são igualmente capazes. Indo cada vez mais longe do que nós podemos imaginar!

— Obrigada, Jay. — Ela sorriu. Ellie queria que eles estivessem conversando por vídeochamada para que ele pudesse ver como ele a fazia se sentir melhor.

— Ellie... — ele falou baixinho.

— Hum? O que foi?

— O que mais eu posso fazer pra ajudar?

Ela pensou na pergunta. Ellie não sabia se a polícia, considerando a autópsia de Trevor, iria seguir com a investigação de um homicídio. Sendo pessimista, ela supôs que o legista iria dar uma olhada rápida nos ferimentos do primo dela e escrever "acidente de carro" no certificado de óbito. Talvez eles tentem confirmar a causa da morte com um vidente, já que visões de videntes não eram magia. Assim como fantasmas, as origens eram naturais, logo podiam ser usadas em um tribunal assim como uma prova pericial. Porém, videntes da polícia não eram nada confiáveis. Era difícil ter visões detalhadas sob demanda, fora que era fácil confundir imaginação com realidade. Ainda assim, Ellie havia prometido que daria uma chance para a polícia fazer algo a respeito.

Isso não queria dizer que ela não podia começar a coletar informações aos poucos.

— Na verdade, sim — disse Ellie. — Você sabe pesquisar bem?

— Muito bem — respondeu Jay. — Posso pegar emprestada a senha da Ronnie para acessar a biblioteca digital da Universidade Herotonic. Eles têm livros, jornais antigos, artigos. Um monte de coisa.

— Eu acho que o Google é seu melhor amigo para essa tarefa. Precisamos saber mais sobre Abe Allerton, o assassino. Que tipo de homem ele é?

— A-b-e A-l-l-e-r-t-o-n? — soletrou Jay. — É assim que se escreve?

— Espero que sim. Tenta outros jeitos de se escrever se não achar nada com esse. — Ela se inclinou contra uma parede e deixou o olhar se perder em um geodo violeta. Se apertasse bem os olhos, parecia uma boca cheia de dentes de cristal. Antes de entender como geodos se formavam, Ellie achava que eles eram fósseis de monstros. Imagens milenares congeladas em expressões de raiva ou fome.

— Abe Allerton — repetiu Jay. — Ele é de Willowbee, no Texas, certo?

— Isso.

— Você sabe alguma coisa sobre esse Abe?

— Ele tem um filho que costumava ser aluno do Tr... do meu primo no terceiro ano. Dois anos atrás. Mas fora isso Abe é um desconhecido. Eu nem sei por que faria uma coisa dessas.

— Vou fazer o que puder. *Stalkear* alguém online é bem fácil, na verdade. Todo mundo tá na internet.

— Menos a minha avó — disse Ellie. — Ah. Mentira. Eu esqueci dos vídeos que viralizaram. Alguém filmou quando ela foi ao mercado. A mamute estava invisível, então parecia que ela estava flutuando a três metros de altura.

— Pode me mandar o link disso?

— Claro. Ah, e me liga de novo quando terminar de pesquisar. Eu vou ficar na estrada até tarde da noite. Na verdade, vamos passar por Willowbee por volta das nove. Então se conseguir alguma informação antes disso...

— Dedos cruzados — disse ele. — Cuidado aí.

— Você também. Jay, não sabemos o quão perigoso é esse Abe. Não chame a atenção dele. Pesquise só o básico, ok?

— Não se preocupa comigo. A gente se fala depois.

Quando desligou, Ellie foi até a outra fileira de expositores e lá estava: a coleção de fósseis. Conchas espirais de amonoides, corais, lírios-do-mar e trilobitas com espinhas delicadas. Havia alguns dentes de tubarão também, mas nenhum era de um megalodonte.

Tudo bem. Ellie queria começar com algo menor mesmo. A avó dela não foi de cachorros fantasmas para mamutes fantasmas do dia para a noite. Treinou com baratas do período Cambriano e dinossauros do tamanho de filhotinhos. Os mortos mais antigos da Terra dormiam debaixo de uma montanha de almas mais jovens. Ter algo com o que se conectar ajudava — seja uma imagem do corpo, dente, concha ou osso preservados em pedras — se você queria acordá-los.

Ellie se demorou observando cada um dos objetos, tentando se conectar com os fantasmas. Ficou claro que observar não seria o suficiente para se conectar com eles. Ela teria que segurar os fósseis nas próprias mãos, sentir seu tamanho e formato. Foi para a loja de *souvenirs*, uma sala com luz fraca cheia de prateleiras recheadas com pedras, minérios e fósseis. Ellie escolheu uma trilobita de dez dólares. O artrópode de três centímetros estava preso em um pedaço de calcário, mas a maior parte do corpo estava exposto e polido.

No caixa, Ellie perguntou:

— Você sabe a espécie dessa trilobita?

A pessoa no caixa era uma versão adolescente da mulher da loja (talvez fossem mãe e filha) e deu de ombros.

— Não sei. Quantas espécies existem?

— Mais de vinte mil — respondeu Ellie. — De acordo com a exposição de vocês.

— Eu não visitei o museu ainda — admitiu a menina. — Só trabalho aqui durante o verão, e eu não gosto de pedras. Dez dólares, por favor.

Depois da troca de dinheiro, Ellie perguntou:

— Pode me dar um recibo?

— Por quê? A gente não faz trocas.

— Eu sei. Mesmo assim, eu preciso de um.

— Ahhhh. Entendi. — A menina escreveu algumas coisas em um post-it. — Aqui. Isso vai servir. Tenha um bom dia.

— Você também!

De volta para a loja de conveniência, Ellie encheu um copo de isopor com café morno e levou até o caixa para pagar.

— Só isso — disse ela.

— Um dólar pelo café — informou a caixa. — Mais vinte e cinco centavos se quiser creme.

— Sem creme.

— Você pagou por esse fóssil?

— Claro. — Ellie colou o post-it na nota de um dólar, bateu os dois no balcão e foi embora.

Água pingando do pato.

≫ Oito ≪

Quando Ellie e o pai estavam a cerca de quinze quilômetros de Willowbee, Jay ligou de volta.

Ellie havia passado a última hora olhando pela janela, sonhando acordada com as sombras da estrada I-35. Se ela se concentrasse, conseguiria encontrar várias outras; eram de fantasmas das Profundezas. Ela se perguntou se conseguiria acordar todos eles. Quanto tempo brincariam no escuro até voltarem a dormir? Será que ela conseguiria convencer todos os fantasmas selvagens a segui-la até o túmulo de Trevor como se fosse uma procissão fúnebre? Será que isso assustaria Abe Allerton de Willowbee a ponto de fazê-lo confessar o crime?

Como vários outros sonhos, os dela eram irreais. É óbvio que animais selvagens não iriam segui-la. Ellie não conseguiria comandar uma corça morta mais do que uma viva. No caso da versão morta, o fantasma tinha a habilidade de mexer com uma força paranormal extremamente perigosa. Ellie afastou os pensamentos dos mortos adormecidos. Ela não queria arriscar uma debandada acidental. Ao invés disso, passou os dedos pela trilobita, memorizando suas partes e formato.

O telefone tocou a música animada familiar.

— Bem na hora — disse Ellie ao atender a ligação de Jay. — Estou a nove minutos de Willowbee. O que você descobriu?

— Um monte de coisa. Eu te mandos a imagens por mensagem depois. Resumindo, Abe Allerton é um homem de família, líder de um grupo de escoteiros, e mora nos limites de Willowbee. Eu até sei o endereço exato dele porque ele faz eventos de caridade todo mês. Tipo, de acordo com os anúncios, a celebração do bicentenário de Willowbee vai acontecer na *mansão* dele nesse verão. Todo mundo é bem-vindo. Vai rolar uma festa no quintal e um baile de máscaras. Ele vai sortear uma viagem com tudo pago para o Hawai'i[1].

— Ah. Uau.

— E, de acordo com os comentários no Avalie-Seu-Médico.com, os pacientes dele o amam. Ellie, eu preciso te perguntar uma coisa meio sensível...

Ela se preparou para a pergunta: *Tem certeza de que Abe é um assassino? Ele parece um cara bacana.*

— Pode perguntar — disse Ellie.

— Tem certeza de que você está segura? Abraham Allerton é... Bom... Ele é rico e tem muitos contatos. Sabe esses eventos de caridade que eu falei?

— O que tem?

— Ele também promove o Baile de Fim de Ano da Polícia. O valor arrecadado vai para crianças em situação de risco. Não estou dizendo que a polícia o ajudou com o assassinato, mas...

— Já entendi. A polícia local conhece o Dr. Allerton, e provavelmente gosta dele. Eu vou precisar de mais provas. *Qualquer* prova, além do sonho.

— Eu queria poder ajudar, mas a presença online dele é impecável. Eu não consigo achar nenhum artigo negativo. Tipo... uma pessoa deu quatro estrelas pra ele no Avalie-Seu-Médico.com, mas ela tirou uma estrela porque "o Dr. Allerton é muito ocupado, então é difícil marcar um horário". Isso nem é algo ruim.

— Urgh. — Ela passou os dedos pelo vidro da janela, pensativa. — Faz assim: me manda o endereço por mensagem. Meu pai pode passar de carro em frente e a gente dá uma olhada.

— O que disse, Ellie? — perguntou o pai dela, abaixando o volume do som.

— Não fica ouvindo minha conversa, pai!

— Vou mandar — disse Jay no telefone. — Me promete que não vai se colocar em perigo?

— Felizmente, como estou sob supervisão parental, não vou nem chegar *perto* de algo perigoso. Enfim, obrigada por fazer isso. Já ajudou muito.

---

1 Grafia original de "Havaí", de acordo com o povo originário da região. [N.E.]

Depois de desligar, Ellie pegou o GPS no suporte colado no para-brisa.

— Ellie — disse o pai dela, com um tom de eu-já-disse-que-não-tenho-tempo-para-isso que ele usava com cachorros mal-educados no trabalho.

— Eu só estou planejando um pequeno desvio para Willowbee. Meu amigo achou o endereço de Abe Allerton.

— Legalmente?

— Claro. O que, acha que eu conheço hackers?

— Achei que todo jovem conhecia um?

— Não sei se você está falando sério ou não.

O telefone de Ellie apitou. Um endereço apareceu na tela: "Rua Rose, 19".

— Aqui, pai. Não posso te fazer dirigir para onde eu quiser, mas... você prometeu. Lembra? Vamos honrar o último desejo de um certo alguém juntos. Como uma família.

— Só se formos rápidos — disse ele. — Nada de sair do carro.

— Por mim, tudo bem! — Ela colocou o endereço no GPS e aumentou o som, tocando mais rock dos anos 1980. Logo em seguida o pai abaixou o volume da música de volta para um nível confortável.

— Não quero anunciar nossa presença com Bonnie Tyler — disse ele.

Pegaram a próxima saída e começaram a dirigir por uma estrada pequena, uma ligação entre Willowbee e o tráfego lotado da I-35. Sozinhos pela estrada de duas faixas, o pai dela ligou o farol alto. Dirigiam por um trecho plano e espinhoso do Texas. A van estava rodeada por cactos, arbustos e árvores de mesquites de feijão, e pedaços de pastos estavam delineados por cercas de arame farpado. De longe, Ellie viu um retângulo branco. Parecia ser uma placa, ou algo assim. Ela não conseguiu ler o que estava escrito.

Kirby latiu uma vez, alto: um alerta. Ele estava no banco traseiro, um brilho contente. Kirby sempre foi tranquilo em viagens. Quando era um Springer spaniel vivo, ele pressionava o nariz contra a janela e admirava a paisagem. Provavelmente fazia o mesmo agora como fantasma, mas era difícil dizer com certeza sem ver a marca da respiração dele na janela.

— O que foi, menino? — perguntou Ellie. Ela tirou o cinto de segurança e olhou para trás. — Pai, você ouviu isso?

— Kirby latiu?

— Sim. Ele não faz sons a menos que...

— Hum?

— A menos que sinta perigo por perto.

Willowbee era o tipo de cidade que dispensava apresentações. Assim que se aproximaram da placa, Ellie leu o slogan engraçadinho, em uma fonte cursiva: *Willowbee, Texas. População = O Suficiente!* A palavra "Texas" parecia nova, como se tivesse sido pintada por cima de um grafite. Ellie se perguntou o que a tinta escondia.

Havia um símbolo atrás da placa, uma criatura grande, parecida com uma cobra, rabiscos saíam do corpo dela.

— Esse deve ser a mascote do time de futebol da escola — disse o pai dela, mas ele parecia incerto.

A van entrou pelo centro da cidade composto por alguns prédios de tijolos e madeira. Ellie viu uma igreja, um shopping aberto e uma prefeitura de estrutura alta. Do lado de fora da pequena biblioteca, uma placa dizia: "FELIZ 200 ANOS, WILLOWBEE! VISITE HOJE NOSSA EXPOSIÇÃO DE HISTÓRIA!". Os turistas deviam visitar a cidade para viver a experiência conservadora do centro dos Estados Unidos. A arquitetura da cidade era diferente do resto da região, parecia ter se inspirado na Nova Inglaterra do período colonial.

Depois do bairro de lojas, ficava um bairro com casas de madeira de dois andares com quintais com gramas recém-cortadas e verdes demais. O sul do Texas era naturalmente seco e amarelado até no melhor dos verões. Naquele ano, uma seca tinha piorado a situação. Em algumas cidades, as pessoas mal tinham água o suficiente para beber. A grama exuberante de Willowbee devia ser regada diariamente. Ali havia muito dinheiro envolvido.

Eles passaram por uma longa sequência de grandes ranchos. Não havia animais soltos àquela hora da noite, mas o brilho de Kirby reluzia contra a janela, interessado em algo que Ellie não conseguia ver. Talvez ele estivesse sentindo o cheiro dos cavalos e os bois *longhorn* dormindo nos estábulos. Era por isso que ele tinha latido mais cedo?

— Em quatrocentos metros, você chegará ao seu destino — anunciou o GPS. Ellie viu uma luz redonda no horizonte.

— É ali — disse ela. — Só pode ser.

— Eu vou tentar chegar mais perto, mas parece que tem um portão na entrada — respondeu o pai. Realmente, havia um grande portão de metal bloqueando a passagem até a casa. De onde estavam na rua, podiam ver a grande mansão georgiana, com colunas de mármore, meia dúzia de chaminés, e um jardim repleto de plantas que pertenciam à costa Noroeste do Pacífico. O gramado era cheio de pontinhos, cogumelos brancos. Cogumelos não apareciam geralmente em lugares úmidos? Quanta água o Dr. Allerton desperdiçava molhando a grama todos os dias? Carvalhos e abetos fechavam os arredores da mansão. Ellie não fazia ideia de quantos quartos havia na casa, mas não ficaria surpresa se fossem mais de vinte.

— Todos os médicos são ricos assim? — perguntou ela.

— Médicos de bichos definitivamente não são — respondeu o pai. — Meu Deus. Quem precisa de tanto espaço? Que desperdício.

O ar vibrou. Um grunhido.

— Pai, eu acho que o Kirby está rosnando. Precisamos sair daqui.

— Nem precisa repetir. — O pai dela pisou no acelerador e desceu a rua. Pouco minutos depois, a mansão Allerton era apenas uma luz distante no retrovisor. Eles não falaram nada até voltarem para a estrada e estarem a uma boa distância de Willowbee.

— Por que ele fez isso? — perguntou Ellie, baixinho. — Eu não entendo.

— Não vai ter um bom motivo — respondeu o pai dela. Em algum momento enquanto estavam passando pela mansão, ele havia desligado o som do carro. Nenhum dos dois queria ligá-lo de novo.

— Você acredita que Allerton pode ser um assassino? — perguntou Ellie.

— Eu... acredito em você, Ellie, e no seu sonho.

— Obrigada, pai. Eu vou fazer o que puder.

Como o Trevor, um professor de escola pública, com plantas do deserto no quintal do seu pequeno apartamento duplex, acabara se metendo com essa versão humana do Tio Patinhas? O único ponto em comum entre eles parecia ser a criança. No sonho, Trevor dissera: "Encontrei com ele uma vez em uma reunião de pais e mestres. Há dois anos..."

Ellie piscou para segurar as lágrimas, ao pensar nas últimas palavras do primo e o jeito como ele havia desaparecido.

Trevor era professor do quarto ano, isso queria dizer que o aluno não identificado devia ter provavelmente dez ou onze anos agora. Será que ele tinha o mesmo sobrenome, Allerton? Provavelmente, mas algumas coisas não se achavam online.

Era costume enterrar os mortos com seus itens de maior valor sentimental. Ellie estava torcendo para que Trevor não levasse seus materiais da escola para a terra. Eles poderiam ser a pista inicial de que ela precisava.

ᐳᐳ NOVE ᐸᐸ

Trevor e Lenore compraram uma casa de três quartos para começar a vida quando o bebê Gregory nasceu. Eles escolheram um bairro bom para famílias com crianças pequenas, com limite baixo de velocidade nas ruas e calçadas largas. Apesar de todas as casas terem barras nas janelas, a área não tinha um histórico de crimes violentos, graças a um forte programa de vigilância da vizinhança. Perto dali ficava um playground, uma escola do ensino fundamental e um parque para cachorros.

Ellie e o pai chegaram na casa logo depois das dez da noite. Estacionaram na entrada, pegaram suas malas do carro e bateram na porta.

— O que eu falo? — sussurrou Ellie.

— Como assim?

— Para a Lenore.

— Que sente muito.

— E isso ajuda?

— Sim. Muito mais do que não falar nada.

A mãe de Ellie, Vivian, abriu a porta. Vestia uma camiseta e uma calça jeans velha.

— Entrem — disse ela. — Não façam barulho. O bebê está dormindo, Lenore também. Eles precisam mesmo descansar.

Eles se reuniram no quarto de hóspedes, que não tinha móvel algum além de um colchonete pequeno e um colchão inflável *queen size* no chão de carpete. A casa tinha cheiro de perfume de bebê, mas o quarto de hóspede ainda tinha cheiro de casa nova: tinta fresca e desinfetante de carpete. Limpo, lembrando mais um quarto de hotel do que uma casa.

— Vai se arrumar para dormir, Ellie — disse a mãe. — Você dorme no colchonete. É viscoelástico. É dos bons.

Obedecendo, Ellie escovou os dentes no lavabo. Depois de fazer careta para algumas espinhas que tinha no queixo, ela abriu o armário do espelho e procurou por um lugar para guardar seus itens de higiene pessoal. Lá, na prateleira mais baixa, estava um pouco do cabelo de Trevor enrolado em um pente de plástico.

— Ah... Não. Não. — O cabelo dele, *tanto cabelo,* não podia continuar na casa depois que Trevor fosse enterrado. Era perigoso demais. Ele poderia ser atraído para a casa, como se fosse feito de metal e a casa fosse um ímã.

Seria algo terrível. Ele seria uma mistura de pura raiva, dor, inteligência e senso de vingança. Diferente de um animal, saberia que estava morto. A consciência permitiria que ele aproveitasse completamente as habilidades sobrenaturais. Se Trevor voltasse, poderia destruir o bairro inteiro como um furacão movido a ódio.

Ela vasculhou pelos armários do banheiro até achar uma nécessaire pequena de Lenore. Com cuidado, jogou o pente na bolsa e fechou o zíper.

No quarto de hóspedes, Ellie se sentou no colchonete e leu as informações que Jay havia mandado. Elas podiam ser divididas em três categorias:

1. Conquistas médicas do Dr. Allerton, incluindo os comentários online de seus pacientes;
2. Matérias sobre o trabalho de caridade que ele faz;
3. Referências aleatórias sobre Abe Allerton, principalmente do site do *Willowbee Times.*

Ellie tirou um caderno da mochila e começou a escrever na primeira página.

— O que você está fazendo, Ellie? — perguntou a mãe dela. O pai já estava roncando no colchão inflável.

— Anotações. — Ellie olhou para a cômoda encostada na parede oposta a ela. A nécessaire estava na última gaveta, escondida atrás de uma colcha de cama. — Eu achei um pouco de cabelo dele. O que fazemos?

— Cabelo de... Ah. — Vivian levantou a mão com os dedos levemente dobrados. — Eu vou dar um jeito nisso. Obrigada.

— Você vai enterrar?

— Quanto menos você souber, melhor — disse a mãe. Ellie se levantou, atravessou o quarto e colocou a mão na última gaveta da cômoda. Com cuidado, ela entregou a nécessaire para a mãe. Vivian aceitou a bolsa sem olhar para ela. Como se olhar para o objeto doesse tanto quanto olhar diretamente para o sol.

— Ok — falou Vivian. — A gente conversa amanhã. Eu quero saber mais sobre o seu sonho. Por falar nisso...

— Sim? — perguntou Ellie.

— O seu pai me falou do incidente no rio.

— Ah. Mãe, foi o Jay que escalou a ponte. Eu tentei impedi-lo.

— Bom saber — disse a mãe dela, e a explicação de Ellie pareceu ter sido o suficiente porque logo em seguida Vivian desligou a luz.

— Acho que vou deixar essas anotações pra amanhã — comunicou Ellie. — Valeeeu, mãe.

Ellie puxou o cobertor de algodão até o queixo e sentiu o cansaço da viagem, o ardor nos olhos e a dor nos músculos baterem. Kirby se aninhou ao pé da cama dela. Ainda bem que, como era um fantasma, ele não soltava pelo e também não enchia o ar de alergênicos. O bebê Gregory tinha pulmões sensíveis.

O celular dela apitou. Outra mensagem. *Deixa para lá. Você não pode se assustar com toda mensagem que chega.* Mas a curiosidade falou mais alto.

A mensagem era de Jay: "Abe (de camisa azul) com o prefeito!!! O prefeito TATUOU o Abe para arrecadar fundos para caridade. Ficou horrível kkkkkkkk". Ele também enviou duas imagens de uma matéria. A primeira mostrava a lombar de um homem onde estava, em tinta preta, uma assinatura trêmula do nome do prefeito. A próxima imagem mostrava dois homens em pé em um jardim. Ellie deu zoom no rosto de Allerton. Encarou o rosto quadrado, olhos azuis, e boné de beisebol. Ele tinha o tipo de rosto que fazia ela pensar em anúncios genéricos de lojas de departamento. Pessoas dentro do padrão de beleza da sociedade, maduras, e esquecíveis.

Dito isso, o sorriso dele causou arrepios nela. Parecia sincero. Como se ele estivesse se divertindo com um velho amigo, e isso era nojento.

— Aproveita enquanto pode, seu merda — sussurrou ela. — Eu vou apagar esse sorriso da sua cara.

Ellie deu boa noite para Jay e travou o celular.

Mais tarde, quando estava quase caindo no sono, ouviu um barulho no corredor. Acordou com um susto e aguçou os ouvidos. Ela ouviu passos abafados, uma porta abrindo. Lenore devia ter levantado para usar o banheiro.

O celular de Ellie apitou. Ela havia recebido uma mensagem de Lenore que dizia:

LENORE: ACORDADA?

Ellie respondeu:

EL: Sim. Vc tá bem?

Alguns segundos se passaram. Mais um barulho de passos. Outra mensagem de Lenore:

LENORE: VEM P COZINHA PFVR. SOZINHA.

Ellie hesitou por um minuto, mas depois levantou da cama, passou pelos pais dormindo na ponta dos pés e saiu do quarto de hóspedes. A cozinha era no fim do corredor, ela podia ver a luz acesa.

— Oi? — chamou ela. — Estou aqui...

Ellie entrou na cozinha. A luz fluorescente atacou seus olhos sonolentos e ela precisou apertá-los para enxergar. Lá, encostada no balcão, estava Lenore.

Ela estava vestindo um moletom preto com capuz. O cabelo longo, pintado estilo ombré, de castanho a loiro com as raízes pretas, caía sobre o peito em ondas embaraçadas. Despenteado, sujo, por que quem tinha tempo livre quando se é uma mãe recém-viúva? Lenore olhava para baixo, o que fazia as olheiras marrons embaixo dos olhos dela parecerem maiores.

— Quando você chegou, Ellie? — perguntou. Sua voz estava seca e triste.

— Há algumas horas. Você tava dormindo. Eu... sinto muito. Eu não... não sei nem o que dizer.

— Tudo bem. Vem aqui, querida. — Lenore abriu os braços e foi de encontro a ela. Por um tempo, elas só se abraçaram. Lenore fez Ellie se sentir acolhida e segura. Confortável. Ellie se sentiu culpada. Não era ela quem deveria estar reconfortando Lenore?

Foi nessa hora que Ellie percebeu que havia algo de errado. Lenore era o tipo de mulher que se vestia com tecidos e fragrâncias. Geralmente, os abraços dela carregavam consigo o cheiro de gardênias com um toque de coco ou algo cítrico. Naquela noite, ao invés do abraço com o cheiro familiar de gardênias, coco ou algo cítrico, ela cheirava a sabão neutro, do tipo em barra e que dizia "aroma fresco" na embalagem.

Isso era levemente preocupante.

— Aqui — disse Lenore entregando para Ellie um pacote enrolado em veludo. — Ele queria que você ficasse com isso.

Tímida, ela abriu o pacote e viu o canivete suíço de Trevor.

— Ele costumava levar isso quando fazia trilhas — falou Ellie. — Toda trilha. Até mesmo as curtinhas no quintal da Vovó. Pra qualquer coisa. — Ela abraçou o presente. — Vou manter sempre comigo também.

— Esse é o Trevor — disse Lenore. — Preparado para quase tudo. Não ajudou muito no final.

— Eu sinto muito — repetiu Ellie.

Lenore se apoiou no balcão da cozinha, deixando que a pedra de mármore falso carregasse um pouco do peso dela.

— E agora? — Lenore se perguntou. — Como eu vou fazer tudo isso sozinha? — Ela abriu os braços, como se indicasse o mundo todo.

— Você não tá sozinha.

A expressão de Lenore suavizou.

— É mesmo?

— Eu prometo. Se precisar de qualquer coisa, é só pedir — garantiu Ellie.

Por um instante, Lenore só encarou a prateleira de temperos na parede, perdida nos próprios pensamentos. Depois, pegou a mão de Ellie.

— Eu quero te mostrar uma coisa — disse Lenore e gentilmente começou a guiar Ellie para a porta que conectava a cozinha com a garagem.

— Espera aí, vamos lá fora? — perguntou Ellie. — É meia-noite. E o Gregory?

— Sua mãe tem uma babá eletrônica com ela. — Lenore se virou, sorrindo. Era o menor e mais triste sorriso que Ellie já tinha visto. — Você tem medo do escuro, invocadora de fantasmas?

— Às vezes. O que você quer me mostrar?

— Onde aconteceu. — Uma lágrima grossa desceu pela bochecha esquerda de Lenore. — Onde ele morreu. Você precisa ver.

— Ah. Olha, a gente devia esperar amanhecer, né? — Ellie tentou se afastar, mas Lenore a segurava firme.

— Não faz sentido. Por que ele estacionaria no meio do nada? O que aconteceu? Você precisa ver o lugar. É uma estrada que corta a floresta. Mais de um quilômetro de distância do caminho que ele sempre fazia. O. Que. Aconteceu. O que aconteceu?

— Eu não sei, Lenore. — Ellie balançou a cabeça. — Mas ir até lá no meio da noite não vai ajudar em nada. Vamos depois. Eu prometo.

— Só... só vem comigo. Talvez você consiga... talvez consiga trazê-lo de volta.

— O quê? Não! Não posso!

— Você disse que faria qualquer coisa por mim!

— É perigoso demais, Lenore! — Unhas afiadas entraram no braço de Ellie.

— Me ensina a fazer, então! Por favor? Ellie... isso tudo é agoniante.

— Não funciona assim. Cachorros são diferentes de pessoas, entende? Se eu tentasse... eu só iria trazer de volta a raiva dele. Ele está feliz. Eu prometo. Quando se despediu, toda a dor dele havia sumido e ele sorriu, e...

— Ele se despediu de você? — Finalmente, Lenore soltou Ellie. — Eu não tive essa chance. A última coisa que eu disse para ele foi "você quer jantar sopa?". *Sopa!* Só me deixa falar com ele uma última vez! Eu não me importo que ele esteja com raiva desde que seja ele!

Vivian deve ter ouvido a discussão porque apareceu correndo na cozinha vestindo um robe preto por cima dos pijamas de algodão.

— Ellie, por favor volte para o quarto! — pediu ela. — Lenore, amada, ele se foi...

Antes que a situação ficasse pior, Ellie foi para o corredor. Do quarto, Gregory estava chorando um choro estridente. Uma versão sonolenta do pai de Ellie estava debruçado sobre o berço tentando acalmá-lo. Ela seguiu para o quarto de hóspedes sozinha e fechou a porta. Era uma barreira muito frágil contra a confusão.

Como alguém achava que Ellie iria conseguir dormir com mãe e filho em luto chorando do outro lado da porta? As vozes se infiltravam nas paredes. A casa tremia com o pesar da perda.

A janela do quarto de hóspedes dava vista para um quintal cercado. Ellie abriu a janela, afastou as barras de segurança e pulou. Com o pulo, ela ativou o sensor de movimento que acendia a luz da varanda traseira. Desse lado da casa tinham cadeiras brancas que rodeavam uma mesa de piquenique de plástico. Havia flores do deserto rodeando a cerca do quintal.

Ela se sentou em uma das cadeiras, fechou os olhos, pegou a trilobita do bolso e ficou brincando com ela na mão. Até então, Ellie conseguia visualizar a cabeça com um formato de martelo, o tórax duro e espinhoso, e o lobo axial que corria por todo o corpo. Como será que foram os últimos dias daquele bicho? Como era um artrópode, um escavador, deve ter se alimentado de bactérias e restos orgânicos. Vasculhando o chão do mar, se enchendo de comida antes que predadores maiores aparecessem.

Ellie decidiu que a trilobita tinha morrido tranquilamente. Só morreu, ficou presa em sedimentos, o corpo foi soterrado e se transformou em pedra depois de um certo tempo geológico. No submundo, o lugar dos sonhos, ela continuou a vasculhar, afinal, o que mais uma trilobita tinha para fazer? Ela se concentrou no fantasma de outro tempo. *Volte. Acorde.*

Ellie sentiu um arrepio no braço. Um animal passeando do cotovelo até o ombro dela. Ela abriu os olhos e teve um vislumbre do exoesqueleto brilhante. Uma leve impressão do fantasma da trilobita. Mas estava dormindo há tanto tempo que estava letárgico. A trilobita brilhou, sumiu e voltou para o submundo.

Por um segundo, Ellie havia se conectado com uma pequena alma que havia vivido na Terra cinco milhões de anos atrás. O que mais conseguiria fazer?

— Ela foi dormir — disse a mãe de Ellie. — Pode voltar para dentro.

Ellie se virou. Esteve tão concentrada na trilobita que não ouvira a porta de trás da casa abrir.

— Ainda não. Estou tendo uma festa de trilobitas, mãe.

Vivian se sentou na cadeira ao lado de Ellie.

— Às vezes, quando as pessoas estão em sofrimento, elas descontam em alguém. Porque não sabem o que fazer.

— Eu sei. Quer conhecer minha amiga? — Ela deu o fóssil para a mãe. Vivian o segurou contra a luz da varanda. — Milhões de anos — falou. — Quase não acredito. Como uma coisa consegue existir por milênios sem morrer de tédio?

— Trilobitas se entretêm fácil — disse Vivian. — Eu acho.

— E criaturas mais complexas? Como a mamute da Vovó. Ela já pareceu... entediada? Tipo um tigre preso em uma jaula de zoológico, andando de um lado pro outro?

— Não que eu saiba. Tédio é coisa de quem tá vivo. — Ela franziu o cenho, as sobrancelhas se aproximaram. — Isso não quer dizer que outras emoções desapareçam. A mamute pode ficar irritada. Eu já a vi atacar.

Um uivo triste veio do parque. Era um vibrato canídeo agudo. Ellie esperou mais sons se unirem ao primeiro. Era isso que matilhas faziam. Cantavam juntas para se comunicarem e se lamentarem.

Mas o coiote do parque estava sozinho. Depois de alguns segundos, a voz desapareceu, abafada pelos sons dos insetos.

— A Vó Ancestral já acordou animais pré-históricos? — perguntou ela.

— Não ouvi nenhuma história sobre isso — falou Vivian. — Mas com certeza ela entendia bem deles.

— Ah, é?

— É uma história engraçada, na verdade.

Ellie se inclinou para frente, apoiando o queixo nas mãos.

— Contaaaaaa.

A mãe de Ellie começou a história:

Apareceu um abismo no meio da floresta. E quando eu digo "apareceu" foi... da noite pro dia: um buraco enorme se abriu na terra. Ninguém conseguia ver o fundo. Quando a notícia chegou na sua ancestral, ela disse:

— Preciso investigar. Pode ser perigoso.

— Bom, claro — disse o marido dela. — Eu também vou.

Ele sabia que não conseguiria convencer a Vó Ancestral a ficar longe de perigo. Ela era teimosa e muito preocupada com a segurança de todos, até mesmo de pessoas estranhas. Isso era um dos defeitos dela, na minha opinião. A deixava impulsiva. Geralmente, Vó Ancestral não usava cavalos nas viagens porque eles tinham medo dos cachorros fantasmas. Mas, dessa vez, ela abriu uma exceção porque era uma viagem rápida. E o marido cavalgava muito bem. Era um dos melhores, na verdade.

O abismo apareceu em uma região muito famosa por suas cavernas. Em maioria, as pessoas as evitavam. Eram cheias de guano e ossos de mamíferos antigos. Pobres animais majestosos, que morreram na escuridão, provavelmente por causa de uma queda. Após a morte, seus ossos serviam como avisos: Fique longe. Essas cavernas são perigosas.

Mas quando chegou no lugar, Vó Ancestral ficou surpresa com a quantidade de pessoas ao redor do abismo, a maioria eram homens jovens. O abismo formava um círculo perfeito no chão, com um diâmetro de cerca de um metro e meio. Dois braços de comprimento. A vegetação ao redor havia sido retirada à mão para evitar quedas. Do buraco saía um cheiro apetitoso que lembrava Vó Ancestral de carne cozida.

— Eu imaginei que fosse maior — disse ela. — Qual é o problema? Cavernas são muito comuns por aqui.

— Parente, escute — disse um dos homens. Ele jogou uma pedra dentro do buraco. A pedra nunca atingiu o fundo.

— Talvez haja terra no fundo. Tentaram medir a profundidade com uma corda? — sugeriu a Vó Ancestral.

O rapaz balançou a cabeça em afirmativo.

— Nós baixamos uma corda quase inteira, então alguma coisa a puxou das nossas mãos! Nosso novo plano é acender um ramo de grama seca e madeira e jogar lá dentro. A luz vai nos ajudar a decidir o que fazer em seguida.

O marido da Vó Ancestral, que geralmente deixava que outros falassem, disse:

— Não. Não usem fogo.

— Por que não, parente? — perguntou o homem.

— Porque tem alguma coisa vivendo lá embaixo. Pode machucá-la.

Todos discutiram por um tempo. Não queriam arriscar machucar o ser que morava no abismo, mas estavam preocupados com a estranheza da situação. O cheiro de carne era preocupante. Será que algo havia caído e morrido lá dentro?

Finalmente, um dos jovens se voluntariou para entrar no buraco.

— Vocês podem me descer usando uma corda — disse ele. — Eu vou levar uma tocha e uma arma. Se o ser for amigável, não irá atacar. Se estiver machucado, posso trazê-lo para a superfície e chamamos um curandeiro. Se for perigoso, vou gritar e... — Ele deu um chute no ar. — Lutar!

Todos concordaram que esse era o melhor plano que tinham. Enquanto as pessoas da região se preparavam, Vó Ancestral e o marido levaram os cavalos para beber água em um riacho que ficava a quinze minutos do buraco.

— O que você acha? — perguntou o marido dela. — É uma boa ideia mandar alguém para dentro daquilo?

— Eu não sei. O cheiro me preocupa. Não é o cheiro de uma caça fresca ou estragada. É carne cozida.

Enquanto os cavalos bebiam a água gelada e fresca, uma mulher coiote se aproximou. Ela usava sua forma humana, mas mesmo disfarçados, coiotes sempre tinham os mesmos olhos amarelos. Hoje em dia disfarçam com óculos escuros, mesmo à noite. Com tantas luzes elétricas é fácil enxergar, especialmente tendo olhos de coiote.

— E se eles usassem lentes de contato coloridas? — perguntou Ellie.

— Acho que não funcionam para eles, a menos que exista uma empresa que faça lentes de contato específicas para coiotes. Isso deve existir, na verdade. Não sei dizer. — Vivian deu de ombros. — Antigamente, pessoas animais não precisavam se esconder.

Enfim, a Vó Ancestral cumprimentou a mulher coiote como se fosse da sua própria família. Ela disse:

— Olá, irmã. Como posso ajudar?

A mulher coiote circulou os cavalos, maravilhada.

— Eu nunca andei em um desses antes — disse ela. — São velozes?

O marido da Vó Ancestral pensou um pouco antes de responder.

— Não mais do que um urso. Ursos-pardos são impressionantemente rápidos, como você deve saber. Se ver algum, é melhor se deitar no chão do que se virar e...

— Eu não preciso fazer isso. Kirby iria me proteger — interrompeu Ellie.

— É melhor ter um plano B. Pode ser que ele não esteja sempre com você — disse a mãe.

— Ele *vai estar*. Mas meu plano B é outro cachorro fantasma.

A julgar pelo olhar sério, Vivian não achou que era um bom plano.

— O que aconteceu depois? — perguntou Ellie.

A mulher coiote perguntou:

— Posso dar uma volta? Não vou longe.

— Claro — disse o marido da Vó Ancestral —, assim que terminarmos nosso trabalho aqui.

— Que trabalho? Dar água aos animais? Eles parecem satisfeitos.

— Um grande buraco se abriu na terra — explicou Vó Ancestral. — Precisamos descobrir o que causou isso.

— Ah, aquilo! — respondeu a mulher coiote. — Fiquem longe dele. O buraco não é perigoso. Só é chato.

— Você sabe o que vive lá dentro? — perguntou Vó Ancestral.

— Sei. O meu pai.

Depois que a mulher coiote desabafou — com razão, ela estava bem chateada com o comportamento do pai —, Vó Ancestral e o marido voltaram para o abismo. Eles correram, mas era tarde demais! O rapaz havia entrado e estava à mercê de um ser travesso que usava as cavernas para se esconder. Normalmente, aquele buraco ficava escondido por uma rocha, mas a criatura havia cozinhado um cervo no subsolo e achou que as cavernas seriam suficientes para dar um jeito na fumaça. Quando o plano não funcionou, ele teve que tirar a rocha para ventilar a área antes que os morcegos ficassem chateados.

Assim que a Vó Ancestral chegou no buraco, ouviu-se um grito de medo vindo de dentro.

— Me puxem de volta! — gritou o jovem. — É um monstro! Rápido!

Todos o puxaram para a superfície. Ele estava ileso, mas muito abalado, tremendo como vara verde.

— Nós aborrecemos um mal antigo! — disse o jovem. — Ele exige uma oferenda de comida para perdoar nossa insolência.

— Mortos não comem — disse Vó Ancestral. — Acalme-se. Qual era a aparência do monstro?

— Era coberto por espinhos brancos e tinha uma cabeça de caveira!

— Me deixem descer. Eu quero ver com meus próprios olhos.

Os homens tentaram convencê-la de que era perigoso demais.

— Você vai irritá-lo — disseram. — Deixe-nos mandar comida.

O marido da Vó Ancestral riu.

— Nem percam tempo tentando convencê-la — disse ele. — E poupem a saliva também. Seria mais fácil convencer o sol a nascer no Norte. O que vai fazer, minha esposa?

Vó Ancestral pegou duas opuntias e respondeu:

— Ele quer comida. Eu vou dar o que ele merece.

Depois de tirar os espinhos da casca da fruta, Vó Ancestral se prendeu no arreio de corda e os jovens rapazes a ajudaram a descer pelo buraco. A luz do sol se tornou um pequeno círculo acima da cabeça dela. Quando Vó Ancestral sentiu os pés tocarem no chão — macio e esponjoso, como uma pilha de terra macia e folhas — ela acendeu a tocha.

— Apareça, monstro! — chamou. — Eu tenho uma oferenda para você.

— Uuuuuuuh! Uuuuuuuuh! — foi a resposta sinistra que ela ouviu. Eu aposto que soava muito como aquele coiote solitário uivando no parque. — Coloque minha comida no chão e vá embora!

O homem coiote se aproximou da luz e, por um instante, Vó Ancestral achou que ele parecia intimidante: espinhos brancos como neve saíam dos braços e costas curvadas. Os olhos amarelos, iguais aos de um cachorro, refletiam o fogo através da caveira branca de bisão que ele usava como máscara.

— Aqui — disse ela, oferecendo as frutas sem espinhos. Ficou impressionada com a fantasia dele. Devia ter levado horas para coletar todas aquelas estalagmites e as prender no corpo daquela forma.

O coiote pegou as frutas da mão dela, as cheirou com cuidado e se recolheu de volta para as sombras.

— Mande mais carne — disse ele. Mas... obviamente, ele não falava inglês. Ou Lipan. Pessoas animais usam um idioma que não requer tradução.

— Você assou um cervo inteiro — argumentou Vó Ancestral.

— E daí? Monstros têm um grande apetite.

— Eu concordo com isso do apetite, coiote. — Ela levou a tocha na direção dele. — Eu não contei o seu segredo... ainda. Mas se você continuar a assustar humanos, isso vai mudar. Estamos entendidos?

O coiote tirou a máscara de caveira de bisão e a jogou contra a parede de pedra.

— Como você sabia? — perguntou ele.

— Eu já encontrei dezenas de monstros e você não se parece *nada* com eles.

A distância, ouviu-se um ruído ritmado, como se fosse gravetos batendo uns nos outros: *clac, clac, clac*. O sistema de túneis das cavernas era um labirinto de passagens e câmaras, então Vó Ancestral não sabia dizer de onde vinha exatamente. Ela balançou a tocha de um lado para o outro.

— Mais truques, Coiote?

— Sempre — respondeu ele —, mas esse não é um deles. — Ele abaixou a mão com a fruta e inclinou a cabeça para ouvir com atenção. — Opa.

O barulho foi abafado por uma cacofonia de bater de asas e gritos agudos. Uma colônia de morcegos voou em direção à Vó Ancestral. Ela sentiu as asas tocarem seus braços enquanto aceleradas batidas de asas agitavam o ar. Os animais estavam tão próximos que só era impossível ver um palmo à frente do nariz, como se a escuridão da caverna tivesse se transformado em milhares de pequenos corpos peludos. Os morcegos voaram em direção ao topo do buraco e em menos de um minuto, escaparam das cavernas.

— É cedo demais — disse Vó Ancestral. — Eles não deveriam acordar antes do anoitecer.

— Coiote! — disse uma voz aguda. — Você não é mais bem-vindo nas cavernas!

Dentro da maior passagem à direita, Vó Ancestral percebeu um movimento. Ela seguiu o som, tocha em mãos, e iluminou uma pessoa morcego. A mulher morcego tinha vários colares de contas, alguns iam até abaixo da barriga, outros ficavam justos ao redor de seu pescoço. As contas eram feitas de pedras estranhas que Vó Ancestral nunca tinha visto antes. Minérios de diferentes cores e texturas. Um deles parecia uma folha impressa em uma pedra.

— Por que não? — perguntou Coiote. — Eu nunca fiz mal a vocês.

— Você destruiu nosso lar — disse ela. — Os espinhos nas suas costas levaram milhares de anos para crescer. Gota a gota, a terra fez crescer cada estalagmite com o sal de suas lágrimas. E você os arrancou para pregar uma peça?

— Há tantas por aí! — disse Coiote. — Eu só peguei... o que, uns seis? Sete? — Ele se virou, como se esperasse que Vó Ancestral contasse cada estalagmite presa nas costas dele. Por sinal, eram nove.

— "Há tantas por aí" — repetiu a mulher morcego. — Uma desculpa pra você fazer o que quiser, sem se importar com as consequências.

Junte suas coisas e vá embora antes que os guerreiros acordem. — Ela bateu na parede da caverna com uma marreta e deu as costas.

— Anciã — chamou Vó Ancestral. — Perdão por me intrometer. Posso perguntar uma coisa?

— Pode — disse a mulher morcego. — E me perdoe se eu bocejar. É por causa do horário, não pela companhia.

— Claro. — Vó Ancestral gesticulou para as pedras ao redor do pescoço da anciã. — Eu nunca vi pedras como essas. Folhas de pedra, conchas e criaturas. O que são? Como se formam?

— Com o tempo — respondeu. — Mais tempo do que as estalagmites demoram para se formar. — A mulher morcego sorriu mostrando seus pequenos dentes brancos. Eles não pareciam nada com os dentes de morcegos vampiros. Tenho certeza de que ela era uma mulher morcego de cauda livre. O sul é cheio deles.

— Que fofo! Eles sempre parecem que estão sorrindo — disse Ellie.

— Você tem razão — Vivian concordou com a filha.

Com a boca sempre sorridente, a mulher morcego disse:

— Quando você vive tanto quanto nós, aprende muito sobre o tempo. É como viver no submundo, com fantasmas por toda parte, nos ensinando sobre fragilidade e extinção. Você sabe o que é isso?

— Não — respondeu Vó Ancestral.

— Morte absoluta. Não resta nada além de marcas na terra. — A mulher morcego segurou o fóssil de folha e o apontou para o coiote. — Havia *tantos* desse aqui também.

— Ainda existem folhas em árvores — retrucou ele, com desdém na voz.

— Bilhões. Trilhões. Nenhuma delas são como a minha.

Com isso, a mulher morcego bocejou, esticou seus braços com asas e foi embora.

— Eu recomendo que você escute o que ela disse — falou Vó Ancestral.

— Pff. Morcegos. São hipócritas. Você precisa ver o que tem nessas cavernas. — Ele jogou a casca da fruta no chão, tirou a roupa de estalagmites e voltou para a escuridão. Em seguida, Vó Ancestral retornou para a superfície e disse para as pessoas que o monstro não causaria mais problemas.

— Os morcegos o derrotaram — disse ela.

Durante a jornada de volta para casa, a mulher coiote andou no cavalo da Vó Ancestral. Ela passou algumas semanas com eles, a maior parte do tempo brincando com os cachorros. Todos os cachorros, vivos e mortos. Depois, sem se despedir, foi embora. É assim que algumas pessoas vivem. Planktos.

— Plânctons? — perguntou Ellie.

— Não. Planktos. Significa...à deriva. Eu acho.

— Como se diz "à deriva" em Lipan?

Vivian balançou a cabeça.

— Se tínhamos uma palavra para isso, ela se perdeu.

— Existe mais alguma? — perguntou Ellie. — Pessoas, quero dizer. Pessoas coiotes, pessoas morcego, pessoas urso. Eu nunca encontrei uma.

— A população e a força de suas espécies demonstram a longevidade deles — respondeu a mãe. — Eu duvido que coiotes e morcegos estejam sob ameaça. Eles se deram muito bem com o novo normal, mas você não vai encontrá-los com frequência. Sabem se esconder muito bem. Fingem ser outra coisa. Meio parecido com o que o nosso povo fez depois da Guerra Civil. Falando nisso, você já ouviu falar das cavernas perto de Austin?

— Claro! Elas comem espeleólogos! O departamento ParaNor da Universidade Herotonic estudou sobre elas no ano passado. Não teve também um documentário sobre os mistérios delas no *History Channel*? Eu tentei assistir, mas as encenações eram estranhas demais. Não aguentei mais do que dois minutos.

— Eu tenho fontes confiáveis que dizem que é tudo mentira — disse Vivian. — As pessoas morcego que vivem naquelas cavernas não querem ser incomodadas.

— Espera aí. Você tá dizendo que elas fingem ser monstros para assustar os humanos? Do *mesmo jeito* que o coiote fez?

— Só que de um jeito mais elaborado.

— Mesmo assim! — Ellie lançou um olhar melancólico para a trilobita. — Eu quero conhecê-las.

— Um dia — prometeu Vivian. — Quando o mundo for menos assustador, elas vão parar de se esconder.

Ellie soltou uma risada sarcástica.

— Seria mais fácil convencer o sol a nascer no Norte.

Dez

O médico legista declarou no laudo que a morte de Trevor havia sido "um acidente" e por isso "não demanda mais investigação". Não foi uma surpresa para Ellie, mas ler aquilo foi como levar um soco no estômago. Como alguém pode definir a causa de uma morte com circunstâncias tão estranhas ao redor dela daquela forma?

Não importava. Certificados de óbito podiam ser alterados. Depois que Ellie e a família terminassem a investigação, a causa da morte de Trevor seria "homicídio".

Depois de um funeral com o caixão fechado, Trevor foi enterrado em um lugar sagrado com seus pertences mais valiosos. Apenas os anciãos e a família mais próxima dele os colocaram na terra. Depois, os pais de Ellie fizeram um funeral público no parque fora da cidade. Lá, amigos de Trevor, colegas de trabalho, alunos e o resto da família pôde se unir para celebrar a vida dele.

Ex-alunos tomaram conta do funeral. As crianças vestidas em preto ocupavam cada banco do parque como se fossem uma toalha de mesa. Eles mordiscavam biscoitos e tortinhas de limão, choramingando. Ellie percebeu que a maioria, especialmente os mais jovens, nunca devia ter ido à um funeral antes. Os mais sortudos nunca tiveram que lidar com a morte de alguém até agora. Outros haviam perdido um avô ou bisavô, alguém que morrera pacificamente depois de viver uma vida longa, como era certo e justo.

A maior parte dos adultos conversava em grupos. Às vezes, os grupos se partiam e se refaziam com novos membros, assim como em uma festa qualquer. Se sentindo meio solitária, Ellie assistiu a tudo sentada sob uma árvore de mesquites onde não havia nem formigas. Ela bebia um copo de suco de morango. Pedaços de gelo flutuavam no líquido rosa, se derretendo rapidamente graças ao calor do verão. Como Lenore conseguia lidar com a fila de condolências e abraços? Como *alguém* conseguia fazer isso? Ellie estava com medo de começar a chorar se um estranho qualquer chegasse para ela e falasse: "Ele era um bom homem".

Para além da multidão, uma Mercedes-Benz parou no estacionamento. A pintura brilhava como uma ágata recém-polida. O carro de luxo se destacava entre os outros modelos mais modestos dos amigos de Trevor. Essa foi a primeira coisa que chamou a atenção de Ellie, deixando-a em alerta.

As séries de drama policial que passavam na TV gostavam de reforçar: *eles sempre voltam à cena do crime*. Essa não era a cena do crime, mas talvez...

A porta do motorista se abriu e um homem alto saiu do carro. O terno preto era muito diferente das roupas casuais de golfe, mas Ellie o reconheceu mesmo assim.

Abe Allerton estava no funeral de Trevor.

Ellie jogou o restante do suco na grama, amassou o copo de papel e correu até o estacionamento. Ela não tinha um plano. Será que precisava de um? Com certeza. Não podia simplesmente dar um soco no Dr. Allerton, arranhar o carro dele e o acusar de assassinato. Isso só a meteria em confusão e colocaria a família dela em risco. O Dr. Allerton ainda não sabia que alguém suspeitava dele.

Fique tranquila, pensou Ellie. *Diga oi. Seja simpática. Tente descobrir algo. Certifique-se de que o médico não está aqui para matar Lenore, ou algo assim.*

Ela suspeitou que o Dr. Allerton não causaria problemas com dezenas de testemunhas ao redor. Porém a maioria daquelas pessoas também não mataria um homem inocente. Ellie estava preparada para usar o Grande Uivo de Kirby se a situação virasse uma briga. Além disso, a mamute-lanoso da família podia ir de encontro ao carro do Dr. Allerton e impedi-lo de escapar. Infelizmente, a avó de Ellie era das antigas, isso queria dizer que não ia a funerais. Para ela, não era certo falar tão abertamente sobre os recém-mortos. Apesar de Ellie já ter invocado a mamute-lanoso uma vez, a avó sempre ficara por perto, supervisionando. Como o animal gigante iria se comportar sem sua querida mestra? Ellie não queria arriscar uma reação negativa. A avó alertara que havia três lugares onde você nunca devia invocar algo maior do que um elefante: ambientes lotados, espaços pequenos e locais barulhentos.

Dito isso, Ellie gostou de imaginar a Mercedes-Benz sendo amassada pela bunda invisível da mamute.

O Dr. Allerton deve ter percebido Ellie se aproximando porque abaixou os óculos de sol e olhou por cima da armação prateada. Ellie relaxou a postura, deixou os ombros caírem e abriu os punhos. Depois de jogar o copo na lixeira de materiais recicláveis, ela sorriu. De início, um pouco demais — era um funeral, não uma festa de aniversário. *Aja naturalmente, Ellie.*

— Oi — cumprimentou ela. — Esse é um evento fechado...

— Eu sou o Abe. Meus mais sinceros sentimentos. Estou aqui para oferecer minhas condolências. — Ele sorriu do jeito certo: simpático, meio triste. Era sincero? Não. De jeito nenhum. Ele só sabia o que fazer, diferente de algumas pessoas.

— Desculpa — disse Ellie. — É que você é tão... bom, eu aposto que esse terno custa mais do que a soma de todos os ternos aqui no parque.

Ele balançou a cabeça, os olhos tomando uma expressão (falsa, claro) de compaixão.

— Todos processamos o luto de um jeito diferente. O Sr. Reyes foi professor do meu filho dois anos atrás.

— Ah, e onde tá o seu filho?

— Com a mãe dele. Nós nos separamos. — Ele juntou as mãos. — Que tragédia.

— Ainda... estamos falando do seu divórcio?

— Não — respondeu o Dr. Allerton. — Foi amigável. Isso. Isso aqui é uma tragédia. Apesar de termos nos conhecido brevemente, o Sr. Reyes foi memorável. Ele era um homem inteligente e cativante, e se importava de verdade com os seus alunos.

Os olhos de Ellie arderam. Mal conseguia manter a falsa expressão amigável.

— Sim. Ele era. Sempre se importava muito com... com as outras pessoas.

— Vocês eram parentes?

— Primos.

O Dr. Allerton se aproximou para dar um abraço lateral, mas Ellie se afastou. Kirby latiu, um alerta.

— Me desculpe. Eu devia ter perguntado antes — disse Dr. Allerton. Ele olhou ao redor, procurando o cachorro misterioso. Pelo menos não tinha poderes que detectavam fantasmas. Kirby estava ao lado de Ellie, um brilho discreto que se misturava com o ar quente subindo do asfalto.

— Tudo bem — respondeu ela. — Qual o nome do seu filho? Alguns dos alunos do meu primo se juntaram para assinar um cartão.

— Brett. — O Dr. Allerton apertou os lábios e abaixou a cabeça, um exemplo de compaixão. — Onde o Sr. Reyes está enterrado? Brett não pôde vir, ainda está no acampamento de verão, mas quer visitar depois e se despedir.

— É um segredo — disse Ellie.

O Dr. Allerton levantou o olhar e o sorriso simpático dele ficou tenso. Ele estava ansioso? Irritado?

— Segredo? — perguntou.

— É a nossa tradição — explicou Ellie.

— Brett está muito chateado, sabe? O Sr. Reyes era o professor favorito dele. Talvez possamos fazer uma exceção? — Ele olhou por cima do ombro para um grupo de familiares do Trevor, provavelmente se perguntando se eles poderiam ser mais úteis do que Ellie.

— Você quer insultar nossos anciãos? — perguntou Ellie. — Porque é nossa tradição.

— Ah — ele disse. — Eu esqueci. Vocês são... indígenas?

— Lipan Apache. Alguém... te contou como o meu primo morreu?

Allerton confirmou com a cabeça, discreto. Ela queria poder ver os olhos dele. Era por isso que jogadores de pôquer usavam óculos. Eles eram blefadores profissionais, mentirosos.

— Ele sofreu um acidente — disse Allerton, baixinho —, não foi?

— Eu queria ter estado lá quando aconteceu. Poderia ter ajudado. De alguma forma. — Ela esfregou o nariz na manga da blusa. — Mas estou aqui agora. Prazer em conhecer.

— Aham. — Ele franziu o cenho e apontou para o lado dela. — Desculpa, mas você consegue ver esse brilho no ar?

— É meu cachorro. Apareça, Kirby. — Ellie sentiu um pingo de satisfação quando o Dr. Allerton deu um passo para trás, assustado. Kirby ficou sólido, apesar das extremidades piscarem um pouco, como se estivesse sendo projetado por lentes defeituosas.

— Um bicho de estimação fantasma — disse Allerton. — Como conseguiu isso?

— Antigo segredo de família.

Ele riu.

— Ah, sim. Eu sei *bem* como é isso.

A risada de Allerton era educada e gentil. Ellie teve que dar um passo para trás e se recuperar porque se passasse mais um minuto conversando com o animado Dr. Allerton, vomitaria no terno caro dele.

— Preciso ir — anunciou ela.

— Se cuide.

— Ah. Abe?

— Sim?

— Esse carro é novo, né? O que aconteceu com o antigo?

— Que pergunta estranha — disse ele.

— Um amigo meu está procurando um carro usado de qualidade para comprar.

— Desculpa — disse Dr. Allerton —, não estou vendendo. Adeus.

Foi mais como se ele dissesse: *boa tentativa*.

Enquanto o Dr. Allerton ia até a mesa de lanches, Ellie deu uma volta ao redor do carro. Ainda estava com a licença temporária colada na janela com o nome da concessionária onde havia sido comprado — Mercedes-Benz de Mary County — abaixo do código. O carro não era só novo, tinha acabado de sair da loja. Será que o Dr. Allerton tinha perdido o último carro no mesmo acidente em que matara Trevor?

O pai de Ellie se aproximou. Estava com uma expressão hesitante e preocupada, como se estivesse esperando pelo pior, mas esperando o melhor.

— Quem é aquele? — perguntou, olhando para o Dr. Allerton. — Não é...

— É o médico.

— *O médico? O médico assassino?*

— Isso.

— Você conversou com ele? O que ele quer? — O pai de Ellie colocou o braço ao redor da filha, como se um abraço fosse afastar todo o mal do mundo.

— Não sei. Talvez ele sinta prazer com o sofrimento alheio. É bizarro, mas assassinato também é. — Ela observou o Dr. Allerton por um tempo. O assassino bebia limonada lentamente, como se estivesse degustando um vinho. — Tem uma coisa. Pai, ele perguntou sobre o lugar onde o primo foi enterrado.

— Ele *o quê?* Por quê?

— O filho dele, Brett, quer visitar o túmulo. — Ellie balançou a cabeça. — Pelo menos foi o que ele disse.

— Você não acredita nele.

— Não. Quando eu expliquei que ninguém podia ver o túmulo, ele pareceu bastante *assustado*. Como se precisasse disso mais do que o filho.

— Mais um motivo para manter segredo. — O pai de Ellie começou a andar em direção ao Dr. Allerton. — Esse homem precisa ir embora. Se ele ficar mais, as pessoas vão começar a falar.

— Espera! — Ellie agarrou a mão do pai. — Seja discreto.

— Óbvio. Confia em mim. Eu já li centenas de livros de espionagem. *Centenas.*

Sem mais delongas, o pai dela atravessou o parque e se apresentou para o Dr. Allerton com um aperto de mão. Apesar de Ellie não conseguir ouvir a conversa, o pai deve ter colocado em prática suas habilidades de espião porque poucos minutos depois Allerton voltou para o seu carro. Levantando uma poeira de cascalho, o carro deu a ré e saiu do estacionamento em alta velocidade. Obviamente o Dr. Allerton não estava nem aí para multas. Por que se importaria? Afinal, o que eram algumas centenas de dólares para um homem como ele?

— Ele vai acabar batendo esse carrinho novo dele — disse Ellie. — O que você acha, garoto?

Kirby, ainda visível, se virou e ficou de barriga para cima.

⫸ Onze ⫷

Ellie estava lendo todos os comentários maravilhosos sobre Abe Allerton em Avalie-Seu-Médico.com quando soube da notícia.

— Lenore ligou — disse a mãe de Ellie. — Chloe Alamor está nas redondezas. Ela se voluntariou a dar uma olhada no local do acidente de Trevor para checar a energia traumática residual.

— Chloe Alamor! — Ellie soltou um assovio, impressionada. — Por que esse nome me parece tão familiar? Ela não tem um *reality show*? *Hollywood Crime Scene Psychic*, não é?

— Ela mesma.

— Por quê?

— Ela tem família que mora aqui, eu acho. Depois que a morte do seu primo foi dada como um acidente, eu e Lenore... bom, nós não acreditamos nisso. Até tentamos fazer com que algum jornal se interessasse pela história. Eu expliquei como era estranho que o seu primo estivesse dirigindo em alta velocidade em uma estrada no meio da floresta. A repórter não comprou a ideia, mas a notícia deve ter chegado até os ouvidos da Chloe.

— Você não parece muito empolgada, mãe.

Vivian deu o seu sorriso discreto que tentava parecer mais animado do que estava.

— Eu estou de mente aberta — disse ela. — O testemunho de uma vidente não faz diferença em um tribunal, mas se a investigação da Chloe apontar para Abe Allerton, talvez a polícia vá atrás dele e use a palavra dela como base. Talvez.

— Eles já não estão fazendo isso? Eu achei que você ia fazer uma denúncia anônima.

— Eu fiz. É que... denúncias anônimas não são tão convincentes a menos que ofereçam um bom motivo para a polícia segui-las. — Ela tocou na cabeça de Ellie. Estavam sentadas lado a lado nas cadeiras do quintal. Lenore havia levado Gregory para visitar os avós maternos, e o pai de Ellie havia pegado um voo para casa naquela manhã. Seus pacientes, principalmente cachorros e gatos, apesar de ele também tratar pássaros, pequenos mamíferos e répteis, precisavam dele.

— Entendi — disse Ellie. — Podemos ir ver ela fazendo essas coisas?

— Podemos. A família é bem-vinda, e Lenore quer nosso apoio lá. Seus tios não vão. É sofrido demais para eles.

— Chloe não vai filmar isso para colocar na TV, né?

— Não — disse Vivian. — Eu vou fazer o jantar, Ellie. Me avisa se descobrir algo de interessante.

Assim que a mãe dela entrou na casa, Ellie ligou para Jay. O telefone tocou apenas uma vez e ele logo atendeu. Estava esperando pela ligação dela?

— Oi! — disse. — Como estão as coisas?

— Não muito bem. Eu estava lendo os comentários do Dr. Allerton no Avalie-Seu-Médico. Elas são ridículas. Escuta essa... — Ela olhou para o tablet no colo e leu: — "Depois de o meu filho ter sido diagnosticado com um gliobastoma, nós fomos em cinco oncologistas e nenhum deles conseguiu diminuir o crescimento do tumor. Um amigo me indicou o Dr. Allerton. Estava descrente, mas ele salvou meu filho. Não há mais NE-NHUM sinal do tumor. O Dr. Allerton faz milagres!"

— Eu li essa — contou Jay. — Quase todo mundo o chama de um milagreiro. Eu fiquei me perguntando se é verdade mesmo. Você acha que ele consegue curar as pessoas usando magia? Tipo tocar em alguém e curar a pessoa?

— Jay. Nenhum curandeiro é tão poderoso assim. Mesmo com mágica.

— Talvez ele seja o primeiro.

— Se for o caso, por que ele não contou pra todo mundo? "Ei, eu posso fazer seu câncer desaparecer instantaneamente." Isso não seria uma notícia incrível? Inimaginável?

— Ah... Bom, é estranho. Não sei.

— Adivinha o que mais é estranho?

— Tamboris?

— Hum... — Ellie percebeu que estava sorrindo. Sorrir em uma ligação era quase tão estranho quanto dar uma piscada de olho (para quê?), mas a expressão era bem-vinda. — Além disso — ela continuou falando —, eu tenho novidades estranhas. Uma vidente vai visitar o local da morte amanhã. Chloe Alamor. Sabe quem é?

— Alamor. Tipo *L'Amore*? O nome me parece familiar. Muito familiar. Mas meu conhecimento sobre videntes é igual a zero. Só sei da minha Tia Bell.

— Chloe encontrou aquela tropa de escoteiras, a que ficou perdida nas montanhas Apalaches, sabe? Eu estou carregando a biografia dela aqui. — Ellie rolou a tela no navegador do tablet. — Já resolveu vinte e um casos de pessoas desaparecidas. Ajudou com doze assassinatos. O *reality show* mais assistido do canal Psy101. Se ela não conseguir nos ajudar, não sei mais quem consegue.

— Ellie. Hum. Eu não quero ser um estraga-prazeres, mas...

— Pode falar.

— Como eu disse, minha Tia tem esse dom. Não é muito bom. As coisas que ela sente, quando ela sente alguma coisa, são muito vagas. Ela percebe sentimentos duradouros, sabe? Tipo tristeza ou inveja. Às vezes escuta sussurros, frases que mal fazem sentido porque são ditas rápido demais, como uma única batida de coração. A única exceção é quando ela tem uma conexão pessoal com... o que quer que apareça na visão, sabe?

— Ah. — O sorriso de Ellie se desfez. — Eu duvido que a Chloe tenha um forte apego com a minha família. Precisamos de mais do que sentimentos sutis.

— Dedos cruzados. Minha Tia não é uma *celebridade*. Talvez Chloe Alamor salve o dia.

— Espero que sim.

Houve uma pausa entre eles. Ellie teve a impressão de ter ouvido o barulho de pássaros do outro lado da ligação. Jay devia estar fora de casa. Ou isso, ou ele estava assistindo a um documentário sobre a natureza.

— Ei — chamou Ellie. — A Ronnie viu o pedido de casamento?

— Ainda não. Ela tá fazendo um estágio na faculdade. Vai ver quando voltar para casa na semana que vem. Al deve ter planejado alguma coisa.

— Me conta depois o que deu isso.

— Conto! — disse Jay. — Pode me ligar depois da visita da vidente?

— Claro. Você é tipo o meu parceiro num daqueles filmes de dupla policial. Tudo o que eu descobrir, você vai saber também, e vice-versa.

— Qual de nós dois é o engraçado?

Ellie pensou um pouco antes de responder.

— Nenhum dos dois — decidiu ela. — Mas eu vou rir quando Abe Allerton for preso. Vai ser o final perfeito.

Naquela noite, Ellie dormiu em seu colchonete de espuma viscoelástica e acordou sob a sombra de um zimbro, a cabeça apoiada em uma cama de cogumelos brancos. Perto dali um rio preguiçoso cortava a terra. A boca de Ellie estava tão seca que não conseguia falar. Sem outra opção, andou descalça até a beira d'água, a bainha das calças do pijama ficou dura e suja de lama. Ela fez uma concha com as mãos e se abaixou para beber.

Houve uma movimentação na água. O rosto de Trevor apareceu para ela no fundo do rio. Ele esticou a mão em direção à Ellie, as pontas dos dedos quase tocando a linha que separava a água do ar. Os lábios de Trevor se mexeram: *Me ajuda*. Ele estava preso ali.

Sim. Ela queria pegar a mão do primo e puxá-lo de volta. Mas não podia! Porque aquele não era Trevor. Não. Era um monstro com o rosto de Trevor.

— Sinto muito — disse ela e recuou da beira d'água. Só parou quando as costas tocaram a árvore de zimbro.

O rio borbulhou com a raiva do monstro.

Ellie.

ELLIE!

Dessa vez, ela acordou de verdade. Lenore estava olhando para ela.

— O qu... oi? — perguntou Ellie. — Há quanto tempo você tá aqui?

Lenore deu um passo para trás.

— Levanta — mandou ela. — Hora de encontrar Chloe Alamor.

Depois de comer um prato de migas e tomar suco de laranja, Ellie e Lenore foram de carro, em silêncio, até o local da morte de Trevor, seguidas pelo sol nascente. Quando entraram na estrada da floresta, tiveram que desviar de uma equipe de filmagem composta por três pessoas e um trailer preto. Lenore parou no acostamento e encarou para fora da janela, como se estivesse vendo um filme ruim.

— Foi aqui que o fazendeiro encontrou Trevor — disse ela.

— É tão isolado aqui — comentou Ellie. Ao lado da pista de terra, havia um salgueiro do deserto, uma árvore de mesquites e um louro-da--montanha. Os arbustos e as árvores pequenas e resistentes contra secas existiam aos montes no vale Rio Grande. Tinham folhas grossas e cerosas e galhos pálidos. Entre elas, cresciam emaranhados de flores silvestres, do tipo que alimenta borboletas na primavera e no começo do verão. Uma parte da vegetação estava destruída, amassada pelos pneus de um acidente.

— Me desculpa — começou Lenore. — Pelo que fiz aquela noite. Foi errado gritar com você. Pedir por coisas impossíveis.

— Não tem problema — respondeu Ellie. — Quando eu soube do acidente, eu... eu quis trazer ele de volta também.

— Não é justo — disse Lenore. Ela enxugou os olhos com um lenço. Desde a morte de Trevor, Lenore não usava sua maquiagem completa no rosto, o batom roxo de sempre com o delineado de gatinho. Ela parecia uma pessoa completamente diferente, mas não irreconhecível. Se Ellie visse fotos da Lenore-maquiada e da Lenore-sem-maquiagem lado a lado, ela conseguiria dizer que eram a mesma pessoa (ou gêmeas idênticas). Porém, assim como os perfumes dela, Lenore era o tipo de mulher que expressava sua personalidade e criatividade pela maquiagem. Ellie se perguntou se essa veia criativa voltaria algum dia.

— Somos as únicas pessoas aqui, além da van de equipamentos da Chloe. Não tem trânsito — disse Ellie.

— É uma rua pequena, que leva a lugar nenhum. No fim dela só tem algumas casas e fazendas — disse Lenore.

Ellie e Lenore observaram a equipe de filmagem — dois homens e uma mulher — prender estacas vermelhas no chão, marcando o lugar onde o carro de Trevor fora encontrado. Eles montaram um tripé e câmera, que pareciam caros, do lado de fora da marcação.

— Isso vai ser filmado? — perguntou Ellie. — Eu achei que...

Lenore interrompeu:

— Sim, mas não para a TV. Chloe grava todo o trabalho dela. É melhor do que depender só da memória.

— Onde ela está, por falar nisso?

— Provavelmente ainda está no trailer. — Lenore cobriu o rosto com as mãos como se estivesse tentando se esconder. — Isso foi uma má ideia. Não estou pronta. Eu devia ter ficado com o Gregory e deixado sua mãe lidar com... esse *circo*.

— Sinto muito, Lenore — disse Ellie. — Talvez você deva esperar no carro até estar se sentindo melhor? Se vai ser filmado, não vai perder nada. Eu falo com a Chloe.

— Obrigada — respondeu Lenore.

Ellie tentou parecer confiante enquanto tirava o cinto e saía do carro. O ar quente e com aroma de flores a acertou em cheio. Ela acenou para a equipe de filmagem e foi andando até o acostamento, parando nas margens da marcação do chão.

— Eu sou Ellie Bride — disse. — Vocês trabalham com a Chloe Alamor?

— Isso mesmo — confirmou o membro mais jovem da equipe, um homem de uns trinta e poucos anos que vestia uma camisa xadrez. Ele limpou o suor da testa com as costas da mão. — Nós estávamos esperando por uma mulher chamada Lenore Reyes...

— Ela está aguardando no carro, onde está mais agradável. Lenore deve sair quando a Chloe chegar, o que deve ser em breve, né?

Como se tivesse sido convocada, a porta do trailer se abriu e a vidente da TV apareceu. Chloe Alamor usava um vestido azul, óculos de sol e um lenço de bolinhas infinitas. O lenço estava jogado sobre os ombros dela, protegendo-os do sol. Ela tinha uma daquelas peles pálidas e cheia de sardas que queimam mais rápido do que se bronzeiam.

— O lugar é aqui — declarou Chloe com uma voz grossa e carregada de emoção. — Posso sentir.

— O que você sente? — perguntou Ellie. A câmera já estava ligada. O homem de camisa xadrez se virou para Chloe, capturando as primeiras impressões da vidente. Chloe andou devagar, consciente de cada passo dado. Seus saltos vermelhos quebravam galhos secos. O queixo estava levantado e os braços abertos. Para Ellie, parecia que ela era uma equilibrista.

— Uma energia horrível — disse Chloe. — Um segredo gritante. Quem é você? — Ela parou ao lado de Ellie, cheirando a um forte perfume de alecrim. Seus grandes olhos tristes eram visíveis através dos óculos, apesar do tom preto das lentes esconderem a cor deles.

— Prima da vítima — disse Ellie.

— Fique em paz, querida — murmurou Chloe em resposta. — Eu sou a Senhora Alamor. Onde está a viúva da vítima, Lenore? Ela veio?

— Veio. Você precisa dela aqui?

— Por favor. A presença dela vai ajudar a esclarecer a mensagem que Trevor deixou para nós.

— Ah, é? Como funciona isso?

Chloe tirou os óculos de sol. Ela tinha olhos violetas vívidos. Provavelmente usava lentes de contato especiais. Todo Halloween, Ellie ficava tentada a comprar um par, mas elas custavam caro, e ela preferia gastar sua mesada com quadrinhos.

— Meu dom parece com outros sentidos — explicou Chloe. — Quando alguém enxerga o mundo com o sentido da visão, a luz entra pelos olhos e as imagens são processadas pelo cérebro. Com o meu dom, eu absorvo e interpreto as impressões deixadas por momentos poderosos.

— Então a Lenore seria como os óculos de leitura para um sexto sentido?

— Exato. E por causa da sua conexão com Trevor, você também é.

Apesar de Ellie ter estremecido quando Chloe falou o nome de Trevor, ela não podia esperar que todos — nem mesmo a maioria das pessoas — seguissem os rituais de morte Lipan. Felizmente, com todo o cuidado que tomavam, seria necessária uma ofensa maior para acordar um fantasma humano, e esse era um dos motivos pelos quais o Dr. Allerton não podia saber onde estava o corpo de Trevor. Havia poucas ofensas maiores do que um assassino andar sob o túmulo de sua vítima.

Ellie acenou para o carro de Lenore. Depois de um segundo, Lenore abriu a porta do motorista e saiu com muito menos empolgação do que Chloe Alamor.

— Por favor, não me filme — pediu Lenore. Ela virou o rosto para o lado, como se estivesse se escondendo de um *paparazzi*. Ellie reparou que os olhos de Lenore estavam marejados.

— Eu vou me concentrar na Senhora Alamor — o câmera prometeu. — Estamos prontos?

Chloe levantou as mãos, pedindo silêncio. Apenas os pássaros e insetos continuaram emitindo ruídos.

— Você me convidou para testemunhar algo íntimo — disse Chloe. — Por isso, eu agradeço.

— Convidou? — perguntou Ellie. — Não foi você quem entrou em contato primeiro?

— Eu ofereci o meu dom — respondeu a vidente, olhando diretamente para a câmera — mas eu não estaria aqui hoje sem ser convidada oficialmente. Que fique registrado.

— Sim — Lenore concordou. — Você tem minha permissão para continuar.

Chloe andou até o trecho de terra e arbustos amassados onde o carro de Trevor fora encontrado.

— Fique em silêncio contemplando a lembrança do seu amado — orientou ela.

Lenore abaixou a cabeça. Em contrapartida, Chloe fechou os olhos e levantou a cabeça, como se estivesse aproveitando o sol. Ellie observou as duas, com medo de piscar e perder algo importante. A câmera estava rodando, mas não capturava tudo.

Ellie nunca havia assistido a nenhum episódio inteiro de *Hollywood Crime Scene Psychic*, mas tinha visto alguns vídeos de Chloe Alamor em ação. Cada leitura era diferente. Às vezes, Chloe dançava e dizia as observações dela como se fosse uma música. Outras vezes ela tremia violentamente, gritava e caía, sentindo-se sobrecarregada pela energia da cena do crime.

Naquele dia, no lugar do acidente de Trevor, Chloe ficou parada. Talvez tivesse se transformado em pedra. Não. Quando uma brisa balançou as folhas ao redor deles, a boca de Chloe começou a se mexer. Ellie não sabia dizer se ela estava balbuciando palavras ou tentando respirar como um peixe fora d'água.

Ellie se aproximou da vidente, tentando ler os lábios dela. Parecia repetir a mesma palavra de novo e de novo. *Perto? Perdido?*

— Perigo! — gritou Chloe. O grito desesperado dela fez todo mundo, inclusive o câmera, dar alguns passos para trás em susto. Ellie se preparou para comandar Kirby atacar.

— O que você quer dizer? — perguntou Lenore.

— Eu vejo tudo — disse Chloe. A vidente caiu de joelhos e enfiou as mãos na terra, como se estivesse tentando cavar sua própria cova. — Trevor está dirigindo, indo para casa. Está escuro e ele está preocupado. Há tanto a fazer.

— Certo — disse Lenore. — O primeiro dia das aulas de verão estava chegando, e ele precisava terminar os planos de aula...

— Planos de aula! Isso! Era tudo o que ele pensava! Até... o que é isso?! — Chloe apontou para a rua, tremendo de emoção. O câmera se virou para filmar o espaço vazio. — Tem uma mulher na rua! — Chloe gritou. — Cambaleando... sangrando... ferida! Trevor tenta frear, mas o carro não responde. Alguma coisa está...

— Uma mulher? — perguntou Ellie. — Tem certeza?

— Sim. Ah! — Chloe fraquejou, como se estivesse resistindo a um desmaio. — Algo terrível. Não é humana. Nem está viva!

— Espera aí — começou Ellie. — Eu não acho que...

— Silêncio, por favor! Sem interrupções. Eu não... eu não aguento muito mais tempo. Estou sendo tomada pelo desgosto e raiva do fantasma! Ela... ela morreu em um acidente de carro tão violento, e quer que o mundo saiba da sua angústia. Sinta sua dor.

— Você quer dizer que... — Lenore não conseguia terminar, mas a pergunta era clara.

— Sim — confirmou Chloe. — O carro acelera. Trevor não consegue frear. Ele joga o carro para o lado, e...

— Hum... — disse Ellie — me desculpa interromper de novo, mas nada disso aconteceu.

Chloe ficou em pé, cruzou os braços e lançou um sorriso levemente irritado.

— Fantasmas são reais, querida — disse Chloe.

— Ah, eu *sei* disso. Eu também sei que meu primo não foi morto por um fantasma. O que ele estava fazendo nessa estrada vazia pra começo de conversa?

— Eu não estou aqui para defender meu dom. Acredite ou não. — Chloe estalou os dedos e a equipe começou a guardar as estacas, câmera e tripé. — Lenore, minhas mais sinceras condolências. Eu posso te passar o contato de um especialista em *poltergeist*, se precisar.

— Eu já conheço um — disse Lenore. O rosto dela ficou completamente sem expressão. — Obrigada, Senhorita Alamor.

— Por nada. — Chloe colocou os óculos de volta. — Se você precisar de uma cópia da gravação por motivos legais, pedidos de seguro de vida, determinação de causa da morte, processos, qualquer coisa, por favor me ligue. Aqui está o meu cartão. — Ela entregou um cartão de visita azul marinho para Lenore.

— Como você soube sobre a nossa perda? — perguntou Ellie. — Família na região?

— Aham — confirmou Chloe. — Meu sobrinho. Com licença. Preciso ir. Eu tenho uma reunião em outro município, e essa rua precisa desesperadamente de uma limpeza espiritual. Não se demorem aqui.

Enquanto Chloe Alamor e sua equipe iam embora no trailer, Ellie perguntou:

— Você não acredita nela, acredita?

— Não — disse Lenore. — Foi uma perda de tempo. Uma piada.

— Faz você pensar...

— Pensar? Não. Eu sei exatamente que aconteceu. A Senhorita Alamor não sentiu nada. Ela é uma charlatã. Meus pais me avisaram sobre gente assim. Eu só... acho que eu estava esperando por um milagre.

— Eu também. — Ellie balançou a cabeça. — Eu tenho a sensação de que não estamos vendo alguma coisa. Mas o quê?

Cinco horas depois, enquanto Ellie olhava o Avalie-Seu-Médico.com pela terceira vez, a resposta surgiu. Havia um motivo para o nome "Alamor" ter soado tão familiar para Jay e ela. Não era só por causa do *reality show*, que o Jay nem havia assistido.

Uma das maravilhosas resenhas sobre o Dr. Allerton vinha de um homem chamado Justin Alamor.

Ellie ligou para Jay. Ele respondeu com um "E aí, qual é a boa?".

— Uma conspiração! Essa é a boa. Você tinha razão. O Dr. Allerton tem amigos poderosos.

— Ah, não.

— De acordo com o site, ele tratou um homem chamado Justin Alamor.

— Ah! E o Justin é parente da Chloe?

— Eu aposto que sim. O sobrenome deles não é comum como "Smith" ou "Brown". Devem ter algum parentesco.

— Então Chloe Alamor, a vidente de Hollywood, conhece o Dr. Allerton?

— Conhece e deve algum favor a ele. Minha suspeita é que Allerton pressionou Chloe para entrar em contato com a Lenore e mentir sobre a morte do meu primo.

— Por quê?

— Provavelmente porque minha família não ficou satisfeita com essa história de "acidente". Estávamos causando na vida deles.

— Então Chloe Alamor aparece, bota a culpa em um fantasma vagante, e torce para que a explicação conveniente dela seja o suficiente pra vocês?

— Como se fôssemos tão ingênuos assim. Ei, Jay.

— Sim?

— Posso pegar emprestada sua tia vidente?

⇛ Doze ⇚

Círculos de fadas eram voláteis. Eles tinham que ter o tamanho e formato exato (um círculo perfeito com o diâmetro de 157 centímetros, o mesmo comprimento do cabelo da Rainha Fada Titania), e ser feitos de um cogumelo pertencente a um dos seis tipos específicos de *Fungus genera*. Além disso, a viagem via círculos era estritamente controlada nos Estados Unidos por questões de segurança nacional. Alguns viajantes em especial tinham que comprar passes de viagem em Centros de Transporte via Círculos, e se não aparecessem no destino exato, eram declarados como "perdidos em trânsito" e prontamente resgatados por agentes dos Círculos. Ninguém queria repetir o incidente da ilha: nos anos 1990, cinco meninos de doze anos que queriam ver um jogo de beisebol em Chicago foram parar, sabe-se lá como, em uma ilha artificial abandonada no meio do Pacífico, uma antiga base militar que lentamente se desfazia no meio do mar. Demoraram seis dias para encontrá-los e, quando o resgate chegou, apenas quatro dos meninos ainda estavam vivos.

Jay e a tia dele tinham muita experiência com essas viagens, então a deles foi rápida e sem grandes problemas. Ellie os encontrou em McAllen, a cidade mais próxima com um Centro de Círculos. Jay estava pronto para o calor: vestia uma camiseta branca, bermuda rosa e chinelos de dedo. Ao contrário dele, a tia usava um suéter de tricô e uma saia longa. Os olhos dela pareciam maiores graças às lentes dos óculos com armação de cobre.

— Obrigada por virem tão rápido! — Ellie correu para os dois. — Eu agradeço muito.

— Tia Bell — disse Jay —, essa é minha amiga Ellie.

— É um prazer te conhecer. Uma pena que seja sob essas circuns-tâncias — cumprimentou Tia Bell, estendendo a mão. Quando Ellie a apertou, ficou surpresa em perceber quão macia, seca e fria era a pele da mulher. Especialmente no calor ensolarado e abafado do meio-dia.

— Você tá com fome? — perguntou Jay. — Ainda não almoçamos.

— Tem um lugar com ótimos tacos no fim da rua — sugeriu Ellie.

— Você veio dirigindo? — perguntou Tia Bell. — Há quanto tempo você tem sua habilitação?

— Seis meses, Tia — respondeu Ellie —, e eu nunca tive problemas. Nem mesmo uma multa por estacionar em local proibido!

Para mostrar sua proficiência como motorista, Ellie escolheu fazer uma baliza na frente da lanchonete de tacos, apesar de ter várias vagas mais fáceis.

— O que acha? — perguntou. — Estou a poucos centímetros da calçada.

— Não precisa se mostrar, querida — disse Tia Bell. — Eu não me im-porto com firulas.

— Você é tão diferente de Chloe Alamor. Ela era quarenta por cento firulas, quarenta por cento drama e vinte por cento uma péssima men-tirosa. Botou a culpa da morte do meu primo em um fantasma vagante.

— Eu já vi o programa dela — Tia Bell sorriu. — Histórias ridículas são a base da coisa.

Eles se sentaram em uma cabine e pediram o almoço. Apesar da obje-ção de Ellie, Tia Bell pagou por tudo. Ellie e Jay se sentaram lado a lado, seus cotovelos se tocando toda vez que Jay falava. Ele era o tipo de pessoa que enfatizava as palavras com gestos expansivos. Logo, quando descreveu o as-sassinato de Trevor, parecia que estava espantando um enxame de moscas.

— Nós sabemos que foi um assassinato — concluiu ele —, mas não sabemos como, nem por quê.

— Vamos ver o que eu consigo fazer a respeito — disse Tia Bell. — Quão longe é a estrada?

— Uns quarenta minutos daqui — disse Ellie. — Desculpa, não tem um Centro de Círculos mais próximo.

— Eu montei uma playlist para a viagem — disse Jay. — A maioria é *podcast* da NPR. Você prefere ouvir notícias ou histórias?

— Histórias — respondeu Tia Bell. — Jay, não fale de boca cheia.

Ele engoliu uma mordida do taco vegetariano com proteína de carne antes de responder.

— Desculpa. Queria ser eficiente.

Eles encheram os copos de refrigerante mais uma vez e começaram a longa viagem. Apesar da conversa mais cedo, Tia Bell assumiu o papel de copiloto, avisando Ellie toda vez que se aproximavam de alguma placa de PARE ou semáforo. Ellie a agradeceu todas as vezes. Havia aprendido a respeitar os mais velhos, não importava o quão difícil fosse às vezes.

A paciência dela foi testada quando Tia Bell gritou: "Vai devagar!".

Ellie estava passando por um centro comercial, mas não viu uma faixa de pedestres ou placa avisando. Mesmo assim, pisou no freio, desacelerando rapidamente.

— O que foi?

— Eu vi uma menina correndo para o meio da rua. Ela não estava prestando atenção.

Naquele instante, mãe e filha saíram de uma loja de roupas no fim do centro. O braço livre da criança estava engessado e havia marcas roxas embaixo dos olhos dela.

— É ela — informou Tia Bell. — Ah, não. Pobrezinha. Ela já sofreu um acidente.

— Que assustador — disse Ellie. — Você vê o passado com frequência?

— Não. Não assim. Não tão... de repente e intenso. É estranho. — Tia Bell tirou os óculos e limpou as lentes na manga com força.

— Você está mais vidente do que o normal hoje — disse Jay. — Isso não é bom?

— Vamos ver. Mas eu preciso me concentrar na morte do seu primo, Srta. Ellie, e bloquear todos os outros ruídos. — Ela fechou os olhos. — Pronto. Chega de visões.

Quarenta minutos depois, Ellie encostou o carro na estrada vazia onde Trevor havia morrido.

— É aqui — disse ela. — Encontraram o carro mais a frente.

Jay abriu a porta e saiu da minivan. Ele ajudou a tia a descer do assento até o acostamento de terra. Ellie já estava ao lado do lugar em que Trevor fora encontrado. Ela chutou um pouco da terra que Chloe Alamor, no auge da sua performance de vidente, havia agarrado.

— Ah — disse Tia Bell. — A energia residual é fraca, se dispersa, mas... sim... eu sinto uma forte preocupação. — Ela fechou os olhos e parou perto da árvore de mesquites. — Alguém está falando. Eu estou ouvindo uma pergunta. *Senhor, você está bem? Senhor?* — A voz de Tia Bell ficou mais grave e com um leve sotaque do sul.

— Você está soando igual ao fazendeiro que encontrou meu primo — disse Ellie. — Ele estava no funeral. Ouviu mais alguém? Talvez outro homem? — O Dr. Allerton não tinha um sotaque texano. Ela se perguntou se ele havia crescido em outro lugar.

— Não — informou Tia Bell. — Há sussurros no ar, mas podem ser de qualquer pessoa. Querida, eu não acho que o acidente aconteceu aqui. Não tem... — Ela abriu os olhos, se afastou da árvore e balançou a mão no ar como se estivesse tentando espantar uma mosca irritante. — ... uma mudança *brusca*. Não tem impacto, ou sinal de dor. Nenhuma violência.

— Mas ele foi encontrado aqui, no carro dele — insistiu Ellie. — Por aquele fazendeiro que você sentiu. Realmente não sente mais nada? Nada mesmo?

Tia Bell balançou a cabeça negativamente.

— Então devem ter machucado o seu primo em outro lugar — disse Jay —, e o trazido até aqui.

Ellie considerou a teoria.

— Eu tenho me perguntado por que o meu primo estaria dirigindo por aqui — disse ela. — Não faz sentido. Não era nem para ele estar perto dessa estrada. A menos que você esteja certo. A menos que ele e o carro tenham sido trazidos ou dirigidos até aqui por outra pessoa. Mas por quê? O que Allerton estava tentando esconder?

Seja qual fosse o motivo, Ellie estava convencida de que a verdadeira cena do crime acontecera em outro lugar. Aquela teoria também explicava porque Trevor tinha sido encontrado sem o cinto de segurança e sem sinais de feridas causadas pelo cinto no impacto, apesar de ele ser o próprio Sr. Segurança-em-primeiro-lugar quando o assunto era atravessar a rua ou dirigir. Da última vez que Ellie andara de carro com ele, Trevor só saiu com o carro do estacionamento quando Ellie colocou o cinto.

— Você vai dirigir a dez quilômetros por hora — reclamou Ellie no dia. — Precisamos mesmo dessa segurança toda?

— E se um dos meus alunos me vir dirigindo sem o cinto de segurança? — perguntou ele. — Eles nunca aceitariam lições de um hipócrita! De qualquer forma, um caminhão pode tombar na esquina e bater em nós de lado, como um taco de beisebol.

— Você consegue, tipo, rastrear o local do acidente com o seu dom? — perguntou Ellie para Tia Bell. Ela tinha esperança de que, para uma mulher como Tia Bell, o acidente aparecesse como se fosse um alerta de tornado ou um farol.

— Sinto muito — disse a vidente —, mas não. Para isso eu preciso estar mais perto. Especialmente porque já se passaram dias desde a morte dele.

— O seu primo estava voltando do trabalho, certo? — perguntou Jay. — Você conhece a rota que ele fazia para voltar para casa?

— Sei! Sim, eu sei! Genial.

Jay cobriu o rosto com uma mão e a dispensou com a outra pelo elogio, fingindo estar envergonhado.

— Ah, muito obrigado.

Eles foram de carro até a escola de ensino fundamental, um prédio cinza com um playground rodeado por uma cerca. Apesar de ter alguns carros estacionados do lado de fora — provavelmente pertenciam à administração ou professores —, o lugar estava deserto. As aulas de verão começavam de manhã cedo e iam até o meio-dia.

— O que está sentindo, Tia? — perguntou Ellie.

Tia Bell fechou os olhos. Depois de alguns minutos, ela falou:

— Esse lugar é cheio de picos e vales emocionais, mas nenhum sinal de dor física considerável.

— Ok — respondeu Ellie. — Deve ter acontecido em outro lugar. Eu vou precisar da sua ajuda, Jay. Deve ter um mapa aí atrás.

— Um mapa de *papel*? — Ele soou incrédulo.

— Meu pai gosta de estar preparado. O que você faria se todos os satélites de GPS caíssem do céu?

— Me esconderia no porão da minha casa. Isso parece um pesadelo!

— Acho que eu faria o mesmo. — Ellie admitiu.

Ela ouviu o barulho do papel sendo desdobrado. Pelo retrovisor, Ellie viu Jay ter dificuldade para abrir a gigantesca representação geográfica do sul do Texas. O mapa logo o escondeu.

— Me diga qual é o caminho mais rápido entre aqui e a rua King — disse ela.

— Beleza. — Ele baixou o mapa do rosto. — Eu acho que vou usar meu celular nessa, já que os satélites ainda estão funcionando.

O celular dele falou: "Vire à esquerda na avenida Fullerton".

— Já que o robô vai dar as direções, você pode ficar de guarda — disse Ellie. — Se vir algo de estranho, marcas de pneu ou manchas de sangue, me avisa.

Ellie dirigiu sem pressa. Queria dar tempo suficiente para Tia Bell processar as redondezas metafísicas. Eles tinham acabado de cruzar uma ponte coberta quando Jay apertou o rosto contra a janela:

— Olha! Aquelas plantas estão amassadas, e tem marcas de pneu que vão direto até elas.

Ellie olhou para fora, através da janela do passageiro. Vários arbustos estavam com os galhos quebrados e as raízes arrancadas, como se estivessem sido destruídos por um bisão ou um carro. Já que bisões estavam extintos no Texas, a teoria do carro era mais provável. Imediatamente, Ellie parou no acostamento da estrada.

— Meninos, cuidado quando forem sair do carro — disse Tia Bell. À direita, a terra virava um barranco.

— Pode deixar, Tia — disse Ellie ao descer.

Ela deu a volta no carro e analisou as plantas à beira da estrada. De perto, conseguiu visualizar uma trilha de plantas destruídas que terminava em uma árvore larga e alta que estava com uma marca de cerca de trinta centímetros no tronco.

— É isso! Só pode ser aqui! — Ellie começou a andar pela região, seus pés criaram um mini avalanche de terra.

— Não vá longe! — gritou Tia Bell com a voz cheia de ansiedade. — Não sabemos de quem são essas terras! Pode ser de alguém doido pela chance de atirar por invadirem sua propriedade.

— Fique de guarda, Kirby — ordenou Ellie. Se um estranho se aproximasse, Kirby uivaria. — De guarda, garoto. *Guarda.*

Na árvore, Ellie viu que havia seiva saindo da marca no tronco. Ela pegou o celular e começou a filmar. Chloe Alamor estava certa sobre uma coisa: evidência em vídeo valia muito em um tribunal.

— Nós cruzamos a ponte na rua Derby, indo na direção leste — disse Ellie. — Não sou especialista em árvores, mas a seiva está semissólida. Viu? Não está fresca, mas também não é muito velha. Parece que um objeto pesado causou esse dano há uma ou duas semanas atrás. — Ela se virou e filmou Jay e Tia Bell enquanto eles desciam.

— São duas e quinze da tarde — Ellie continuou a narrar a gravação. — Antes da nossa vidente fazer uma leitura, eu vou procurar por evidências ao redor desse ponto de impacto. — Ela se agachou e inspecionou o tronco da árvore. Havia manchas vermelhas presas na casca entre gotas de seiva. — Ahá! Resíduo de tinta.

— O que foi? — gritou Jay. — Você disse alguma coisa? — Ele e Bell estavam na metade da descida. Jay ajudava a tia a se equilibrar usando o seu braço.

— Tinta! — Ellie respondeu gritando. — Ah! E vidro também! — Ela virou a câmera para o chão e empurrou uma folha morta com o tênis. O movimento expôs um fragmento de um material transparente. Brilhava sob o sol, tão bonito quanto um pedaço de quartzo. Ellie mexeu nele com um graveto porque não queria deixar impressões digitais. Era duro, um tipo de plástico transparente, como os usados em faróis de carros. Ela se perguntou se um especialista em forense poderia identificar a marca e o modelo do carro baseado nas propriedades físicas e químicas dos faróis.

— Ufa. Que descida infeliz. — Jay apoiou as mãos nos joelhos e se inclinou para a frente, como se estivesse tentando se livrar da dor de um ferimento. Ao lado dele, Tia Bell limpava a saia, nada cansada pela descida.

— Melhor do que as vigas de uma ponte — disse Ellie. — Menos perigoso também.

— Não sei dizer. — Jay olhou para a tia. — Eu nunca escalei nada mais alto do que os brinquedos de um parquinho.

— Enfiiiim... — disse Ellie. — É disso que a polícia precisa. Provas *físicas!* — Ela mexeu o celular de um lado para o outro, captando todos os detalhes para analisar depois. Ela estava com medo de andar muito pela região, medo de que suas pegadas destruíssem algo que ligava o Dr. Allerton à cena do crime. Um fio de cabelo, uma gota de sangue. Uma fibra de tecido caro.

Ellie teve seus pensamentos interrompidos pela sensação de dedos se fechando no braço dela. Tia Bell a agarrava com força. A mulher estava se mexendo de um lado para o outro.

— Tia, você está bem? — perguntou Ellie.

— Dor... — Tia Bell franziu a testa e apertou os lábios, formando uma expressão de desconforto. — Duas pessoas sofreram aqui.

— Ah! — Ellie olhou para Jay. Ele parecia dividido entre fascínio e preocupação.

— O que mais você está sentindo? — perguntou ele.

Tia Bell inclinou a cabeça para o lado, pensativa. Por um instante, o vale ficou em silêncio, exceto pelo som dos pássaros. Jay começou a filmar também, como se soubesse que tinha um ângulo melhor da leitura psíquica.

— Estou ouvindo... — Tia Bell parou de falar.

Quando ela falou de novo, o tom da voz era mais grave e mais jovem.

— *Droga! Você está bem? Não se mexa. A ajuda está a caminho. Eu vou ligar para... O que você... Não! Para!*

Tia Bell gritou, uma explosão de angústia.

— Essa é a voz do meu primo — disse Ellie.

⇶ Treze ⇴

No caminho de volta para a casa de Lenore, Ellie tentou reconstruir os últimos momentos de Trevor a partir das frases que ele dissera.

Você está bem? Não se mexa. (Trevor estava tentando ajudar o Dr. Allerton, ou outra pessoa? Uma testemunha? Um cúmplice?)

A ajuda está a caminho. Eu vou ligar para... (Para quem Trevor queria ligar?)

Não! Pare! (Por que ele parecia estar com tanto medo? O que o Dr. Allerton teria feito com ele?)

O grito final de dor era autoexplicativo.

Quando estacionou em frente à casa de Lenore, Ellie havia chegado a uma conclusão: precisava ver o histórico de ligações do antigo celular de Trevor. Tinha esperanças de que isso ainda seria possível. Poucas coisas eram mais pessoais do que um celular, então provavelmente o aparelho tinha sido enterrado durante a cerimônia tradicional de Trevor. Óbvio que seus ancestrais não tinham computadores de bolso, mas as tradições acomodam a adaptabilidade da raça humana. Trevor tinha fotos, nomes e conversas com pessoas que ele amava naquele celular. Era uma conexão com as redes sociais dele, suas músicas e podcasts favoritos, seus recordes jogando Tetris e Pac Man e uma infinidade de outras coisas. Deveria ficar com ele.

Dentro da casa, Lenore, Gregory e a mãe de Ellie estavam na sala. A TV presa na parede exibia um episódio de Vila Sésamo. Gregory parecia mais interessado nos seus blocos geométricos. Ele colocava esferas em cima de pirâmides e ria quando a pequena torre caía.

— Você demorou para voltar — disse a mãe de Ellie.

— Eu tive que levar o Jay e a tia dele de volta para o Centro de Transporte via Círculos. — Ellie se sentou ao lado de Gregory e beijou a cabeça dele. A trança dela caiu em frente ao rosto do menino e ficou ali pendurada como se fosse um anzol de pesca. Ele a pegou com as mãos minúsculas, curioso com a textura. Ellie conseguiu se soltar quando Gregory tentou comer a ponta da trança que parecia um pincel de pintura.

— A vidente conseguiu sentir algo de útil? — perguntou Lenore.

Ellie hesitou. O plano era contar tudo para os pais dela, mas e Lenore? Será que era uma boa ideia contar tudo sobre o acidente, as evidências físicas e as últimas palavras de Trevor? E se Lenore tomasse alguma decisão precipitada? Ela já havia implorado para Ellie acordar o morto, afinal.

Talvez, lá no fundo, fosse isso que Ellie queria.

— Precisamos dar uma olhada no celular do meu primo, mas antes disso, eu preciso te mostrar um vídeo — disse ela. — É perturbador. Devo levar o Gregory para o quarto?

— Deve — disse Lenore. — Na verdade, eu não sei quanto bebês entendem das coisas, mas a vida dele já vai ser difícil o suficiente sem mais esse trauma.

Ellie entregou o próprio telefone para a mãe.

— É só apertar o play que o vídeo vai começar.

— Obrigada — disse Vivian.

No quarto de Gregory havia uma cadeira de balanço perto do berço. Ellie se sentou nela e segurou o bebê no colo. Ele se contorceu e chutou até ela começar a balançar. O movimento o deixou mais calmo.

— Kirby, aparece — chamou Ellie. — Apareça, garoto. — Kirby ficou visível ao lado da porta. Ele chegou mais perto, o rabo balançando devagar, e tentou apoiar a cabeça nos joelhos de Ellie. A cada balanço para trás, as pernas dela passavam por dentro da cabeça do fantasma. Ela sentiu uma resistência, mas era como se estivesse contra o vento.

— Viu o cachorro? — perguntou Ellie. Gregory soltou um ruído curioso e tentou alcançar a cabeça de Kirby. Ao mesmo tempo, Kirby tentou lamber a mão dele. Nenhum dos dois conseguiu o que queria.

— Nunca fico sozinha — contou Ellie. — Essa é minha parte favorita do segredo dos fantasmas. Meu melhor amigo está sempre por perto. Eu só tenho que procurar por ele. Não é, Kirby? Não é mesmo? É? Você tá aqui? Tá sim! — As orelhas dele se levantaram e o rabo balançou mais rápido. — Eu sinto falta do pelo dele. Era bom para dar abraços e fazer carinho. Ele gostava quando eu coçava a testa dele.

Gregory rolou de barriga para baixo e tentou engatinhar até Kirby.

— Você não quer cair — avisou Ellie, puxando-o de volta. — Um dia, eu vou te contar sobre Ícaro. Ele era grego.

Ela ouviu vozes falando alto na sala. Vozes irritadas.

— Eu acho que elas terminaram de ver o vídeo, Greg. Vamos brincar mais um pouco com o Kirby?

— Iiiii-iiiiih! — gritou Gregory.

— Querida, pode vir aqui, por favor? — A mãe de Ellie a chamou.

— Parece que temos novas ordens. — Ellie se levantou. — Vamos lá.

Na sala de estar, Lenore andava entre o sofá e a televisão desligada.

— Ellie — começou ela —, o celular do Trevor está no porão. Eu coloquei numa caixa com outras coisas de escola dele.

— Você não enterrou o telefone com ele? — perguntou Ellie, surpresa.

— Não. Como eu disse, está no porão. Onde ninguém mais vai ver. O quê? Eu não posso ficar com algumas lembranças dele? — A tensão de *nem-começa* na voz dela fez Ellie desistir do assunto.

— Desculpa. Só fiquei surpresa. Já volto. — Ela colocou Gregory ao lado dos blocos e andou rápido até o porão. As escadas de madeira guincharam com os passos de Ellie no espaço escuro e frio. Havia três colunas de caixas organizadoras encostadas na parede de cimento. A maior parte delas tinha etiquetas como "roupas velhas", "livros da faculdade" e "cozinha". Não demorou para Ellie encontrar as caixas maiores com o nome "Trevor" em uma pilha no meio do porão. Elas pareciam uma ilha monolítica. As etiquetas foram escritas com a letra única da Lenore, todas as letras inclinadas a exatos quarenta e cinco graus para a direita, como se fossem cair.

Ellie tirou uma das caixas da pilha e a colocou no chão. Devia pesar uns vinte quilos. Quando abriu a tampa e olhou para dentro, Ellie encontrou pilhas de papéis. Vasculhou por elas, procurando o celular. A maioria eram planos de aula antigos, cadernos de exercícios e anotações. Um pacote de mosaicos coloridos estava no fundo.

Ellie achou o celular na segunda caixa. Estava guardado junto ao notebook de Trevor, um toca-discos, e uma dúzia de CDs com títulos escritos em caneta permanente. Por curiosidade, Ellie olhou o que havia dentro da terceira caixa. Estava cheia até a tampa de pastas de arquivo.

Pastas pretas, sem identificação e misteriosas.

Ellie olhou por cima do ombro. Estava sozinha, com exceção de Kirby.

— Talvez haja alguma pista aqui — disse ela. Kirby cheirou uma teia de aranha no canto da sala, distraído. Ellie considerou isso como um "sim" e puxou uma pasta. Tinha dez centímetros de largura e era mais pesada do que um dicionário. Ela a abriu.

— Ah, primo — suspirou Ellie com um sorriso triste no rosto. — Seu nerd.

A pasta estava cheia de quadrinhos protegidos em plástico, guardados em ordem alfabética. Enquanto passava pelos títulos, Ellie reconheceu várias edições que ela havia pegado emprestado anos atrás: *Pelo Submundo*, volumes 1 a 5, *Mistério de Jack*, volumes 9 e 10, *Saltadora de Satélites* (mais volumes do que ela tinha imaginado), e todos os volumes de *Sous-chef Investigador*.

— Achou o celular? — A mãe dela a chamou do topo das escadas.

— Achei — respondeu Ellie. — Já vou subir. Só preciso guardar algumas coisas.

Ellie colocou as pastas de volta na caixa de plástico, o peito apertado de tristeza. Talvez algum dia Gregory venha parar aqui e os encontre.

Senão, ela mesma introduziria o priminho ao mundo de HQs no lugar de Trevor.

No andar de cima, como o celular estava descarregado, Lenore o conectou ao carregador.

— Eu chequei as ligações feitas na semana passada — disse ela. — Não havia nada. Será que eu deixei algo passar?

— Tudo o que sabemos é que ele *queria* ligar para pedir ajuda — disse Ellie.

Uma luz vermelha acendeu no celular indicando que ele tinha bateria o suficiente para funcionar. As três mulheres ficaram ao redor da tela brilhante e Lenore clicou no ícone de telefone que abria a página com o histórico de chamadas. A última chamada registrada era uma conversa de cinco minutos com Lenore às seis da noite.

— Eu me lembro disso — comentou Lenore. — Foi a última vez que nos falamos.

— Ele parecia chateado? Ou falou algo fora do comum? — perguntou Ellie.

— Na verdade, não. Só irritado de trabalhar hora extra. Não pagam bem os professores.

— Se formos acreditar que a Tia Bell está falando a verdade, e eu acredito — começou Ellie.

— Eu acredito nela também — interrompeu Vivian. — Diferente da Chloe Alamor, a Tia Bell não tem por que mentir.

— Tem razão. De acordo com a leitura psíquica dela, o primo foi atacado antes de conseguir ligar para a emergência. Foi um ataque rápido.

— Foi por pouco — disse Lenore. — Três números e ele teria sobrevivido.

— Talvez não. Eu suspeito que o Dr. Abe Allerton tenha muitos contatos. Ligar para a emergência seria uma chamada direta com os cúmplices do assassino.

— Resgate? Polícia? — Lenore riu. Era uma risada vazia e triste. — Em quem podemos confiar?

— Ninguém nos arredores de Willowbee, sem dúvidas.

— Mas Willowbee não é a única cidade do Texas — disse Vivian. — Eu vou ligar para o Bruce e a Mathilda. Amigos da família. Eles trabalham no departamento de polícia de Dallas. — Ela olhou para Ellie. — Ninguém faz nada até eles nos darem um retorno. Nós concordamos que você não daria uma de justiceira, querida. Esse negócio com a Tia Bell foi a gota d'água.

— Mãe, eu te falei dela ontem.

— Eu não sabia que você ia investigar o local de um acidente de carro no fundo de uma vala.

— Pelo menos ela descobriu alguma coisa — defendeu Lenore. — Pelo menos ela tá *tentando*.

Uma pausa. Ellie olhou de Lenore para a mãe, incerta de quem seria a primeira a falar.

— Tá na hora do jantar, não tá? — perguntou Vivian. — Eu fiz uma caçarola.

— Não estou com fome. Talvez mais tarde. — Foi a resposta de Lenore.

— Eu quero o dobro — disse Ellie, esperando aliviar a tensão. Além do mais, ela amava aquela caçarola.

Depois de comer dois pratos de macarrão caracolino com molho de cogumelos, Ellie voltou para o porão para analisar os materiais escolares de Trevor. Quatro das setes caixas eram de coisas do trabalho. Tinham ali vários projetos de arte, provas, e listas de chamada. Enquanto Ellie trabalhava, Kirby se enrolara e se deitara aos pés dela, aparecendo e sumindo, um hábito nervoso. Ellie ficou se perguntando se ele conseguia sentir a tristeza do ambiente. Raiva. Luto. Desespero. O que o pobre cachorro achava daquilo? Ele estava preocupado com os seus humanos?

Ela tirou o fóssil de trilobita do bolso e mandou o fantasma pré-histórico vasculhar o chão de cimento do porão. Kirby levantou a cabeça, intrigado.

— Não pode brincar com ele — disse Ellie. — Desculpa, amigo.

Kirby era um cachorro amigável, sociável e ansioso para brincar com tudo que se movia. Infelizmente, Ellie não sabia o quão destrutível um fantasma assustado de trilobita poderia ser.

— Se eu for para a Universidade Herotonic — disse ela para Kirby —, vou arranjar um irmão para você. Um chihuahua de canil. — A maioria dos dormitórios universitários não permitia animais. Porém, como a Herotonic era na cidade, Ellie continuaria morando em casa.

— Talvez você prefira uma matilha fantasma — ela brincou. Sua família tinha centenas de animais domesticados, começando com a matilha de trinta cachorros heroicos da Vó Ancestral. Às vezes, quando Ellie chamava Kirby, ela sentia uma presença amigável e forte atrás dele. Um sussurro de latidos e rabos balançando. Como se os cachorros de suas ancestrais ouvissem a voz dela e reconhecessem o timbre. Apenas o medo impedia Ellie de chamá-los também. Ela tinha medo de que algo a mais — algo perigoso — os seguisse. Almas animais e humanas compartilhavam o submundo. Animais domesticados provavelmente moravam próximos dos seus mestres. Se os cachorros da Vó Ancestral sumissem, será que o fantasma dela tentaria procurá-los?

Ellie não queria descobrir a resposta.

— Vamos ter uma fazenda um dia — disse ela —, com dez cachorros resgatados do canil. O que acha de bodes? Gatos? Vacas? Precisamos de galinhas para ter ovos sempre fresquinhos.

Kirby balançou o rabo. Sempre balançava quando Ellie sorria para ele.

— Um dia — prometeu ela.

Depois que a trilobita voltou para o submundo, Ellie organizou os materiais por ano. Isolou a pilha de dois anos atrás para analisar com mais cuidado. Podia ter algo sobre o filho do Dr. Allerton, Brett. O menino não era suspeito de assassinato, mas talvez o trabalho escolar de Brett desse alguma pista sobre atividades ilegais, magia sombria, ou *qualquer* outra coisa que acabasse com a reputação angelical, filantrópica e milagrosa do médico.

Ellie começou a busca por uma pilha de mapas mentais, balões de frases interligadas que, supostamente, deviam inspirar o estudante. Infelizmente, não inspiraram uma pista na investigação de Ellie. O mapa de Brett tinha frases como "invenção", "realidade virtual", "escolha sua própria aventura", "4-D" e "choque estático".

— Esperto — elogiou ela em voz alta. Em último caso, um jogo de realidade virtual que eletrocutava os jogadores poderia ser bem motivador. Ellie colocou o papel em uma pilha especial que chamou de "Brett" e continuou sua busca. À medida que a pilha crescia, Ellie ficava mais cansada, porém sem novas informações. De acordo com um projeto de aspiração profissional (Brett queria ser um médico que trabalha com cibernética), o menino idolatrava o pai.

Chegando ao fim do material, ela viu biografias ilustradas. Pareciam ser sobre heróis dos EUA, com base nos títulos "Harriet Tubman" e "Sarah Winnemucca". Ellie achou o livreto de Brett no fundo da coleção. De cara, achou que o menino havia colado uma foto do pai na capa. Mas não. O nome abaixo da foto era "Nathaniel Grace", não "Abraham Allerton". E o homem na pintura usava roupas antigas. Com um chapéu grande, de abas largas e uma camisa com uma gola que parecia um babador, Nathaniel Grace parecia um colonizador puritano. Ele se encaixaria perfeitamente em uma foto em grupo da Colônia da Baía de Massachusetts.

Ellie não conhecia Nathaniel Grace, e isso a incomodou. Ela tirava nota máxima em todas as aulas, incluindo História. Logo, mesmo que tivesse desprezo pelos livros de história dos EUA (nenhum reconhecia os atos heroicos de suas ancestrais ou, no caso, de nenhuma pessoa Lipan Apache), Ellie sabia tudo de cor. Nathaniel Grace não havia aparecido nos estudos dela. Quem ele era? Um parente distante dos Allerton?

Ela abriu o livreto e viu a caligrafia juvenil e bagunçada sobre a foto de uma igreja. Ellie leu: "Meu maior herói americano é Nathaniel Grace. Em 1702 d.C. Nathaniel Grace e sua esposa, Joan Grace, vieram para o Novo Mundo porque eles queriam ter liberdade religiosa. Eles construíram uma igreja em Massachusetts. Isso fez os peregrinos ficarem com medo deles".

— Quem está aí embaixo? — A mãe de Ellie falou do alto das escadas do porão.

— Eu, mãe!

— Você viu a Lenore? Falou com ela?

— Não! — Ellie largou o livreto. — Não desde antes do jantar!

— Tem alguma coisa errada. O carro dela sumiu, e ela não atende o celular.

— Droga! — Ellie subiu correndo as escadas, seguida por um Kirby invisível. A mãe dela vestia um pijama amarelo e pantufas. A julgar pelo cabelo molhado, havia acabado de sair do banho. Tinha sido nessa janela de tempo que a Lenore tinha fugido sem ninguém perceber?

— Você ligou pros pais dela? — perguntou Ellie. — Talvez ela tenha ido visitá-los.

— Ainda não. Mas o Gregory está no berço. Por que deixaria ele para trás?

— Por que já é tarde da noite?

— Ela teria me dito. Me pedido para ficar de olho nele. Tem alguma coisa muito errada.

— Ah, não.

— Ellie. O quê?

— Você não acha que...?

— Não pode ser!

As duas pensaram a mesma coisa ao mesmo tempo: Lenore *com certeza* poderia ter ido confrontar o Dr. Allerton.

— Temos que impedi-la — disse Vivian. — Eu vou colocar a cadeira de bebê no carro. Você pega o endereço da mansão. O que ela tinha na cabeça?

— Provavelmente "ninguém mata meu marido e vive para contar a história"? Eu entendo, mas a Lenore vai acabar se mantando também.

— Corre, Ellie!

Gregory não gostou de ser acordado, mas os choros pararam assim que foi colocado na cadeirinha do carro com vista para desenhos de pato no tecido do banco. Ellie tentou ligar para Lenore cinco vezes durante a viagem até Willowbee. Toda tentativa ia direto para a caixa postal.

— Ou Lenore desligou o celular, ou ele descarregou — declarou. — Eu não sei qual dos dois é pior.

— Você consegue vê-la? — perguntou Vivian. A mãe de Ellie havia estacionado ao lado do portão de ferro, do lado de fora da mansão Allerton. Todas as janelas da frente da casa brilhavam como retângulos de luz dourada. Apesar da hora, havia algo acontecendo nos jardins. Ellie reparou em algumas formas vagando entre as árvores, seus rostos cobertos pelas sombras. Pareciam fantoches de sombras. Algumas silhuetas humanas eram impossíveis de distinguir das árvores até que se mexessem.

— Ela não está aqui — disse Vivian, com um tom de surpresa e alívio na voz.

— Pelo visto, ainda não. Quer que eu ligue para os pais dela e os atualize da situação?

— Daqui a pouco. — Vivian encarou os jardins, sem dúvidas estava curiosa sobre a atividade no jardim. — São pessoas ali?

— Ele dá muitas festas — disse Ellie. — Tipo, tem um baile de máscaras daqui a uma semana. Mas eu não sei o que raios é isso. Um jogo de esconde-esconde à noite? Quer bater no portão e perguntar se viram uma mulher passar por aqui?

Vivian balançou a cabeça. Desde que saíram de casa, o cabelo dela havia secado um pouco, até ficar com algumas mechas úmidas. As pontas se moviam de um lado para o outro no peito dela e ao redor dos ombros. O que lembrou Ellie de pêndulos. O tempo passando a cada batida, até chegar a uma conclusão inevitável. Será que ela e a mãe encontrariam Lenore antes do amanhecer?

Foi então que ela pensou em como Trevor ficaria decepcionado de saber que Ellie, Vivian e o seu filho pequeno estavam parados em frente à casa de um assassino porque Lenore havia sumido. Ele nunca pediu por vingança. Trevor só queria a família dele em segurança.

— Mãe — disse ela. — Eu fiz besteira.

— Isso não é culpa sua. — Vivian batucou os dedos no volante. — Onde Lenore iria? Talvez... Hum... tem uma loja de Waffles que fica aberta até tarde. Ela gosta de waffles, né?

— Quem não gosta?

É claro que havia outra possibilidade. Uma que Ellie não queria considerar.

O túmulo.

— Eu também — disse Vivian. — Por favor esteja lá, Lenore. *Por favor.* — Ela colocou a mão no câmbio, mas antes de conseguir engatar a ré e dar a volta, um homem alto e pálido ficou atrás do carro e abriu os braços.

Ellie viu o rosto dele no retrovisor. Os olhos brilhavam, refletiam as lanternas traseiras da van como se fossem olhos de gato. *Vampiro,* ela pensou. Torceu para que fosse inofensivo, como Al.

— Mas que... com licença! Podemos te ajudar com alguma coisa? — a mãe dela gritou, baixando o vidro da janela para a voz se projetar para fora do carro. Se aquele vampiro tinha algum poder, ouviria até os corações e as respirações delas. Um vidro comum não iria impedi-lo de ouvir a conversa.

Ansiosa, Ellie olhou para fora. As figuras na floresta estavam paradas, tais como estátuas de pedra ou — isso a deixou nervosa — manequins de lojas. Ela se perguntou se eram vampiros também. Isso explicaria por que não estavam usando lanternas. Não explicava, porém, por que estavam vagando pela propriedade do Dr. Allerton.

O homem amaldiçoado atrás delas acenou animado e foi até a janela do motorista. Ele se inclinou e fez contato visual com a mãe de Ellie. Tinha um corte de cabelo moderno, as laterais baixinhas e comprido no topo. Os lábios e bochechas dele tinham o rubor de um vampiro bem alimentado.

— Eu estava prestes a perguntar a mesma coisa, senhora — disse ele. — Vocês estão perdidas? A cidade é por ali. — Ele apontou para o fim da rua.

— Obrigada — disse Vivian. — Na verdade já estávamos dando a volta até...

— Que bebê bonitinho — ele interrompeu e a ponta de sua língua vermelha apareceu entre os lábios. Ellie não sabia se estava exagerando no teatro para assustá-las, ou se a sua maldição era tão intrínseca a ele que não conseguia suprimir a expressão de fome.

Vivian fechou a janela, bateu no vidro com o punho e deu a ré. Ela fez um retorno em U fechado. Meio coberto pela fumaça do escapamento do carro, o vampiro levantou a mão. Estava acenando para elas ou tentando alcançá-las?

Depois de estarem a mais de dois quilômetros de distância da mansão, Ellie se sentiu confortável para falar. Estavam sozinhas na estrada escura.

— Que bebê bonitinho? Que porra foi essa? A gente devia...

Com um baque surdo, o teto da minivan foi amassado como se algo pesado tivesse pousado nele, logo acima da cabeça de Ellie. Ela gritou, assustada:

— O que foi isso?

— Fomos seguidas — disse Vivian, diminuindo a velocidade. — Proteja o Gregory!

Ellie soltou o cinto de segurança e foi para o banco traseiro. Lá, ela passou os braços pelo bebê. Ele segurou a manga dela e soltou uma risada.

— Saia do meu carro! — Vivian gritou, batendo no teto. O intruso bateu duas vezes em resposta.

— Kirby, atacar! — gritou Ellie. — Pega ele, garoto!

Kirby chorou e se escondeu no chão do carro. Geralmente, ele reservava a agressividade para pessoas que machucavam Ellie. Quando ela tinha nove anos, uma criança chamada Sam a empurrou contra uma árvore e Kirby começou a latir como um cachorro raivoso, mostrando os dentes. Se Sam não tivesse fugido, o velho Springer spaniel teria acabado com a criança. Dito isso, Kirby não fora treinado para atacar vampiros em tetos de carros.

— Esse é seu último aviso — gritou Vivian. — Nos deixe em paz!

Um rosto de cabeça para baixo apareceu no para-brisa. Não era surpresa que o cara bizarro e ameaçador de bebês da mansão do Dr. Allerton havia seguido elas. Ele moveu a boca como se falasse "bom" e fechou o punho para dar um soco no vidro.

— Esse é o meu lar, o lar do meu povo! Você não é bem-vindo às margens de Kunétai! Você não é bem-vindo no meu lar! — Vivian pisou no freio e o vampiro voou do carro, rolando pelo asfalto. Ele ficou em pé, iluminado pelos faróis.

— O que foi isso? — perguntou o vampiro. — Eu me sinto como se... não. Essa é uma via pública. Você não tem direitos sobre ela. Nenhum direito! — Ele andou em direção à van e tentou dar um soco no carro, mas seus movimentos eram tão lentos que não causaram nem um arranhão. Vivian abaixou o vidro da janela e se inclinou para fora enquanto Ellie assistia tudo do banco traseiro.

— O que ela fez? — gritou o vampiro. — O que ela fez? Eu estou morrendo! — Ele começou a sangrar. Pelos olhos, nariz, ouvidos. Sangrou por todos os poros. O líquido rosado virava fumaça, como se estivesse evaporando. Tinha cheiro de carne crua.

— Talvez você sobreviva — disse Vivian —, mas não aqui. Somos Lipan Apache.

— E daí? — ele gritou e gotículas vermelhas voaram de sua boca. Flocos rubis mancharam o para-brisa. — Vocês são tipo... mágicos?

— Não. Pelo amor de Deus. Somos um povo originário do sul dos Estados Unidos e norte do México. Sério que você nunca ouviu falar de nós?

— Eu sei que Apaches eram...

— *Eram?* Essa terra ainda *é* o nosso lar, e euro-vampiros não podem ocupar um lar quando não são bem-vindos.

— Eu pago meus impostos! Isso é uma via pública, sua vaca!

— Você não paga nada ao meu povo — respondeu Vivian. — Eu espero que tenha vindo sozinho. Não tenho problema nenhum em banir todos os seus amigos.

Quando o cabelo do vampiro começou a cair, ele chorou:

— Eu não acredito nisso! Eu não acredito!

— No que você *acredita* é irrelevante — devolveu Vivian. — Se você quer viver, comece a correr para o norte. Não pare até sair das nossas terras.

— Quão grande são as terras Apache? — perguntou ele, se afastando do carro.

— Antes da colonização, nós éramos um povo cíclico, nos mudávamos de acordo com as estações. Nossas terras são vastas.

Com uma leve poeira no ar, o vampiro se transformou em morcego, uma habilidade que apenas os amaldiçoados mais antigos e poderosos eram capazes de fazer. Maldições que tinham se desenvolvido há pelo menos um século. Ele voou em zigue-zague pelo céu, com asas que lembrava um fliperama, até eventualmente sumir com a distância.

— Não acredito que o vampiro não sabia sobre o nosso poder sobre ele — comentou Ellie.

— Muita gente não sabe — disse Vivian. — Provavelmente porque traz para a mesa conversas desconfortáveis sobre desapropriação e colonização.

— Por que ele nos atacou? Allerton mandou ele?

— Eu acho que não. Ele veio sozinho. — Alguns instantes se passaram. O bebê Gregory riu. Vivian continuou: — Às vezes, a maldição de um vampiro faz com que seja difícil resistir a impulsos violentos. Especialmente as maldições mais velhas. Considerando a habilidade dele de se transformar em morcego, fico surpresa que tenha tido qualquer tipo de autocontrole. Nós... precisamos encontrar a Lenore. — Ela pisou no acelerador. Ellie continuou no banco traseiro com o bebê, por precaução.

— Mas o que será que todos aqueles vampiros estavam fazendo na propriedade do Dr. Allerton? — perguntou Ellie, mordendo a unha do polegar. — Nada disso faz sentido.

— Vai fazer. Tem uma explicação. Deve ter. Algo simples. Um segredo estranho que explica tudo. Uma Navalha de Ockham.

Quando elas pararam em um sinal vermelho, um carro suv preto parou atrás delas. Tinha uma placa local e um motorista que parecia inocente, mas como Ellie estava preocupada que o Dr. Allerton tivesse mandado alguém para segui-las, ela observou o reflexo borrado do homem pelo retrovisor até a luz ficar verde. O SUV as seguiu por alguns segundos até entrar em uma rua menor.

— Vai doer — disse Vivian.

— O que, mãe?

— O segredo. Descobrir qual é o segredo. Vai doer porque eu não consigo pensar em nada... — Ela segurou o volante com mais força. — Eu não consigo pensar em nada que justifique a morte dele.

— Nem eu.

— Quando eu era uma professora novata, um dos meus alunos perdeu o pai em um assalto.

— Nossa — disse Ellie. — Que coisa horrível.

— Pois é. O pai do menino era uma boa pessoa. Eu o conheci em um jogo de basquete da escola. Ele tinha dois empregos. Tinha que ter. A família dele precisava de cada centavo.

— E o que aconteceu?

— Dois caras roubaram a loja de conveniência 24 horas onde ele trabalhava. Era um lugar pequeno de beira de estrada que vendia salgadinhos e produtos de higiene, e ficava em um posto de gasolina. Os assaltantes queriam dinheiro, cigarros e carne seca. Ele esvaziou a caixa registradora, deu tudo o que eles pediram, mas ainda assim um dos assaltantes atirou nele.

— Que horror.

— Os dois foram embora com quatrocentos dólares, cigarros Marlboro, e dez sacos de carne seca. Eu lembro do repórter falar: "Eles mataram um homem por apenas quatrocentos dólares". E eu achei que a palavra "apenas" tinha sido completamente desnecessária. Nenhuma quantia de dinheiro faria esse crime ser menos terrível. Eu não estou nem aí se tinham quatro bilhões de dólares naquela caixa registradora, Ellie.

— Como o menino ficou depois da morte do pai? Isso... isso é... — Às vezes, uma sementinha de pensamento lembrava Ellie de que os pais não iriam viver para sempre, mas ela sempre enfiava esse pensamento em um cantinho escondido do cérebro antes que crescesse e florescesse em completo horror.

— Foi bem difícil — disse Vivian. — Ele tirou algumas semanas para processar o luto, e quando voltou para as aulas, os amigos dele o ajudaram. No começo. Depois de um tempo, ele se afastou. Ou talvez foram eles. As pessoas lidam com tragédias de formas diferentes. Isso é importante, Ellie. Não existe um jeito certo de lidar com o luto. Ele... Como eu posso explicar o quanto essa perda o afetou? Além das notas caírem. Além dos amigos o deixarem. Eu vi algo diferente no olhar dele. Como se agora ele enxergasse o mundo como se fosse o lugar que tinha roubado o pai dele.

— Onde ele está agora?

— Eu não sei. Um lugar bom, eu espero.

Um letreiro amarelo com "WAFFLES O DIA TODO" as guiou até um estacionamento vazio do lado de fora da lanchonete. Como se tivessem sincronizado, o telefone de Ellie tocou. Ela viu o identificador de chamada.

— É a Lenore! — disse ela, ao atender. — Alô?

— Oi, Ellie. Me desculpa ter perdido suas ligações. Eu fiquei sem sinal.

— Onde você está?

— Visitando Trevor.

— A essa hora? Por que não falou nada? Ficamos tão preocupadas. Minha mãe e eu achamos que você tinha ido tirar satisfação na mansão Allerton!

— O quão irresponsável vocês acham que eu sou?

— Eu prefiro não comentar. Você... você está em casa?

— Ainda não. Vinte minutos. Nos vemos em breve?

— Claro. Eu acho que não vamos comer waffles, afinal.

— Waffles?

— Ah, deixa pra lá. Dirige com cuidado.

— Você também — disse Lenore. Quando ela encerrou a ligação, Ellie se virou para a mãe.

— Lenore estava visitando o túmulo.

— Entendi. Isso é preocupante.

— Menos preocupante do que um encontro cara a cara com o doutor, pelo menos.

— Será mesmo?

O celular de Ellie apitou uma vez. Ela tinha recebido uma mensagem, mas não era de Lenore. Jay havia mandado o seguinte:

JAY (23H12): Você gostaria de ser minha acompanhante para a festa chique na MANSÃO ABE ALLERTON? Nós devíamos ir de penetra no baile de máscara.

JAY (23H13): Como amigos.

JAY (23H13): Pela investigação.

JAY (23H14): E se divertir.

JAY (23H15): Ñ vai ser estranho, né?

Ela rapidamente respondeu:

EL (23h16): Ñ mais estranho do que o normal.

EL (23h17): Talvez a gnt deva evitar a festa. A mansão é perigosa. Vampiros. Te conto depois. Te encontro aí.

— Quem era? — perguntou Vivian.

— Jay. Ele quer ir de penetra na festa do Dr. Allerton na semana que vem. Vai ser aberta ao público. É um evento de caridade para comemorar o bicentenário de Willowbee.

— Bicentenário? Duzentos anos? É mais velha do que o estado do Texas.

— Hum! Verdade. Que estranho.

— Mais do que estranho. Eu nunca ouvi falar de Willowbee antes. Uma cidade antiga assim? Nós devíamos ter ouvido falar dela. Antes do Texas virar um estado... antes do governo dos Estados Unidos nos caçar... nosso povo ajudou os colonizadores. Fizemos trocas. Protegemos as cidades deles: Houston, por exemplo, como vigias. Nós nunca fizemos negócios com Willowbee. *Nunca.* Como pode ser?

— Não pode — concluiu Ellie. — O que raios está acontecendo aqui?

Talvez a morte de Trevor tivesse algo a ver com um mistério bem maior do que Ellie imaginava.

⋙ Catorze ⋘

— É só uma biblioteca — disse Ellie. — Por favor, mãe?

— Uma biblioteca em uma cidade sinistra.

— Eu vou pedir para o Jay ir comigo.

— Por que você precisa ir até lá?

— Para pesquisar a história de Willowbee. Tem uma exposição sobre o bicentenário na...

A porta da frente abriu com um clique. Ellie e a mãe estavam esperando Lenore voltar para casa, e agora aguardavam em silêncio. Lenore entrou na sala de estar. As mãos dela estavam sujas. Havia terra embaixo das unhas compridas.

— Bem-vinda de volta — cumprimentou Vivian. — Gregory está no berço.

— Obrigada por cuidar dele — Lenore sorriu. — Eu também vou indo dormir. Preciso trabalhar de manhã. Como dizem, *o show tem que continuar*.

— É... — começou Ellie — Você estava...

— Sim? — Lenore parou na entrada do corredor. Ela não se virou para olhar.

— Você estava cavando? — perguntou Ellie. — Cavando um buraco no *túmulo*?

— Sim. Eu estava. — Com isso, Lenore seguiu para o quarto.

— Ela não vai conseguir acordá-lo — Vivian murmurou. — Não importa o quanto ela tente.

— Você tem certeza?

— Quase certeza. Já teria acontecido. Eu acho.

— Você acha.

Apesar de todos os avisos que Ellie ouviu a vida inteira, uma coisa era certa: acordar um fantasma humano era como ser atingido por um raio. Extremamente improvável, mas perigoso o suficiente para te fazer tomar todas as precauções possíveis. Havia muitos jeitos de melhorar suas chances de atrair eletricidade durante uma tempestade. Empinar uma pipa de papel alumínio. Ficar debaixo de uma árvore alta. Balançar um pedaço de metal no ar. Da mesma forma, se alguém quiser acordar um fantasma, pode repetir o nome do morto, revirar o local onde ele fora enterrado, ou mexer com o corpo, os itens pessoais, a casa ou a família da pessoa falecida. Porém, nada era certo. As pessoas ficam sob árvores todos os dias, faça chuva ou faça sol, sem se tornarem condutores de bilhões de volts de eletricidade. Assim como Lenore ter mexido na terra acima do corpo de Trevor não garantia que o fantasma dele iria aparecer.

Mas mesmo sendo uma chance em um milhão, era arriscado demais para Ellie.

— Eu achei que a Lenore havia entendido que ele não voltaria do mesmo jeito — disse Ellie.

— Hum. — Vivian encarou a televisão desligada, como se estivesse hipnotizada pelo vazio. — Talvez ela entenda sim.

— Isso não é bom! O fantasma dele pode matar todos nós!

— Lenore provavelmente acredita que, ao invés disso, ele vai matar o Dr. Allerton. — Vivian se torceu de um lado para o outro até estralar as costas. — Foi um dia longo. Eu vou conversar com ela amanhã. Você vai indo dormir também?

— Daqui a pouco — disse Ellie. — Ou talvez eu nunca mais durma porque é perigoso baixar a guarda por um segundo sequer nessa casa.

— É por isso que você tem o Kirby.

— Fique de guarda, menino. — Kirby estava enrolado no sofá como se fosse uma rosquinha de cachorro brilhante. Quando era vivo, ele tinha uma cama de espuma viscoelástica que era mais confortável do que qualquer poltrona reclinável. Ainda assim, toda vez que Ellie e os pais saíam de casa, ao voltar encontravam pelos brancos e pretos no sofá.

Depois que Vivian saiu da sala, Ellie se sentou ao lado de Kirby.

— Uma última coisa antes de irmos descansar. — Ela abriu o livreto de Brett Allerton com a biografia de Nathaniel Grace na página dois. O texto descrevia a igreja que aparecia na página um, mas nesse desenho a torre do sino estava cercada por fogo.

Brett escreveu: "As pessoas destroem as coisas que as assustam. Outros colonizadores tacaram fogo na igreja. Nathaniel Grace se queimou lá dentro. Ele ficou com o corpo inteiro queimado, mas a esposa Joan o salvou".

Na página três, a ilustração era de uma lápide com o nome *Joan* escrito. Sem legenda ou um parágrafo acompanhando a imagem.

O retrato preto e branco de Nathaniel estava colado na página quatro. Brett havia desenhado um sorriso em cima do rosto sério. "Nathaniel Grace aprendeu uma lição com o fogo. Ele fez amizade com outros peregrinos ao machucar as pessoas que os assustavam mais do que ele."

Continuava na página cinco com a imagem de um prédio quadrado: "Nathaniel Grace abriu um hospital com o dinheiro que havia ganhado. Ele salvou várias vidas".

Na página seis, o prédio havia se multiplicado em dez prédios idênticos. Eles foram desenhados com uma caneta de ponta fina e tinham janelas do tamanho de borrachas escolares. Brett só tivera espaço para escrever uma frase: "Ele salvou vidas em todo lugar".

A página final mostrava um desenho anatomicamente preciso de uma sanguessuga. Ele vinha de um livro de Biologia, não de História. Brett concluiu: "Nathaniel Grace é um grande herói americano porque ele salvou a vida de muitas pessoas, assim como presidentes e heróis de guerra. Sem ele, o país não seria o mesmo e não existiria Willowbee. Ele fundou a cidade para ser um lugar bom".

Ellie sentiu uma sensação de compreensão e confusão, como se todas as evidências estivessem interligadas, tecidas. A mente dela era um tear — mas ela não conseguia ver o padrão. Nathaniel Grace podia curar e ferir, assim como o Dr. Allerton. Estavam ligados um ao outro? Vinham da mesma árvore genealógica? Eles pareciam gêmeos, e ela não podia pensar em outro motivo para Brett escrever sobre Nathaniel, um homem sinistro demais para estar nas observações do livro de História Avançada de Ellie.

A menina sentiu um déjà-vu. Ellie sempre ressentiu o apagamento acadêmico da sua ancestral e de outras pessoas indígenas. Brett sentia o mesmo com relação à Nathaniel Grace?

Não era a mesma coisa. Quando era criança, Vó Ancestral salvou centenas de pessoas de um exército de invasores. Lutou contra monstros sugadores de sangue e desenvolveu um método para acordar os mortos. Vó Ancestral era uma heroína incontestável, já Nathaniel Grace parecia ter fundado um hospital às custas da morte de outras pessoas. De que outra forma Ellie poderia interpretar a frase "ele fez amizade com outros peregrinos ao machucar as pessoas que os assustavam mais do que ele"? Especialmente porque ela sabia muito bem quem os colonizadores mais temiam.

— Ok. Eu vou. É. — Ellie enfiou o livreto no bolso da jaqueta. — Eu vou dormir. Junto, Kirby.

Naquela noite, Ellie sonhou com Abe Allerton. Ele usava maquiagem ruim de palhaço e um chapéu grande com abas largas.

— Qual é o seu segredo? — perguntou Ellie. — Você me ouviu?

O Dr. Allerton abriu a boca larga e uma avalanche de sanguessugas saiu da boca dele. Elas bateram no chão emitindo um barulho molhado e gritaram como bebês até Ellie acordar, sua testa coberta de suor. Por um segundo, ela temeu que os sonhos e a realidade tivessem se misturado porque o grito das sanguessugas reverberava pela casa. Mas era apenas Gregory chorando.

— Eu também, bebê — ela murmurou. — Eu também.

ᗧ Quinze ᗣ

Ansiosa para aprender sobre os mistérios de Willowbee o quanto antes, Ellie mandou uma mensagem para Jay assim que o sol nasceu. Como esperado, ele demorou algumas horas para responder.

EL (6h50): Jay vc pode ir cmg na biblioteca de Willowbee?
JAY (9h36): Hj ñ. :(Problema de família.
EL (9h37): O q aconteceu??
JAY (9h38): Ronnie disse sim.
EL (9h38): Ops.
EL (9h39): Quero dizer, aeee! Mande meus parabéns p/ ela.
EL (9h40): Seus pais já sabem?
JAY (9h42): Sim D: estão putos. Tenho que fazer o meio de campo entre eles.
EL (9h42): Ñ é justo eles te colocarem no meio disso.
JAY (9h43): Ñ tem problema, Ellie. Biblioteca amanhã?
EL (9h43): Te vejo lá.
EL (9h45): Enquanto isso vou te contar sobre o meu ENCONTRO COM O MAL de ontem à noite.

Depois de descrever o ataque de vampiro (e reafirmar a Jay que ela, a mãe e Gregory estavam bem), Ellie calçou seus chinelos e saiu de casa. Ela precisava de um descanso dos sonhos e pensamentos ruins. Uma caminhada deveria ajudar.

Com Kirby ao lado, Ellie passeou pela vizinhança até chegar ao parque. Estava praticamente vazio, com exceção de duas crianças brincando no escorregador amarelo. Quando Ellie passou, elas correram pelo parquinho e começaram a subir a escada de cordas, como se tivessem com medo de serem pegas fora do horário de brincadeira. O sol marcou os braços marrons de Ellie com sardas minúsculas. As manchinhas sempre apareciam antes dela começar a queimar. Ela passou as mãos nos braços, como se conseguisse espantar o sol da pele, e sentou-se no banco mais distante.

Ellie não havia trazido o fóssil de trilobita, mas já conhecia bem o formato e personalidade dele. Quando era criança Ellie sonhava acordada com dinossauros, eles sempre pareciam seres mitológicos. De um jeito muito distante, a jovem Ellie entendeu que esses animais pré-históricos vieram para o mundo assim como os seres humanos. Respiraram o mesmo ar, viram o mesmo Sol e a mesma Lua. Agora, ainda ficava surpresa com quão familiar era o fantasma da trilobita. A aparência e o comportamento dela a lembrava um caranguejo-ferradura, lagostas, baratas e outras criaturas da mesma era. Por que não? Afinal, eram próximas. Havia mais similaridades entre criaturas terrestres, mortas ou vivas, do que diferenças.

Ellie queria conhecer todas as espécies da Árvore da Vida. Ver os fantasmas dos galhos mais antigos. Velociraptors. Bichos-preguiça gigantes. Tubarões megalodontes.

Enquanto observava a trilobita passar por cima de um trecho amarelado de grama, ouviu um barulho baixinho. Ellie se concentrou, o som ficou mais alto, mais alto e mais numeroso, como se um exército de trilobitas cercasse os pés dela, se rastejando pela memória do fundo do oceano.

Ellie pulou do banco e se afastou do parque, se concentrando em tudo, menos fantasmas, mas ela ainda conseguia ouvir o enxame de trilobitas. Ela havia as acordado por acidente? Mas *como*? Isso nunca havia acontecido! Por sorte, ninguém mais pareceu perceber a confusão. Nem o esportista com uma bandana amarrada na testa. Nem a mulher checando a caixa de correio, ou a família fazendo um churrasco no jardim.

Na verdade, ninguém pareceu reparar em Ellie. O esportista, a mulher e os fãs de churrasco nem olharam para ela. Isso poderia ser normal em qualquer outro lugar, mas no bairro amigável de Lenore, Ellie não podia sair de casa sem ouvir um "Olá!" ou um "Hola, buenos días" aqui e ali.

As trilobitas saíram de bueiros ao longo da rua como formigas fugindo de uma inundação. Elas se espalharam, cobrindo calçadas e quintais. Ellie olhou para os vizinhos, esperando uma reação. Um arquejar. Um grito. Qualquer coisa.

Nada.

Porque ela passava muito tempo com Kirby, Ellie era mais sensível a fantasmas do que uma pessoa normal. Mas os vizinhos deviam sentir *alguma coisa*. As trilobitas eram entidades visíveis e audíveis.

— Fiquem calmos! — gritou. — Elas são inofensivas. Não vão machucar ninguém. Fantasmas voltam a dormir rapidamente. Bom. A maioria, pelo menos. Essas vão sim!

Mais uma vez, os vizinhos a ignoraram. Enquanto andava em frente, partindo o mar de trilobitas a cada passo, ela mesma se sentiu como um fantasma. Era assustador.

— Conseguem me ouvir?! — gritou outra vez. — Alguém?!

A voz dela estava estranha, parecia abafada, como se falasse debaixo d'água em uma piscina. O ar resistia aos movimentos dela, pesado como água. Ellie teve dificuldade para andar. Precisava chegar à casa da Lenore! A mãe dela iria ajudar!

As trilobitas corriam sobre os pés de Ellie e subiam nas pernas dela. Não tinham mais medo da humana. Ela mal conseguia ficar em pé, muito menos atacar.

— Sai! — Ellie tentou sacudi-las para longe, mas os chutes eram lentos demais. Ela tirou uma do joelho, mas outras duas apareceram no lugar. Provavelmente havia mais trilobitas no submundo do que estrelas no céu. Afinal, tiveram milhões de anos para procriar e morrer. Ao pensar nisso, Ellie caiu.

Antes dos joelhos tocarem o chão, um latido alto e grave ressoou pelo parque. As trilobitas se afastaram de Ellie como se tivessem sido levadas por um tornado. Obviamente, o latido de ataque de Kirby funcionava com fantasmas também. Isso poderia ser útil algum dia, especialmente se Ellie fosse investigar assombrações violentas.

— Kirby! — disse ela. — Bom menino! — Ele flutuou ao lado dela, como se tivesse sido pego pela corrente lenta. O rabo se mexia em câmera lenta e ele estava visível, apesar de ela não ter ordenado. No céu, todo o fogo do sol fora sugado e ele brilhava mais timidamente do que a lua. A vizinhança havia sido coberta por uma neblina azul. As árvores de mesquites pareciam corais, e os cactos pareciam esponjas do mar. Parecia que Ellie não havia acordado apenas artrópodes extintos, mas todo o oceano antigo.

Antes de entrar em pânico, algo se posicionou entre Ellie e o sol. Até a figura se mexer, ela achou que era um dirigível em formato de peixe. Não. Era um fantasma gigante.

E haviam mais deles.

Acima da cabeça de Ellie, estava o maior grupo de baleias que ela já vira na vida, e ela assistia a muitos documentários sobre natureza. Baleias azuis, jubarte, cachalote, e espécies que ela nem conseguia identificar, nadavam juntas. Algumas estavam tão no alto que pareciam flutuar no limite da atmosfera terrestre.

Na escala de evolução, cetáceos eram ovos. Isso não era o oceano antigo: era todo o oceano desde o começo dos tempos.

Ellie estava submersa no mar dos mortos.

⇾ Dezesseis ⇽

As baleias começaram a cantar. Suas vozes ancestrais em harmonia, cantando mais e mais alto até os dentes de Ellie doerem. Ela tentou se cobrir e se esconder, tentando se proteger do canto. Por um longo e desconfortável momento, ela flutuou meio metro acima do solo (e seis metros abaixo da barriga de uma baleia jubarte). Ela chutou com tanta força que um chinelo saiu voando. O movimento a jogou para trás de um aglomerado de corais. Ellie levantou uma mão, as unhas pintadas de vermelho pareciam pretas. Os raios de luz que formam a cor vermelha são facilmente absorvidos pela água, por isso que o oceano sempre parecia azul. O bairro estava se transformando em uma versão bizarra de Atlântida.

Ela respirou fundo, grata pelo oxigênio que enchia seus pulmões. O peito de Ellie parecia estar envolto por um espartilho, como se quilos de água apertassem seu corpo. Era uma sensação alienadora e desconfortável. Ellie gostava de nadar com um *snorkel*, mas nunca quis fazer mergulho de verdade. Sim, seria divertido ver navios naufragados e nadar com tubarões, mas humanos não foram feitos para sobreviver às temperaturas das profundezas do oceano. Ela não confiava em trajes, máscaras e tanques de oxigênio para mantê-la viva.

Kirby, todo feliz, nadava sobre a cabeça dela. Com um suspiro preocupado, ela o agarrou e puxou para trás do coral. Não sabia se fantasmas podiam comer uns aos outros, mas Ellie não queria tentar as baleias carnívoras com seu amigo cujo corpo lembrava vagamente uma foca.

— Bom menino — ela sussurrou. Aos poucos, o grupo de baleias passou por eles e nadou para longe.

Fora da sombra das baleias, Ellie teve uma chance de se concentrar em outras sensações além do medo. Por exemplo, o pescoço do Kirby estava macio. Parecia *pelo*. Ellie jogou os braços ao redor dele e o abraçou.

— Como você conseguiu um corpo? — perguntou ela. — Você está sólido de novo!

Às vezes, Ellie sonhava que Kirby nunca havia morrido. Que ele ainda podia encher os móveis de pelos e esquentar os pés dela quando ele dormia no pé da cama. Mas aquilo não era um sonho. Ela sabia a diferença. A consciência era um banquete sensorial em comparação aos vários mundos que ela criava em sua mente.

Agora, Ellie não só se perguntava se fantasmas podiam *comer* uns aos outros. Será que podiam se abraçar também? Ela havia morrido? Sentiu o horror surgir em seu peito, mas ela o ignorou e tentou ser racional. Se tivesse morrido, estaria com a família dela, e não cercada de trilobitas e tubarões. Estaria com Trevor, Vó Ancestral, e todos que iriam guiá-la até o seu lugar na terra dos fantasmas.

Ellie espiou por detrás do coral com cuidado. A rua havia se dissolvido em um campo de terra marrom. Ela estava com medo de nadar em direção à luz no alto, porque se fizesse isso e — quem sabe? — o mundo voltasse ao normal, cairia de uma altura bem grande. Ela se segurou em Kirby como se o cachorro fosse um bote salva-vidas.

— Se eu nos trouxe até aqui, eu posso... dar um jeito de voltar para casa. — O oceano era tão pesado. Tão frio. Ellie se lembrou de cair no rio Herotonic. Lutando para respirar e continuar na superfície. Fechou os olhos e tentou guiar seus pensamentos para algo mais agradável porque o medo atrapalha o pensamento lógico. Ao invés disso, ela se lembrou do dia em que o pai a ensinara a nadar na piscina do centro comunitário. Ela boiou na parte funda com um par de boias amarelas nos braços, o pai dela ao lado, cuidadoso e empolgado.

— É só água — disse ele. — Somos feitos setenta por cento de água. Sabia disso?

Talvez fosse por isso que o oceano antigo tinha uma influência tão grande na alma de Ellie? Ele fazia parte dela agora? Sempre fizera? O pânico dilui as memórias dela na piscina. Sentiu uma correnteza milenar fluindo dentro dela. Afogando-a.

Afogando.

Ela se lembrou de acampar à beira de um lago. Cabanas armadas nas margens, sanduíches e hambúrgueres grelhando em uma churrasqueira portátil. Seus primos mais velhos pulando de um deque de madeira, Ellie queria se juntar a eles. E ela podia! Sabia nadar agora.

O lago estava tão gelado.

Ela estava com frio agora.

Como seus primos nadavam tão rápido? Ela não conseguia acompanhar. Sentiu câimbras na perna. Gritou pedindo ajuda. Os primos não a ouviram.

Ninguém a ouvia mais.

Ellie se debateu, engasgando com água suja do lago, então sentiu dedos a segurarem. O pai dela estava de olho nela e agora a puxava do lago. Ela lembrava tão vividamente desse momento. O alívio que havia sentido. O calor do abraço dele. O aroma de ar fresco e luz do sol e...

Kirby saiu do alcance de Ellie. Ela abriu os olhos com um susto. Os corais haviam sumido e ela estava sentada no banco do parque. O mundo parecia normal de novo. Mas ela estava em casa?

O jogador com a bandana passou por ela.

— Hola! — cumprimentou Ellie.

— Buenos días — respondeu ele, em espanhol. — ¿Cómo estás?

Ellie olhou para baixo. Um dos seus chinelos havia sumido. O brilho de Kirby reluzia ao lado dela, e isso era tudo que desejava ver.

— Ótimo — disse Ellie. — Junto, Kirby.

Enquanto voltava para a casa de Lenore, Ellie procurou pelo chinelo perdido. Não o achou em lugar nenhum. Devia ter ficado no reino dos fantasmas do período Devoniano. Talvez ela tenha que estar tocando na coisa para cruzar a barreira que separa os vivos dos mortos junto com ela.

Se tivesse realmente visitado o mundo dos mortos, Ellie precisava de ajuda. Ela não seria a primeira pessoa a fazer isso. Porém, com base nas histórias ancestrais, Ellie era uma das poucas sortudas que haviam sobrevivido à visita.

— Mãe! — gritou Ellie ao entrar na sala de estar. — Mãe, cadê você?

— Estou aqui, Ellie! — Vivian estava no quarto de Gregory, monitorando a brincadeira de "jogar o brinquedo na parede e rir".

— Mãe! — chamou Ellie. — Eu tive a experiência mais bizarra. Ah, oi, coisa fofa. — Ela acenou para Gregory. Ele acenou de volta.

— O que houve? — perguntou Vivian. — O seu nariz está sangrando, Ellie. Você caiu?

Realmente, quando Ellie lambeu o lábio superior, pôde sentir o gosto de sangue.

— Eca. Que bom que um megalodonte não sentiu o cheiro disso. Você acha que eles conseguem sentir o cheiro de sangue como outros tubarões?

— Megalodonte? — Vivian estava com uma expressão preocupada no rosto, as sobrancelhas se juntando, como se uma corda invisível as puxasse. — Você acordou um fantasma de megalodonte?

— Não exatamente. Me deixa começar do começo. — Ellie hesitou por um instante. — Na verdade, tenho uma pergunta primeiro. É possível algum de nós visitar a terra dos mortos?

— Não!

— Não é possível?

— Tecnicamente, é. Mas você não fez isso.

— Eu não sei se fiz, mãe. — Ellie atravessou o quarto e girou o móbile de avião que ficava em cima do berço de Gregory. — Eu estava brincando com a minha trilobita no parque. Uma coisa que já fiz centenas de vezes.

— Eu sei. Ela está sempre rastejando por aí. Você ainda vai assustar alguém, Ellie. Essa coisa parece um tatu-bolinha gigante.

— Todo mundo adora tatus-bolinha. Eles são a versão inseto de um ouriço.

— Podemos falar sobre isso depois. O que aconteceu?

— Começou devagar. Eu ouvi milhares de trilobitas. Elas soavam como o vento soprando um campo de centeio.

— Talvez você tenha acordado todas elas?

— Foi o que eu pensei. No começo. Então eu fui embora do parque. Presumi que as fantas-bitas iriam dormir rápido, como se nada tivesse acontecido. Mas não. Mãe, nenhum dos vizinhos conseguia me ver. Eu gritei e eles não me ouviam também. O mundo mudou, e aconteceu aos poucos. Como um pôr do sol, sabe?

— Mudou... e como ficou?

— Parecia um oceano. Coral por toda parte. Trilobitas. Dezenas de baleias nadando sobre a minha cabeça. Eu podia respirar, mas também podia nadar. Sabe qual foi a melhor parte?

— Teve melhor parte?

— Eu abracei o Kirby. Abracei de verdade. Não foi como fazer carinho em um campo de força. Eu consegui sentir até o nariz molhado dele.

— Como você voltou para casa?

— Foi do nada. Uma hora eu estava abraçando o Kirby e pensando sobre nadar em uma piscina. Na outra, eu abri meus olhos e vi o parque.

— Talvez você estivesse sonhando? — perguntou Vivian. A corda entre as sobrancelhas estava puxada ao máximo agora.

— Duvido. Eu deixei um pé do meu chinelo no... é... mundo oceânico.

— Ellie, existem histórias. Histórias antigas.

— Eu sei. Eu me lembro.

— Histórias sobre pessoas, pessoas *vivas*, que podem andar no nosso mundo e nas Profundezas, onde vivem os fantasmas e os monstros.

— Algumas dessas histórias tem um final feliz?

— Raramente — respondeu Vivian. — É muito fácil se perder no submundo e os fantasmas vão tentar te enganar. Se ficar tempo demais lá, você morre, Ellie.

— Ninguém quer isso!

— Como você abriu a porta? O que você fez? *O que você fez?*

— Eu não sei! É sério, mãe. — Ellie cruzou os braços e tentou se lembrar de todos os pensamentos e sensações que ela tivera sentada no banco do parque. — Hum. Eu acho que...

— Sim? O que foi, querida?

— Parecia algo inocente na hora. Enquanto eu estava brincando com a trilobita, eu pensei sobre o período pré-histórico da Terra e como era familiar. As coisas mudaram, mas também continuaram do mesmo jeito, sabe?

— Por segurança — começou Vivian — evite ficar filosofando sobre os mortos até conversarmos com um ancião.

— Eu vou tentar...

— Querida, isso é sério. Por favor, pare um pouco.

— Parar? Com o quê?

— Com tudo que envolve fantasmas.

— Claro, mas o Kirby não conta.

— Será que é tão claro assim? — perguntou Vivian. — Kirby não vai sumir se você passar duas semanas sem ele.

— Ele me protege — argumentou Ellie. — Além do mais, Kirby está bem aqui, agora, e eu não voltei pro submundo de novo.

Vivian resmungou.

— Vamos fazer um acordo — propôs ela. — Se você realmente precisar do Kirby, pode acordá-lo. Isso tudo bem. Mas não pode sair de casa sozinha. Se você sumir, precisa ter uma testemunha. Alguém que possa te ajudar. Promete?

— Prometo. — Ellie beijou a bochecha da mãe. Logo em seguida foi envolvida em um abraço apertado. — Eu também tô preocupada — confessou. — Mas eu preciso admitir: o oceano foi bem legal.

Enquanto conversavam, Ellie e a mãe se alternavam para pegar os brinquedos de Gregory no canto do quarto.

— Eu aposto que existem megalodontes lá embaixo também. Se eu aprender a acordar um fantasma de tubarão grandão sem colocar coisas que cabem na boca dele em perigo, vou ficar rica. As pessoas adoram peixes grandes. Quanto maiores os dentes, melhor. O que acha, coisa fofa? Consegue dizer me-ga-lo-don-te? ME-GA-LO-DON-TE? — disse Ellie.

Gregory soltou uma risada aguda, uma ótima resposta.

Dezessete

— É melhor usarmos nomes falsos — disse Ellie. — Só por precaução.

— Você tem alguma ideia de nome? — perguntou Jay. Os dois estavam em McAllen dividindo um prato de *nachos* vegetariano. As *tortillas* estavam cobertas por queijo cheddar, feijões pretos e uma versão de soja de *chorizo*.

— Na verdade, não — disse Ellie. — Eu tenho uma lista de possíveis nomes de super-heróis, mas eles são muito elaborados para um disfarce na vida real.

— Posso ouvir alguns, mesmo assim?

— Claro. Número uno: Encantadora de Fantasmas Caninos.

— Esse já deve estar sendo usado.

— Que tal Super-Natural?

Ele coçou o queixo.

— Eu peguei o trocadilho — disse Jay —, mas algumas pessoas podem levar no sentido literal. Tipo, você está dizendo que é extremamente natural.

— Último: Elatsoe.

— Esse é bonito!

— Que bom, porque é meu nome de verdade.

— Ellie é apelido de Elatsoe? Ê-lat-so-ê? Eu achei que era de Eleanor.

Ela colocou uma *tortilla* no prato e fez uma careta para Jay.

— Há quanto tempo a gente se conhece?

— Desde sempre.

— E esse tempo todo você achou que meu nome era Eleanor?

— Ou Eleanor ou Elizabeth. Desculpa!

— É culpa minha por não ter te contado antes. Eu fui nomeada em homenagem à minha ancestral heroica. Todo mundo a chama de Vó Ancestral agora, mas ela era Elatsoe. Significa "beija-flor": élatsoe, em Lipan. Bom. Tecnicamente, é o nome do animal. Na noite antes de eu nascer, minha mãe teve um sonho bem vívido de um beija-flor com penas pretas que brilhavam como aquelas fotos do espaço, aquelas de galáxias, que o telescópio Hubble tira. O sonho a encheu de felicidade e ela achou que era um sinal, e é isso.

— Que inveja. Meus pais me deram o nome de Jameson porque meu pai é Jameson e eu... herdei o nome.

— Se você tiver um filho algum dia — disse Ellie —, pode chamá-lo de Jameson Terceiro.

— Ou de Jay Júnior! Eu amei!

O novo telefone do Jay tocou o trecho famoso da nona sinfonia de Beethoven.

— É o Al! — disse ele. — Desculpa, preciso atender. — Jay apertou o botão verde de "atender" e deixou Ellie ouvindo metade da conversa.

— E aí? Ah, estou aqui com ela. Não. Sério? A Ronnie te contou? Eu não... Willowbee. Abraham Allerton de Willowbee... Isso não... Vários, mas só um atacou. Eu não posso... — Ele abaixou o celular e perguntou: — Ellie, quantos vampiros estavam no quintal do Dr. Allerton?

— Estava escuro — respondeu ela. — Mas eu acho que uns trinta? Talvez mais escondidos nas árvores.

Jay voltou a falar no telefone.

— Trinta. Não. Ela não confia na polícia... Ok, mas toma cuidado! Vê se não morre, hein! Já ouviu a história do Ícaro? Ele era um... Alô? Al? Tá aí? — Jay olhou para a tela do celular. — Caiu.

— Do que ele tava falando? — perguntou Ellie. — Ficou sabendo do ataque?

— Aham. Al acha que os amigos dele, mais velhos e mais cheios de contatos, podem saber sobre o encontro. Ele se ofereceu para tentar descobrir alguma coisa.

— Pode ser uma informação bem útil — disse Ellie.

Durante a viagem de carro até Willowbee, Jay ligou para a irmã para confirmar que ela entendia o risco que Al estaria correndo. Enquanto dirigia, Ellie ouviu a conversa. Era mais interessante do que o podcast sobre escândalos no mundo esportivo que Jay havia colocado para tocar.

— Isso vai nos ajudar a pegar o médico assassino. Ei, você fica fora disso, Ronnie! Ele é perigoso. Eu nunca... bom... Ellie pode me proteger. Cachorro fantasma, lembra? Ah! Eu vou falar pra ela.

Ele colocou a mão em cima do microfone e disse:

— Minha irmã mandou um oi. Ela também quer falar contigo depois. Quando você não estiver dirigindo.

— Oi, Ronnie Ross! — disse Ellie.

Jay riu e se voltou para a ligação.

— Estamos indo de carro até Willowbee — continou ele. — Pesquisa. Eu volto pra casa na hora do jantar. Se ela já tiver colocado ervilha no bolo de carne, eu vou catar todas. Cenoura? Perfeito. Valeu! Tchau!

— Então — começou Ellie quando Jay guardou o celular —, você não gosta de ervilhas?

— O sabor é... ruim.

— Justo. Eu odeio tomates.

— Tomates não são originários do continente americano?

— Da América Central e do Sul, apesar de que foram comercializados para o norte. Isso não quer dizer que eu preciso gostar deles. — Ela pensou no assunto por um instante. — No molho da pizza tá valendo.

— O que vocês comiam lá atrás, há muito, muito tempo atrás?

— O povo Lipan? — perguntou ela. — Muitas coisas, mas é difícil achar essas comidas hoje em dia. Não são tipo hambúrgueres, sabe? Da próxima vez que você vier jantar, minha mãe vai fazer nossa versão de calda de agave ou nopal, são suculentas e suculentos! — Ela esperou ele rir. Nada. Problema dele. — Hum... O que mais você pode comer? *Tortillas*, feijões, uvas silvestres, baga de zimbro, e mesquites de feijão e pão de milho com mel. Clássicos.

Ellie viu a placa "BEM-VINDO A WILLOWBEE". Ela desacelerou o carro e olhou para a cidade pela janela. Virou à direita na rua principal e parou em um cruzamento. Uma família de três pessoas — pai, mãe e uma criança pequena — cruzaram a rua sorrindo. Eles acenaram. Amigáveis. Por um segundo, Ellie se perguntou se os adultos sabiam dos segredos do Dr. Allerton. Se a cidade inteira sabia.

— Estou preocupada com Lenore — disse Ellie. — Outro dia, à noite, quando eu e minha mãe fomos atacadas, ela estava visitando o túmulo do meu primo. Mexeu na terra. Ela quer que ele volte para se vingar.

— Fantasmas humanos são sempre violentos? — perguntou Jay. — Óbvio, você é a especialista, mas eu ouvi histórias sobre alguns legais.

Tipo... Tá. Tem essa ferrovia que cruza o sul do Texas. Nos anos 1970, um ônibus escolar ficou preso nos trilhos. O motorista esqueceu de olhar para os dois lados. O trem estava vindo. O motorista correu para fora, tentou empurrar o ônibus, como se o homem pudesse fazer alguma coisa. As crianças já eram. O trem bateu no ônibus.

— Alguma chance de todos terem sobrevivido?

— Não. Metade dos estudantes morreram. Foi uma tragédia. A cidade colocou uma placa de mármore perto dos trilhos. Por um tempo, esse foi o final triste da história.

Ellie balançou a cabeça. Estava torcendo para que a história de Jay estivesse quase no fim porque eles haviam chegado no destino. A biblioteca pública de Willowbee era um prédio branco de madeira construído no estilo vitoriano. Havia roseiras plantadas na parede norte, as flores amarelas desabrochando derrubavam pétalas no gramado. Não havia palmeiras ou árvores de mesquites por perto. Nenhuma planta do deserto ou sinal de seca. Na verdade, havia alguns cogumelos que cresciam em lugares úmidos à sombra das roseiras. Era como se, assim como a mansão do Dr. Allerton, a biblioteca pertencesse a outro lugar.

Jay continuou falando.

— Anos depois, um casal de jovens estava voltando para casa. Eles tinham ido ao cinema e era tarde da noite. Infelizmente, o carro quebrou e ficou preso nos trilhos. A namorada olhou pela janela e viu a placa de mármore. Ela sabia que aquilo marcava o local onde todas aquelas crianças tinham morrido. "Estamos em perigo", disse ela, "o trem está vindo". Eles tiraram os cintos de segurança e se prepararam para sair do carro, mas de repente o carro começou a se mexer! Ele foi para a frente, como se estivesse sendo empurrado. A estrada era completamente plana, não tinha como eles estarem deslizando. Depois que o carro saiu dos trilhos, ele parou de se mexer. Sabe o que é mais assustador?

Ellie já tinha ouvido aquela lenda urbana antes, mas Jay parecia tão empolgado de contar o final chocante que ela fingiu não saber.

— Não — disse ela —, o quê?

— Depois que o carro parou de se mexer, o casal saiu e procurou pela pessoa que tinha ajudado, mas a rua estava vazia! Só que quando olharam para a janela traseira, viram marcas vermelhas de dezenas de dedos no vidro. Marcas de sangue de seis pares de mãos. Seis. Era como se as crianças mortas tivessem salvado os dois. Agora, quando as pessoas ficam presas nos trilhos à noite, os fantasmas voltam para empurrá-las para fora.

Se a memória de Ellie não falhava, um episódio de *Ciência Fantasma* investigou as "crianças dos trilhos". A apresentadora do programa, uma física paranormal muito empolgada que usava um jaleco preto, não conseguiu replicar o cenário da lenda. Na verdade, ela não conseguiu encontrar nenhum registro do acidente de ônibus. "Não há motivo para estacionar o carro nos trilhos à noite, além de inocência", havia sido a conclusão da apresentadora.

— Se essa história realmente aconteceu — disse Ellie —, eu aposto que as marcas de dedos não vieram de fantasmas. Todos são malvados. Sem exceções.

— Mesmo crianças? Bebês?

— Principalmente esses. — Ela estacionou perto da entrada da biblioteca e desligou o motor. Antes do calor tomar conta do carro, Ellie abriu a porta do motorista. — Na verdade, fantasmas jovens são os mais comuns. Acredita-se que eles não tiveram a chance de viver uma vida completa, então ficam ansiosos para voltar. Te faz pensar, né? Eles são tão diferentes de animais fantasma. Eu me pergunto se são mesmo fantasmas ou alguma outra coisa. Algo... mais estranho.

— Me surpreende que você não saiba dizer — disse Jay. — Como conhecedora da sabedoria do segredo da família Bride.

— Parte desse conhecimento de família é a certeza de que fantasmas humanos são ruins. Fim de papo. Sim, isso quer dizer que não devemos chamá-los de volta para esse mundo, mas também quer dizer que não devemos nos concentrar tanto neles para confirmar essas teorias.

— Você já viu algum? — perguntou Jay. Ele saiu do carro e se encostou no capô. — Um fantasma humano?

— Ainda não. — Ellie se juntou a ele do lado de fora. Uma brisa com aroma de magnólias refrescou seu rosto. Era um dia bonito, o tipo de tarde ensolarada que faz sorvete parecer ainda mais gostoso. Ela se perguntou se havia alguma sorveteria em Willowbee, uma que vendesse sorvete de pistache em uma casquinha de waffles.

— Eu acho que vai acontecer, se você virar uma investigadora paranormal. Né? Mais cedo ou mais tarde.

— É — concordou ela. — Geralmente chamam equipes para lidar com fantasmas humanos. Eu não estou ansiosa para isso.

— Você não gosta de trabalhar com outras pessoas? — perguntou Jay. Ellie percebeu um tom de decepção na voz dele.

— Não é isso — respondeu ela. — Eu gosto de trabalhar com amigos. Pessoas que eu conheço e respeito. Nesses exorcismos em equipe, você tem que trabalhar com estranhos. Acha que eu gostaria de confiar minha vida à Chloe Alamor, vidente de Hollywood?

Ele sorriu e Ellie sentiu um peso sair das costas. Jay falou:

— Professores dizem que trabalhos em equipe nos preparam para "o mundo real", como se já não vivêssemos nele, mas... se for assim mesmo, o mundo precisa mudar.

— Ah, é? — perguntou Ellie.

— Uhum. Já reparou que na maioria dos projetos em grupo tem uma ou duas pessoas que fazem todo o trabalho enquanto todo o resto fica sentado conversando? Ou tem alguém que é ignorado porque não se encaixa na dinâmica do grupo?

— Eu já fui essa pessoa — disse Ellie. — Uma excluída. Também já fui a pessoa que faz todo o trabalho porque meus colegas de equipe não se importam com boas notas ou sabem que eu me importo mais do que eles.

— Eu também. Acho que estamos aprendendo que a vida não é justa.

— Uhum — concordou Ellie, pensando no primo. — Ou como identificar situações ruins. Eu talvez tenha que trabalhar com pessoas tóxicas na escola, mas *no mundo real*? Nem pensar. De jeito nenhum. Chloe Alamor que arranje outra pessoa para fazer todo o trabalho.

— E se eu quisesse trabalhar com você? — perguntou Jay.

— Como um investigador?

— Eu sinto que estou fazendo algo importante nesse verão. Eu não sei se eu sou bom...

— Você tem ajudado muito — disse Ellie. — A mim. Minha família.

— Sério?

— Com certeza. — Ela apontou para a biblioteca com o rosto. — Pesquisa é tudo. Sem as informações que você achou, como as resenhas no Avalie-Seu-Médico.com e os anúncios dos bailes de caridade, nós ainda estaríamos na estaca zero. E a sua tia? Por favor, agradeça a ela mais um milhão de vezes.

— Posso agradecer só umas dez vezes? — perguntou ele, sorrindo.

— Acho que sim — disse ela. — É o bastante.

Ellie e Jay entraram na biblioteca pública de Willowbee. O interior tinha cheiro de papel velho e desinfetante de limão. Uma bibliotecária estava limpando mesas de estudo de madeira no centro do espaço. Havia estantes cheias de jornais, livros acadêmicos, com acabamento em brochura e capa dura, ao redor das mesas. Na parede oposta havia uma passagem longa com uma placa dizendo "INFANTIL, JOVEM ADULTO, FICÇÃO ADULTA E NÃO FICÇÃO". O prédio tinha uma atmosfera escura e mofada. Partículas de mofo voaram no ar iluminado pelo sol que vinha das janelas.

— Com licença — disse Ellie. — Estamos procurando pela exibição do bicentenário sobre a história de Willowbee.

A bibliotecária, uma mulher branca que usava óculos de leitura como uma tiara na cabeça, largou o pano manchado na mesa, como se a pergunta de Ellie precisasse da sua completa atenção.

— Siga por aquela porta — orientou a mulher —, e vire à direita. Você vai achar uma sala inteira dedicada à história local. Isso é para um projeto de aulas de verão?

— Não, só por curiosidade mesmo — respondeu Ellie. — Que impressionante. Uma sala inteira!

— Claro. — A bibliotecária parecia achar que toda biblioteca pública também era um museu. Ellie já vira peças expostas, como alguns artefatos ou fotos atrás de caixas de vidro, na entrada de outras bibliotecas, mas uma sala inteira? Aquilo era novidade. Com certeza era coisa de uma cidade muito orgulhosa, com um espírito patriota bem forte. O tipo de patriotismo isolado que se aplicava à cidade, mas não ao país.

— Obrigado — disse Jay. — Você pode nos dizer...

— Sim? — A bibliotecária perguntou, parecendo intrigada pela hesitação dele.

— Nada — disse. — Obrigado pela ajuda.

A caminho da exibição, Ellie perguntou:

— O que você ia dizer?

— Eu ia perguntar se Willowbee tinha um histórico de mortes não resolvidas, mas ela podia ficar com uma má impressão.

— Bem pensado. Vamos ser discretos.

— Hum... sobre isso... deixa pra lá, é melhor eu ficar de boca fechada.

Ellie parou de andar e colocar as mãos nos quadris.

— Ah, qual é. Não é justo. Não pode atiçar minha curiosidade assim e não falar nada. O que você ia dizer?

Eles já estavam falando baixo, em respeito aos livros e bibliófilos, mas agora a voz de Jay virara um sussurro.

— No caminho até aqui, eu reparei algumas pessoas nos encarando.

— Está falando daquela família que atravessou a rua?

— Não só eles. Vi um homem passeando com o cachorro. Um casal perto de uma placa de trânsito. Um cara sentado na varanda. Ah! Quando estávamos no estacionamento, vi três mulheres do outro lado da rua. Elas estavam sentadas à uma mesa, almoçando e pararam de conversar e ficaram nos observando até entrarmos no prédio. Foi assustador.

— Eu não reparei — disse Ellie. — Mas eu estava concentrada no trânsito. Me diz, estavam encarando nós dois ou só eu? — Apesar de cidades como Willowbee terem muitos residentes com o mesmo tom de pele de Ellie, ela não havia visto nenhum por ali. Ela se destacava, o que era um problema, considerando que queria passar despercebida.

— Nós dois — disse Jay. — Eu acho. É difícil dizer já que estávamos lado a lado o tempo todo. Eles não pareciam com raiva. Só curiosos.

— Entendi. Provavelmente ficaram distraídos com a nossa beleza.

Jay concordou.

— Que alívio.

Ellie não teve coragem de dizer que estava brincando. Entretanto, algumas piadas eram mais sagazes e não seria engraçado ela ficar desconfiando das intenções desses curiosos quando, na verdade, só estavam achando que ela e Jay eram fofos?

A exibição estava em uma sala fechada e sem janelas. Ellie e Jay acharam a entrada entre duas estantes que iam do chão ao teto, cheias de livros de mistério.

— Talvez seja um sinal — disse Jay.

— Um bom sinal, eu espero. — Ellie entrou primeiro. O retrato de Nathaniel Grace estava pendurado na parede, o mesmo que Brett havia fotografado e colado no trabalho escolar. Ele era mesmo o fundador da cidade? Quando leu sobre isso no livreto de Brett, Ellie presumiu que o menino estava falando de um "fundador honorário". Willowbee seria uma extensão póstuma do trabalho de Nathaniel Grace. Tinha que ser isso. Do contrário, a cronologia não fazia sentido. Um peregrino inglês fundando uma cidade no Texas, que estava inexplicavelmente completando 200 anos de existência? Pensando bem, quando o assunto era a história da cidade, nada parecia fazer sentido.

Ellie esperava que o retrato original fosse mais vibrante. Os colonizadores puritanos não usavam camisas de arco-íris, mas tinham alguma cor nas bochechas, olhos e roupas. Mas aquela pintura à óleo era definitivamente sombria. O artista devia ter ficado sem tinta.

— Parece uma decoração de filme antigo — falou Jay, maravilhado. — Um retrato assustador em uma mansão assombrada. Do tipo que os olhos te seguem.

— Obrigada por criar essa imagem na minha mente. — Ellie andou de um lado para o outro, nervosa de não conseguir desviar do olhar frio de Nathaniel Grace. — Então, vamos começar a procurar! Se nós terminarmos cedo, deve ter alguma sorveteria na cidade que a gente possa ir.

— Esse é o tipo de incentivo que eu preciso.

Os livros sobre Willowbee estavam guardados nas prateleiras abaixo do retrato. Jay se sentou, cruzou as pernas cantarolando baixinho, e começou a ler os títulos. Ellie planejava se juntar a ele na tarefa, mas decidiu que seria bom dar uma olhada pelos artefatos, antiguidades e itens da exibição.

Ellie começou sua pesquisa pela maquete de Willowbee que dominava o centro da sala. De acordo com a placa informativa, o arquiteto local tinha feito à mão réplicas absurdamente precisas de todos os prédios de Willowbee. Ele as colou ao modelo topográfico da região. O projeto deve ter levado anos para ficar pronto, levando em consideração a riqueza dos detalhes que possuía. Apesar das estruturas serem do tamanho de peças do jogo Banco Imobiliário, eram idênticas às suas gêmeas em tamanho real. Até mesmo Ellie, uma estranha na cidade, conseguia reconhecer os pontos turísticos e monumentos, incluindo a biblioteca. Havia carros nas ruas finas, pessoas curtindo o parque, e árvores do tamanho de alfinetes que cresciam na grama artificial. O arquiteto havia feito até lápides e estátuas para o mini cemitério. Ellie se perguntou se ele havia colocado os nomes e datas nelas também. Não conseguia se aproximar o suficiente para ver porque a maquete estava protegida por uma caixa transparente de plástico daqueles de qualidade. Cheirava a um desinfetante com aroma de limão. A bibliotecária devia ter limpado recentemente, tirado as digitais e manchas que apareciam em superfícies transparentes.

Ellie observou o modelo da cidade à procura de algo estranho, uma dica na própria estrutura, mas não encontrou nada relevante. As ruas de Willowbee não formavam uma palavra assustadora, não havia um depósito misterioso ou prédio público não identificado, e a clínica e centro de reabilitação onde o Dr. Allerton supostamente trabalhava eram relativamente pequenas.

De acordo com o mapa de papel ao lado do modelo, a clínica ficava na esquina da alameda Grace e rua Sanitas. Cada nome parecia autoexplicativo. *Grace* fazia uma referência óbvia ao fundador da cidade — Nathaniel Grace —, e *sanitas* significa saúde em latim. (Em preparação para a prova de admissão da faculdade, Ellie havia aprendido várias palavras originárias do latim, e estava tanto feliz quanto surpresa que esse conhecimento havia sido posto a uso.) Considerando os nomes das ruas, Ellie supôs que a clínica, de um jeito ou de outro, era tão antiga quanto a própria cidade.

As suspeitas dela foram confirmadas por outras vitrines. Graças à uma série de fotografias em preto e branco, equipamento médico antigo, e placas informativas, Ellie descobriu que os discípulos de Nathaniel Grace fundaram uma clínica privada no Texas durante a Guerra Civil. Ali eram tratados soldados confederados feridos ou doentes. A cidade cresceu ao redor da clínica e, depois que a guerra acabou, ela passou a atender os habitantes mais ricos. A linha do tempo parecia estranha. Se era o bicentenário de Willowbee, a cidade devia existir desde antes da Guerra Civil. E os colonizadores puritanos iniciais chegaram por volta de 1600, o próprio Grace em 1702, de acordo com o relatório do jovem Brett Allerton. Ela entendia cada vez menos a história daquela cidade.

Confusa, Ellie seguiu em frente. A próxima vitrine mostrava uma carta escrita à mão para a equipe da clínica. Datada em 17 de outubro de 1906, a carta era mais cheia de elogios do que os comentários do Avalie-Seu-Médico.

Caros médicos do Sanatório de Willough-By,
Sou imensamente grato pelo seu poder de cura. Minha perna está maravilhosamente bem. Ninguém nunca suspeitaria que um urso quase a arrancou.

Sinceramente,
Theodore Roosevelt.

— Jay, olha isso — chamou Ellie, se esquecendo por um instante de usar sua voz de biblioteca. Jay se levantou e foi até ela com uma pilha de livros de capa dura nos braços. Ele leu a carta e fez uma cara ao ver a assinatura.

— Roosevelt? O vigésimo quinto presidente dos Estados Unidos?

Na verdade, ele foi o vigésimo sexto, mas Ellie gostava o suficiente de Jay para não comentar o erro.

— De acordo com isso aqui, sim — confirmou ela, apontando para a foto de Theodore Roosevelt e um médico da época.

— Só pode ser uma piada — disse Jay. — Roosevelt não foi atacado por um urso.

— Não foi?

— *Foi?*

— Eu não sei — respondeu Ellie. — Pode ser um exagero. Uma piada. Mas... — Ela se virou para o retrato de Nathaniel Grace. — No funeral do meu primo, o Dr. Allerton disse que entendia bem sobre segredos de família. E eu acho que Grace faz parte da árvore genealógica dele.

— Você acha que Allerton guarda o segredo de Nathaniel Grace?

— Eu acho que todos os médicos de Willowbee fizeram isso.

— Hum! Meio egoístas, né? Se eu soubesse como curar feridas, eu compartilharia isso com todo o mundo.

Ellie deu um sorriso triste.

— Lembra o motivo da minha família manter em segredo a técnica da minha ancestral para acordar os mortos?

— Porque é perigoso?

— Isso.

Os olhos dele se arregalaram.

— Ah.

— Tem um lado sombrio nos milagres feitos em Willowbee — disse ela. — Posso sentir isso.

≫ Dezoito ≪

Apesar de Ellie e Jay terem passado mais vinte minutos no museu, a pesquisa deles só confirmou o que já sabiam: Willowbee, fundada pelos discípulos e descendentes de Nathaniel Grace, era famosa por sua clínica. O pequeno estabelecimento tinha uma taxa de sucesso inusitadamente alta. Eles saíram da biblioteca no meio da tarde e acharam uma lanchonete que vendia sorvete perto do parque. Cada um comprou uma casquinha (Jay escolheu um sorvete de chocolate com pedaços de chocolate, e Ellie matou seu desejo por pistache) e se sentaram em um banco sob uma árvore choupo-branco para se reorganizarem e traçarem um plano.

— Segredos sombrios costumam ser muito bem guardados — apontou Jay, esmagando um cogumelo com o polegar. — Eu acho que foi meio bobo tentar descobri-los em uma biblioteca.

— Nada disso — disse Ellie. — Não foi um desperdício. As coisas estão se encaixando.

— Você acha que o seu primo descobriu o segredo de Willowbee? Talvez o filho do Dr. Allerton tenha deixado escapar um dia. Depois disso, o culto de Nathaniel Grace teve que silenciar o seu primo para continuar com os rituais de cura.

— Eu pensei nisso — disse ela —, mas tem um problema: meu primo não sabia *nada* sobre essas coisas bizarras de Willowbee. Ele me disse que o ataque do Dr. Allerton foi uma surpresa.

— Faz sentido — disse Jay. — Pensando naquelas últimas palavras do seu primo, ele não estava paranoico. Estava ajudando alguém.

— Isso — concordou Ellie ao pensar nas palavras que estavam e sempre estariam para sempre gravadas em sua memória. — Ele estava. Parecia que...

— Ele estava indo para casa?

— Aham. E viu um acidente de carro na estrada.

— Então ele foi oferecer ajuda...

— Jay — disse Ellie, tão apavorada que não sentiu o sorvete derretido escorrer nas mãos. — Se foi isso que aconteceu, eu... acho que estamos chegando perto de uma resposta. Você tem acesso a jornais antigos? Alguma coisa no arquivo eletrônico da universidade?

— Claro. A maioria hoje em dia está digitalizada.

— Perfeito. Você pode pesquisar por jornais do Texas de outubro de 1906, mais ou menos? Procure por algo ligado à um ataque de urso. A vítima deve ter a perna mutilada.

— Fácil — disse ele. — Devo procurar por mais alguma coisa?

— Hum. Mortes inexplicáveis perto de Willowbee. Qualquer época. Talvez a gente consiga resolver esse mistério antes do fim da semana.

— E a clínica? — perguntou Jay. — Quer ir até lá dar uma olhada?

Era tentador. Eles estavam a poucos quilômetros de distância do cruzamento entre Grace e Sanitas. Ela e Jay podiam ir até o local de trabalho do Dr. Allerton, se quisessem.

— Talvez — respondeu. — Quando minha mãe e eu passamos pela casa dos Allerton, fomos ameaçadas, lembra? A mansão estava rodeada por pessoas amaldiçoadas. Uma delas queria machucar o bebê Gregory. Mas isso era à noite, e nós estávamos sozinhas.

— É. Se nós formos até a clínica, vamos estar em propriedade privada e com testemunhas ao redor.

Então essa é a vantagem daquela atenção toda?, Ellie se perguntou. Discretamente, ela inclinou a cabeça para a direita e usou a sobrancelha para gesticular para a lanchonete do outro lado da rua. Vários olhos observavam o parque pela janela. Estavam sendo observados por um casal idoso que comia hambúrgueres, uma garçonete com um avental amarelo vibrante, e um homem de meia-idade, que tinha um milk-shake em uma mão e um garfo em outra.

— Eles estavam nos encarando esse tempo todo? — perguntou Jay.

— Praticamente.

— Eu te disse! Povo estranho. — Ele se virou, escondendo o rosto dos observadores. — Eu vou fingir que eles estão sedentos por entretenimento.

Levando em consideração o quão empolgada a cidade fica com um bicentenário, os moradores com certeza estão entediados. — Ele abaixou a voz para sussurrar — Ainda estão encarando?

— Descaradamente — respondeu Ellie. — Eu acabei de encarar de volta a garçonete por uns cinco segundos. Ela não desviou o olhar.

— Sério. Qual o problema deles?

— Ou esse pessoal da lanchonete acha que janelas são espelhos, ou querem que saibamos que eles estão nos observando. Urgh. Pensando bem, eu não acho que seja uma boa ideia chegar perto do Dr. Allerton sem o Kirby. Testemunhas relutantes podem ser piores do que testemunhas amigáveis.

Kirby dormiu o dia todo. Ellie tinha toda as intenções de manter a promessa para sua mãe: sem mexer com fantasmas até conversar com um ancião sobre a passagem dela pelo oceano pré-histórico. Entretanto, era mais difícil do que Ellie tinha imaginado. Queria conversar de novo com Kirby, contar sobre as coisas da vida. Ela sempre conversou com ele, mesmo quando era um cachorro de carne e osso. Não achava que ele entendia a maioria das coisas que ela falava, mas o Springer spaniel agia como se gostasse da voz dela. Cachorros são perspicazes. Conseguem olhar para uma pessoa e entender as emoções dela só pelas expressões faciais, linguagem corporal. Pelo tom da voz.

Por que será que a companhia dele fazia qualquer momento parecer mais significativo? Se ela pudesse acordar Kirby, diria para ele como sorvete derrete rápido demais no Texas. Ela amassaria o elástico de cabelo para fazer uma bolinha e a jogaria. A brincadeira de buscar e trazer iria assustar e impressionar os pedestres, que veriam um pedaço de tecido flutuando sobre a grama verde. Ela e Kirby não tiveram tempo para brincar desde a noite do acidente de Trevor. Desde que o surto de dor e violência fez Kirby uivar pela casa no meio de uma sessão de treinamento. Parecia uma lembrança de outra vida.

— Jay — chamou Ellie.

— Sim?

— É engraçado.

Ele chegou mais perto para ouvir, com uma mancha de chocolate no lábio superior.

— O quê?

— O Texas. No verão faz tanto calor que o sorvete parece mais gostoso do que nunca. Mas ele derrete como manteiga em uma frigideira quente.

— Quanto mais rápido derreter, mais cedo você pode ir comprar outro — ele sugeriu. — Posso pegar outro para o caminho de volta? Eu devia ter pedido duas bolas. A menina do sorvete só colocou um pouquinho no final, nem encheu o cone como deveria. Ela foi tão do mal.

— Jay, você tá falando mesmo sobre sorvete? — perguntou Ellie.

— Na maior parte, sim — disse ele, dando de ombros. — Eu acho que eu também quero ver qual vai ser a reação deles se eu voltar lá. A garçonete não vai recusar meu dinheiro. Não fizemos nada de errado.

Ellie balançou a cabeça e sorriu.

— Você é tão bran... quero dizer, bravo. Não esquece de pegar vários guardanapos também. Minha mãe não gosta de sujeira no carro. Ela repara se tiver uma migalha sequer nos bancos. Me impressiona que o amassado no teto não fez ela surtar.

— Mal posso esperar para comprar meu próprio carro. Vai ter uma bandeja só para migalhas.

— Tem certeza de que você quer um carro? — perguntou ela. — Não uma moto ou um patinete elétrico?

— Não! Eu ficaria com o cabelo amassado do capacete o dia todo. — Jay tocou no cabelo. Tinha vindo com as ondas finalizadas com spray fixador, mas o calor do sul do Texas fez o cabelo murchar. Agora, um cacho estava pendurado entre os olhos dele, e o restante das mechas da franja estava presas atrás de uma orelha. Ellie tinha que admitir que o cabelo dela cabia melhor em um capacete. Ela só tinha que fazer uma trança firme.

— Vai comprar o seu sorvete, eu vou ficar aqui fora e resolver uma coisa. — Ele se levantou para ir à lanchonete e ela ligou para Ronnie Ross.

— Você não tá mais dirigindo, né? — perguntou Ronnie. Sem dizer "oi". Sem perguntar "tudo bem?". Deve ter existido uma época, antes de identificadores de chamada, quando as pessoas diziam: "Aqui é fulano. Quem fala?". Mas cumprimentos assim eram perda de tempo agora, e Ronnie Ross nunca desacelerava o ritmo.

— Se meus pais me pegarem no telefone e no volante, eu perco o celular e o veículo — respondeu Ellie. — Além do mais, é rude. Jay disse que você queria conversar?

— Claro. *Em algum momento.* Isso pode esperar, amiga. Você tem muita coisa pra resolver agora.

— Por enquanto, não muito. Jay está na fila do sorvete.

— Minha pergunta parece tão fútil.

— *O quê* parece tão fútil?

— No meu casamento hipotético...

— Hipotético!

— ... quer ser uma das minhas madrinhas?

— Ah. — Por essa Ellie não esperava. Na verdade, ela *nunca* esperou ser uma madrinha de casamento. Nunca passou pela cabeça dela. O que uma madrinha fazia, afinal? Além de vestir uma roupa que alguém escolheu e sorrir? Ela achou que seus amigos não iriam começar a casar até ter uns vinte e poucos anos, ou mais. Teria assim tempo suficiente para pesquisar "o que fazer em um casamento".

— Desculpa — Ronnie continuou falando. — Eu estou tentando me organizar aqui. Se, hipoteticamente, eu me casar, vai ser em breve. Você pode dizer não, claro. Nem se preocupa.

— Que tal eu dizer sim, com a ressalva de que eu não faço ideia do que estou topando fazer e talvez eu não esteja mais viva nos próximos meses.

— Não fala isso! Me escuta!

— O quê?

— Você é parte do meu time titular agora. Não vamos deixar um babaca riquinho machucar uma de nós.

Um pouco tarde demais, pensou Ellie, mas ela gostou da intenção.

— Obrigada, Ronnie.

— Por nada. Além do mais? Você precisa trazer um acompanhante pro casamento, mas ninguém muito estranho. Eu sei que você é assexual, então pode ser tipo um amigo ou um vegetal ou... — A fala dela foi morrendo com a incerteza do que dizer. — É, só... Ninguém que meus pais possam odiar. Eles já não gostam do noivo.

— Legal. O meu cachorro conta como muito estranho?

— Você é *tão* engraçada. Ai, meu Deus. Você vai ter que fazer um discurso depois da minha primeira dança ou algo assim. Ok. Vou te colocar no grupo de mensagem do time titular. Não é só pra coisas do casamento. Se precisar de ajuda, é só falar. Juntas, podemos mover montanhas. Eu vou desligar pra te adicionar lá.

— Tchau.

Jay voltou com mais sorvete de pistache e chocolate.

— Aparentemente — começou Ellie —, eu faço parte de um negócio chamado time titular.

Ele ergueu as sobrancelhas.

— Ah. Então você é uma das melhores amigas da Ronnie? É uma coisa do basquete. Elas estão todas no mesmo time da faculdade.

— Hum. Como madrinha de casamento eu preciso acertar um lance livre? Porque eu sou péssima nisso.

— Não. Por que você tá perguntando isso? — disse Jay.

Ellie deu uma risada desconfortável.

— Há há. Tenho uma notícia para te dar!

❧

Na viagem de volta, Ellie prestou mais atenção às pessoas ao redor. Talvez ela estivesse hipersensível à atenção, por causa dos clientes da lanchonete e o aviso de Jay mais cedo, mas as pessoas da cidade pareciam mesmo estar encarando. Como se Ellie e Jay fossem mais interessantes do que dois adolescentes normais.

— Parece que somos uma atração de circo — murmurou Jay. Ele levantou a mão para esconder o olhar das pessoas, fingindo estar se cobrindo do sol. — Hoje não dá pra ficar mais bizarro.

Ellie hesitou. Será que ela devia contar para Jay sobre o incidente com as trilobitas? Será que ele ficaria tão preocupado quanto a mãe dela? Odiava quando as pessoas ficavam assim com ela.

— Eu comentei que um ancião vem jantar em casa daqui a uns dias? — disse Ellie.

— Quem é? — perguntou ele. — Um dos seus avós?

— Não. Não é necessariamente uma pessoa mais velha da família. Um ancião é alguém que é sábio, e isso é uma coisa que demora para acontecer. Também tem muito conhecimento das tradições.

— Você vai receber um convidado VIP então.

— Aham. Dan. Ele está no conselho do nosso povo. Eu preciso da orientação dele. Uma coisa estranha aconteceu ontem.

— Ah, não.

— Talvez eu tenha ido parar na terra dos mortos. — Ellie explicou o incidente do parque. Como o mundo se transformou ao seu redor. Como animais que nasceram há bilhões de anos atrás cercaram seus pés. Como baleias, algumas que eram maiores do que megalodontes, nadaram no céu, cantando uma para a outra com vozes que não pertenciam aos vivos. Como ela abraçou Kirby, como se ele nunca tivesse morrido.

— Você tem um superpoder! — disse Jay e, a julgar pelo sorriso que ele tinha no rosto, não entendia que ela poderia facilmente ter ficado presa na parede de corais do período Devoniano da pós-vida.

— Eu espero que sim — disse ela. — Mas está mais para uma super-maldição. Eu quero que Dan me ensine como evitar, hum, o submundo. Sabe, simplesmente aconteceu. Eu não *queria* visitar aquelas almas no espaço sobrenatural delas.

— Se você sobreviveu uma vez, conseguiria fazer isso de novo, né? É como se você tivesse descoberto a melhor coisa do mundo, sem contar uma máquina do tempo, Ellie!

— Eu vou perguntar pro Dan se tem como me manter segura com isso — informou ela.

— Pergunta pra ele se você pode levar um amigo na próxima vez.

— Jay! *Não.* Seria mais seguro você dar mortais de costas da Ponte Herotonic.

— Nada de acrobacias complexas pra mim — ele disse. — Eu sou um animador de torcida do tipo "consigo carregar as pessoas".

— Você fez uma estrelinha perfeita na apresentação de fim de ano. Quase dava para desenhar a estrela ao redor.

Ele sorriu.

— Você viu isso! Assistiu meus vídeos?

— Que vídeos? — perguntou ela.

— Eu comecei uma série de vídeos instrucionais em acrobacias simples e passos de dança. Se chama "Melhore Seus Movimentos".

— Se você me passar o link do canal, eu *com certeza* vou assistir. — Enquanto eles esperavam atrás de um caminhão para a luz vermelha mudar, ficaram em silêncio. Ao lado deles, dois homens estavam aparando os galhos de um carvalho na beira da estrada. Um ficou em pé em uma plataforma mecânica móvel, estava vestindo um capacete amarelo e uma bandana na testa molhada do suor do dia. Ellie se perguntou se conseguiria treinar Kirby para flutuar como um balão e aparar galhos de árvores. Será que ele conseguiria resgatar gatos? Pegá-los pelo pescoço e colocá-los de volta no chão em segurança? Ela imaginou a cidade inteira como um parquinho para fantasmas. Como o mundo seria se todo mundo soubesse como treinar seus bichos que se foram?

Perigoso.

Ellie não havia ensinado Kirby a matar. Mas era possível fazer isso. Os mortos eram mais letais do que armas. Depois que a Guerra Civil acabou, o restante do Exército Federal dos Estados Unidos desceu no Texas e assassinou homens, mulheres e crianças do povo de Ellie. Como a Vó Ancestral havia morrido, não tinha ninguém para impedi-los. Então os Lipan que sobreviveram se esconderam, e vivendo em segredo, alguns escaparam do genocídio.

Se o governo dos EUA também controlasse um exército de cachorros fantasma, provavelmente não teriam mais Lipan vivos. Já era difícil o suficiente sobreviver à mágica legal deles, poderes que não eram os mesmos de fantasmas. Magia vinha de um lugar alienígena, e o uso em excesso corrompia a ordem natural da Terra. Pelo menos, era isso que os cientistas estavam descobrindo. Elementos de diferentes reinos estavam passando por fissuras microscópicas em Centros de Transporte via Círculos, colocando traços rastreáveis de hélio e argônio e sabe-se lá o que mais na atmosfera, e feitiços maiores deixavam mutações evidentes em bactérias ao redor. Na verdade, naquele ano, o Painel Internacional do Uso de Magia, que era apoiado por mais de duzentos cientistas, publicou um aviso de que o uso em excesso de magia podia ser uma ameaça, uma que ninguém entendia por completo e pouquíssimas pessoas pareciam levar a sério.

Os ancestrais de Ellie sabiam — centenas de anos antes do relatório de algum grupo intergovernamental — o dano que a magia podia causar.

— Ali! Rua Grace! — disse Jay. — Olha! Vamos passar na frente. Última chance de investigar por lá. — Ele apontou para uma placa verde escrito "GRACE". Era o primeiro cruzamento depois do farol.

A luz ficou verde.

Assim que Ellie acelerou, ela se lembrou da maquete na biblioteca. A pequena réplica da clínica do Allerton parecia inofensiva. E a versão real? Tinha que ter algo errado com ela. Uma energia, uma sensação ruim. Um porão escondido. Arame farpado contornando o estacionamento. "Enfermeiras" com dentes afiados e olhos vermelhos. Alguma coisa.

Mas, pensando bem, os pais de Ellie ficariam muito decepcionados se ela visitasse o local de trabalho de Allerton. Mesmo se ela só passasse em frente. O risco não valia a pena. Certo? O que Ellie iria ganhar com um desvio para a rua Grace? Como ela ficaria a salvo sem invocar Kirby e potencialmente ser levada de volta para o submundo, carregando Jay junto?

Ela se aproximou do cruzamento. Devagar. Pensando. Curiosa.

Os vídeos do Jay.

Será se Allerton seria ousado o suficiente para ameaçar dois adolescentes? Claro. Talvez. E se eles o filmasse isso seria uma prova concreta de que o médico não era tão gentil quanto parecia.

A rua Grace, que tinha árvores nas laterais que chacoalhavam com o vento e casas no estilo Nova Inglaterra, estava à direita. *Decide agora*, ela pensou, e ligou a seta para virar, girou o volante e jogou o carro para a direita.

— Eu sei que isso parece o enredo de um filme de terror caseiro — disse Ellie —, mas eu acho que devíamos ir até a clínica e filmar tudo. Pede pra sua irmã nos assistir e gravar a ligação. Por precaução. O que acha?

Com sorte, Ronnie aceitaria ajudar, porque Ellie não podia pedir para ninguém da família dela fazer aquilo. Vivian iria proibi-la de usar o carro só por considerar esse plano arriscado, e Lenore poderia se deixar levar e chegar no lugar com uma besta pronta para atirar durante a investigação. Se alguém ia ser preso naquele dia, seria o Dr. Allerton.

Jay olhou para o celular ligado na entrada USB do carro.

— Bom — disse ele. — Meu celular está com noventa e nove por cento de bateria. Então estamos numa situação melhor do que os personagens dos filmes de terror. Qual é o plano?

— Nada muito complexo. Eu quero ver o lugar. Ter uma ideia de como é. Se tivermos sorte, Allerton vai incriminar a si mesmo.

Jay ficou de dedos cruzados enquanto Ellie dirigia até o cruzamento da rua Grace com a rua Sanitas.

~~~ Dezenove ~~~

— Essa é minha amiga, Ellie Bride — disse Jay, virando o celular para os dois aparecerem no enquadramento da câmera. — Nós estamos a uns dois quarteirões da clínica do Dr. Allerton. Qual é o nome dele mesmo?

— Abe — respondeu Ellie. — Quantas pessoas estão nos assistindo?

— Uma. Só a Ronnie.

— Ok. Bom.

— Mas eu estou fazendo a narração completa para os desinformados, caso a gente precise compartilhar esse vídeo depois.

Ellie se inclinou no capô do carro e casualmente olhou para a extensão da calçada. Vazia. Ótimo. Ela estacionou na rua Grace, próximo à clínica.

— Vamos entrar agora — anunciou Jay, colocando o celular no bolso da camisa. A câmera com uma lente de vidro estava para fora do bolso, filmando. — Nos desejem sorte.

Sob outras circunstâncias, Ellie teria curtido a caminhada. Havia carvalhos e árvores de bordo bem podadas ao longo da rua, refrescando o caminho com suas sombras. O ar cheirava a rosas e carregava o som de gralhas e tordos.

— Quantos cogumelos amassáveis — comentou Jay, e ele tinha razão. O mesmo cogumelo pequeno e branco crescia em todos os jardins. Como se tivessem sido plantados de propósito.

— Tem alguns desses na mansão Allerton também — Ellie se lembrou.

— Estranho. — Ela viu a placa verde da rua Sanitas antes de ver a clínica de

Allerton, que ficava longe da calçada, com a fachada cercada por árvores de bordo. O prédio, feito de tábuas brancas de madeira e cercado por uma cerca baixinha, estava bem camuflado em meio a casas residenciais.

— Estamos no lugar certo? — Jay se perguntou em voz alta. Ele girou uma vez, lentamente, para dar uma visão completa do local para a câmera em seu bolso.

Ellie digitou o endereço no aplicativo de mapas no celular dela. Uma roda de "carregando…" girou na tela, como se estivesse sem sinal. O aviso de "ENDEREÇO NÃO DISPONÍVEL" apareceu na tela, mas logo foi substituído por uma visão aérea da clínica e um ícone vermelho que dizia "VOCÊ ESTÁ AQUI".

— Hum — disse ela. — Que estranho. Até o meu celular não estava achando que estamos aqui, mas estamos aqui.

Eles se aproximaram do prédio, Jay andando de lado para filmar o espaço. Uma parte do estacionamento de cascalho aparecia por detrás do prédio. Ellie foi em frente, em direção à entrada. Havia uma placa de bronze na porta pesada de madeira. Havia o símbolo de uma sanguessuga gravado no metal.

— Dá um zoom nisso aqui —sussurrou ela se afastando.

Enquanto Jay se aproximava casualmente do símbolo, a porta se abriu e bateu no peito dele.

— Me desculpa! — disse a mulher na entrada. — Eu não vi você aí. — Um dos braços dela estava com um gesso cor de rosa e hematomas roxos rodeavam seus olhos. Jay educadamente deu passagem, segurando a porta para a mulher machucada enquanto ela descia os dois degraus que separavam a porta da passarela de paralelepípedos que dava a volta no local. Enquanto a mulher passava, Ellie teve uma sensação estranha de déjà-vu, mas logo passou.

Quando a mulher já estava longe o suficiente, Jay sussurrou:

— Parece que aquilo doeu bastante. Ela foi atropelada por um ônibus?

— Não faço ideia — respondeu Ellie. Ela não esperava ver pacientes de verdade na clínica. Achou que seria algo privado, como um centro maçom ou um clube privado. Janelas fechadas e um guarda-costas estoico e musculoso na entrada.

— As damas primeiro — ofereceu Jay, ainda segurando a porta.

Pelas expectativas que tinha, Ellie foi pega de surpresa com a normalidade da sala de espera. Era um espaço relativamente pequeno. Várias cadeiras de PVC cinzas estavam encostadas em duas das paredes do ambiente. No centro da sala havia uma mesa com revistas de decoração, culinária e moda. Ao lado, uma caixa de brinquedos apropriados para crianças. Havia apenas uma recepcionista atrás do balcão: uma mulher de uns sessenta anos, com um cabelo fino e branco como lã de carneiro, que olhou curiosa para Ellie.

— Posso ajudá-los? — perguntou ela.

— Vocês têm um banheiro que eu possa usar? — perguntou Ellie.

— Não é exatamente público, mas tudo bem. Ali. — A recepcionista apontou para a porta ao lado de um bebedouro.

— Obrigada.

Assim como a recepção, o banheiro era decepcionantemente comum. Tinha uma corda de emergência que alguém poderia puxar caso precisasse de ajuda, não tinha nada de sinistro naquilo. Ela olhou na lixeira, para ser bem minuciosa, e tinha apenas papéis toalha amassados lá dentro. Quando Ellie voltou, Jay estava sentado em uma cadeira lendo uma revista que dizia na capa "Cinquenta receitas para sua churrasqueira!".

— Achou algo de interessante? — ele sussurrou quando ela se sentou ao lado dele.

— Eles têm papel higiênico caro. Fora isso, nada. E você?

Ele abaixou a revista e mostrou para ela a foto de hambúrgueres com queijo Monterey Jack e abacate fatiado.

— São fotos assim que me fazem agradecer pela existência daqueles novos hambúrgueres vegetarianos que têm gosto de carne de verdade porque são feitos de hemoglobina sintetizada por plantas — disse ele. — A gente devia fazer alguns.

— Hambúrgueres de sangue de planta? Com certeza. — Ellie deu um sorriso triste. Se esse fosse um verão normal, eles estariam fazendo churrascos de carne vegana e batata doce no parque próximo à casa de Jay, ao invés de estar vasculhando a lixeira de um banheiro e lendo revistas do mês passado.

Seguidos pelo olhar da recepcionista, Ellie e Jay saíram do prédio. Ao invés de voltar pela calçada, seguiram os paralelepípedos dando a volta na clínica. Ele os levou até o estacionamento que tinha dez vagas, quatro delas ocupadas. De imediato, Ellie reconheceu a Mercedes preta de Allerton. Estava estacionada em frente a uma placa que dizia: RESERVADO PARA FUNCIONÁRIOS.

— Ele tá aqui — disse ela, olhando para a parede dos fundos do prédio. As janelas estavam fechadas por uma persiana branca. Isso não queria dizer que Allerton não estava de olho neles.

— Lixeiras costumam ter cadeados? — perguntou Jay. — Essa tem. — Enquanto Ellie estava distraída pelo carro, Jay foi para a extremidade do estacionamento, onde duas grandes lixeiras quadradas estavam lado a lado à beira da cerca. Uma lixeira tinha um tom de verde brilhante e o símbolo de três setas de reciclagem estampado nela. A outra era marrom e a tampa preta estava fechada com um cadeado.

— Geralmente, não — respondeu Ellie, se aproximando de Jay. — Os vizinhos uma vez colocaram uma tampa contra guaxinins na lixeira deles, mas eu não acho que um guaxinim conseguiria entrar aqui. E se fosse por causa de animais selvagens, a de reciclagem deveria estar trancada também, não é?

O telefone de Ellie tocou e uma mensagem de Ronnie apareceu na tela: "NÃO faz isso".

— Sua irmã tá preocupada — disse ela. — Ela deve estar achando que vamos entrar na lixeira.

— Pede pra ela pesquisar como arrombar cadeados. — Ele olhou para a câmera no bolso. — Tô brincando, Ronnie. Não vamos fazer isso.

Perto das lixeiras, o ar tinha um cheiro azedo e rançoso, um cheiro que Ellie conhecia bem. Toda vez que levava latas de alumínio para o centro de reciclagem local, sentia o cheiro: cerveja velha.

Ellie levantou a tampa da verde e um cheiro pungente de cerveja quente e azeda escapou. A lixeira estava cheia de sacos de lixo pretos e moscas grandes voando.

— Eca — disse ela. — Deve ter umas latas de uns cem anos de idade aqui.

Jay contorceu o nariz.

— E milhares de insetos. Por que tem tanta cerveja na lixeira de reciclagem de uma clínica? Despejo ilegal? Ah! Talvez tenha a ver com um evento do trabalho. O Dr. Allerton e a mulher mal-encarada da recepção sabem curtir uma festa.

Por algum motivo, Ellie duvidava que o homem chique que estava organizando toda a celebração do bicentenário na mansão dele era o tipo de chefe que socializaria assim no trabalho. Antes que pudesse sugerir uma resposta, o telefone dela apitou com uma mensagem de Ronnie: "TEM ALGUÉM ALI! JANELA!!!".

A câmera estava apontada para o prédio, Ellie se virou, seguindo a direção do celular e percebeu uma das persianas mais baixas se mexendo, como se alguém tivesse aberto uma brecha entre elas para olhar para fora.

— Você viu isso? — ela perguntou para Jay.

Assim que terminou de falar, a porta de trás da clínica se abriu. O Dr. Abe Allerton, vestindo um jaleco branco, saiu por ela. Ele parou na soleira por um segundo, as mãos no quadril, a imagem perfeita da reprovação parental.

— Tá na hora de vocês irem embora — disse ele. — Antes que eu ligue para os pais de vocês.

— Por que você faria isso? — perguntou Ellie. — Não estamos fazendo nada.

— Vocês estão vagando em propriedade privada. — Ele atravessou o estacionamento a passos largos. — Isso aqui não é um parque. É um lugar de trabalho e cura.

— Você costuma beber no trabalho? — Ellie perguntou a ele.

Allerton parou a alguns passos de distância do dois, no limite do espaço pessoal de cada um. A expressão no rosto dele ficou vazia por um segundo, então ele sorriu de um jeito relutante. Como se estivesse se divertindo, mesmo sem querer. Os pais de Ellie costumavam sorrir assim toda vez que Kirby fazia sujeira na casa.

— Claro que não — disse ele. — Isso seria antiético. Se você está falando do conteúdo da minha lixeira de reciclagem, alguns vizinhos têm usado para jogar seus lixos fora. Não é um problema pra mim. O que importa é a iniciativa de reciclar.

Ele olhou para o relógio dourado no pulso. Era o tipo de aparelho que devia custar milhares de dólares. Ellie se perguntou se o Dr. Allerton realmente precisava checar o horário ou só tinha o hábito de exibir o pulso para impressionar os outros.

— Eu tenho uma consulta daqui a cinco minutos — disse ele. — Vocês podem facilitar a minha vida e ir embora?

Jay se mexeu, posicionando o peito na direção de Allerton. Pelo visto, o movimento não foi discreto o suficiente para passar despercebido.

— Você está filmando isso? — o médico perguntou e, para a decepção de Ellie, ele soou mais simpático do que preocupado.

— Talvez — disse Jay. Ele abaixou o queixo, olhando para o celular no bolso. — Sim.

— Isso é para postar na internet? É algum tipo de desafio para as redes sociais? — Ele se apoiou nos calcanhares, cruzou os braços, e encarou Ellie e Jay. — Espera. Eu conheço você. Ellie. Nos conhecemos no funeral do Sr. Reyes.

— Foi — respondeu ela.

Os olhos dele se abriram um pouco mais, e ele olhou dela para a lata de reciclagem.

— Entendo. — Allerton enfiou a mão no bolso da calça. Em sua mente, Ellie pensou em Kirby, pronta para invocá-lo em caso de perigo. O doutor sacou a carteira de couro preta. Tirou algumas notas de vinte dólares de lá.

— Para a sua família.

— Guarde para as suas caridades, doutor — retrucou ela, se afastando.

— Tudo bem. — Ele olhou para o dinheiro, sem saber o que fazer. — Infelizmente você não pode pegar nada das nossas lixeiras. Questões sanitárias. Enfim.

— Como você sabe o meu nome? — perguntou Ellie.

Ele pareceu confuso.

— Nós nos conhecemos — respondeu.

— Sim, mas eu nunca te disse o meu nome.

Ele olhou diretamente para a câmera.

— Ela disse sim.

— Ei. Meus olhos estão aqui, cara — falou Jay. — Não fale com a minha clavícula.

— E você é? — perguntou Allerton.

— Jovem Oberon — disse Jay.

— Ok. Vocês precisam ir embora. — Ele se virou, encerrando aquela conversa dando as costas. Em seguida, Allerton hesitou. Ele virou levemente a cabeça, mostrando para Ellie o canto dos seus lábios virados para cima e um olho brilhante.

— Experimentem visitar a biblioteca ou o parque. São muito melhores do que o meu estacionamento.

Então, ele voltou para dentro da clínica.

⇉ Vinte ⇇

Jay colocou Ronnie no viva voz durante a viagem de volta para o Centro de Círculos.

— Qual era o objetivo disso tudo? — perguntou ela.

— Você ouviu o comentário sobre a biblioteca e o parque? — perguntou Jay. — Nós estávamos mesmo sendo observados.

— Pela cidade inteira — completou Ronnie. Não era bem uma pergunta, mas o tom dela parecia incrédulo: — Por que eles fariam isso?

— Pode ser qualquer coisa — Ellie tentou adivinhar. — Talvez Allerton tenha dito para todo mundo que somos arruaceiros. Ele mente do mesmo jeito que um peixe nada e um pássaro voa.

— Merda, eu queria ter esse tipo de influência para comandar uma cidade inteira — disse Ronnie.

— Não queria não — Ellie murmurou baixinho.

— Desculpa, o que você disse? A ligação falhou.

— Quando Kirby vai voltar? — perguntou Jay com um tom sério. — Agora fiquei preocupado com você. Mais do que antes.

— Em breve — prometeu Ellie. — Dan vem nos visitar daqui a quatro dias. Ele tem uma enciclopédia inteira de conhecimento sobre histórias.

— Que tipo de histórias? — perguntou Ronnie.

— Histórias sobre arruaceiros, eu acho — disse Ellie.

— Ah, entendi — disse Ronnie. — Que horas eu tenho que buscar você no Centro de Círculos, Jay? A mãe disse...

— Os cogumelos! — interrompeu Jay. — É isso! Eu sabia que eles pareciam familiares.

— Desculpa, o quê? — perguntou a irmã dele. — O que você anda fazendo com cogumelos?

— Tem esses cogumelos brancos crescendo por toda a cidade — explicou Jay. — Tipo, em todo lugar. Eu fiquei estourando alguns o dia todo, tipo plástico bolha, e pensando: eles são familiares. É porque eu já os vi antes! Eles parecem com a espécie que usam para formar círculos de fadas.

— Caramba — disse Ellie. — Isso não pode ser pura coincidência.

— Mas eles não estavam em círculos — apontou Jay.

— Eles não estavam em círculos — concordou Ellie.

❧

À noite, quando estava sozinha, Ellie levou o notebook consigo para fora da casa. Ela se sentou de pernas cruzadas na cadeira de vime e abriu um mapa do Texas feito por imagens de satélites. Primeiro, encontrou o endereço da sua casa na barra de pesquisa do mapa e deu um zoom em cima do imóvel estreito. A imagem devia ter sido tirada antes desse ano porque Ellie conseguia ver sua bicicleta vermelha presa na cerca. Ela brincou com o mapa, rolou a tela descendo da montanha. Procurando por ela mesma ou alguém conhecido. Mas a imagem de satélite não era detalhada o suficiente para mostrar rostos humanos. Viu formas coloridas que lembravam vagamente pessoas nas calçadas.

Em seguida, Ellie digitou "Willowbee, TX" na barra de pesquisa. Um minuto inteiro se passou. Sem resultados. Ela checou a conexão do Wi-Fi, se perguntando se a internet estava lenta. Tudo parecia normal, mas o mapa não mostrava resultados. Ela atualizou a página, tentou escrever o nome da cidade uma segunda vez.

Nada.

Então, quando Ellie estava prestes a tentar escrever outra coisa, a tela pulou do código postal dela para o centro de Willowbee, Texas. Ela explorou a cidade, decepcionada que a resolução não era boa o suficiente para identificar as áreas com os cogumelos (na melhor das hipóteses, conseguia ver formas de arbustos e objetos médios, como a placa no gramado da biblioteca.) Queria procurar um padrão no crescimento dos cogumelos. Talvez, eles estejam mais concentrados no perímetro da cidade, formando um círculo gigante. Talvez tenham sido igualmente distribuídos, o que seria tão estranho quanto formarem um círculo, considerando o trabalho que era manter cogumelos assim vivos no sul do Texas.

Ela anotou alguns detalhes interessantes. Por exemplo, a cor do solo em Willowbee tinha um tom de verde escuro uniforme, com exceção das ruas cinzas pavimentadas, e quando ela tirava o zoom, a cidade parecia ser um quadrado bizarro em uma colcha de verdes-amarelados. Ela olhou o estacionamento da clínica, procurando por um dos carros antigos de Allerton, mas o único veículo atrás da clínica era um Volkswagen azul, que não era bem o estilo do médico.

Naquela hora, será que ele teria saído para almoçar? Estava a caminho de casa? Quando as imagens foram tiradas, afinal? De manhã? Tarde? Um dia útil ou fim de semana? Ellie passou uma hora inteira vasculhando as ruas de Willowbee. Até visitou a versão digital da mansão Allerton.

O estranho era que a propriedade inteira estava embaçada, como se tivesse sido intencionalmente bloqueada.

Às vezes o governo bloqueava áreas restritas das imagens de satélite, mas indivíduos civis podiam fazer isso? Provavelmente sim. Era óbvio que Allerton tinha achado um jeito de se esconder.

Por curiosidade, Ellie digitou uma última localização na barra de pesquisa: a rua onde Trevor havia morrido.

Como esperado, estava vazia, nenhum sinal de um acidente forjado. Como poderia ter? A imagem havia sido tirada anos atrás. Em algum lugar, naquele mapa do Texas, Trevor ainda estava vivo.

Mesmo assim...

Ellie deu um zoom em uma das árvores na beira da estrada. Havia um traço de cor na lateral. Ela aproximou mais a imagem.

A imagem embaçada de um rosto virado para cima.

Ela fechou rapidamente o computador.

Quando Ellie olhou de novo para a imagem, seu coração batendo tão rápido que estava praticamente vibrando, o rosto havia sumido.

~≫~ Vinte e um ~≪~

Ellie sabia que era impossível colocar uma muda de limoeiro em uma laranjeira e fazer duas frutas crescerem na mesma árvore. Talvez fosse por isso que, em seu sonho na noite passada, ela acordara sob uma árvore que tinha a estrutura de um zimbro e o topo de uma árvore de mesquites. As vagens pretas de mesquite faziam barulho com o vento seco e caíam, se transformando em cinzas quando tocavam o chão.

Ela e a árvore eram as únicas coisas vivas por ali. A terra era dura e craquelada. Um sulco formado por um rio partia o chão à sua frente. Ellie estava com tanta sede, mas não havia nada para beber.

— Não é a seca — disse Trevor, a voz dele estava tão perto! — É a consequência da ganância.

Ele estava sentado no que costumava ser a curva do rio. Não. Não sentado. Estava enterrado até a cintura.

— Você é real? — perguntou Ellie, com medo de se aproximar. Na verdade, ela queria desviar o olhar e sair correndo, mas o sorriso gentil dele a capturou.

— É claro. Nossa, a sua voz está seca.

— Estou com sede — explicou ela

Trevor balançou a cabeça.

— Willowbee. Eles tomaram toda a água. Mais cedo ou mais tarde, vão tomar tudo. É isso que sanguessugas fazem.

— Ah — disse ela. — Ah, entendi.

— Eles não pertencem aqui.

— Mas eles estão aqui — disse Ellie.

— Por enquanto. — Trevor desenhou um círculo na terra com o dedo. As unhas dele estavam longas, como se não as cortasse há semanas. — Você sabe como nossas plantas e cogumelos são corrompidos e transformados em passagens?

— Quer dizer os círculos de fadas? — perguntou Ellie.

— Círculos de fadas. É um termo fofo para buracos de minhoca que atravessam a realidade.

— Eu não saberia dizer — admitiu Ellie.

— As fadas e os humanos delas dançam em círculos — explicou Trevor. — Elas fazem grandes festas e bailes de máscaras. As danças de usuários de magia podem ser poderosas. "Noite e dia admirando as suas obras. Da encosta ali do monte retumbante. Ou lá do bosque, a miúdo, não ouvimos. À meia--noite entoar canções celestes, em solos, em concertos, modulando." John Milton. Eu lia a poesia dele na faculdade. Não curto mais. Prefiro a poesia com rimas dos livros infantis de Gregory. "Gira, gira a roda, mas com tantas rosas. Para cima, para baixo"... — Ele parou de falar. Olhou para as mãos, confuso.

— "Caímos no chão" — completou Ellie.

— Isso — disse ele. — Onde está o pequeno Greg?

— Ele está seguro.

— Eu estava segurando ele. Lendo para ele.

Ellie não falou.

— Onde está o meu filho?

O rosto de Trevor começou a escurecer, coberto de hematomas. Com um grito assustado, Ellie se virou e apertou o próprio rosto contra a casca da árvore híbrida de mesquites e zimbro. Um momento de silêncio. Depois, com uma voz que parecia o chacoalhar das vagens de mesquite, Trevor perguntou:

— Pode me ajudar? Ellie?

Ela não queria olhar.

— Minhas costas — disse Trevor. — O que ele fez comigo?

Ellie sentiu uma pontada na lombar e acordou com o susto. Ela pulou para fora do colchonete e ligou as luzes do quarto de hóspedes. Havia um lápis enrolado entre os lençóis dela. A ponta afiada devia ter lhe furado enquanto dormia.

— Ufa — suspirou ela, se apoiando nos joelhos com as costas na parede. — Tatuagem de grafite.

Ellie tentou se lembrar do sonho, mas os detalhes lhe fugiram à mente.

Trevor estava lá. Recitando rimas infantis. Pedindo ajuda.

Avisando sobre o perigo de danças estranhas.

⇜ Vinte e dois ⇝

Da última vez que Ellie havia feito uma reunião de emergência com Dan, ela tinha acabado de ser suspensa da escola por fazer seus colegas de classe ficarem com os narizes sangrando.

Bom, tecnicamente Kirby era o responsável por aquilo.

O incidente do uivo começou com um exercício de falar em público. Ellie, com doze anos de idade, ficou em pé em frente aos vinte e oito colegas de sala. Apenas metade deles estava prestando atenção.

— Eu posso descrever as minhas férias de verão em uma palavra — disse Ellie. — *Esclarecedoras*. Séculos atrás, minha Vó Ancestral, Elatsoe, de quem recebi meu nome, desenvolveu um jeito de acordar os mortos. — Ela fez uma pausa dramática, observou sua audiência. Todos os rostos olhavam para frente. — Que bom que tenho sua atenção agora — continuou Ellie. — O segredo dela foi mantido por oito gerações de mulheres Apache. Nove, incluindo eu. Meu melhor amigo, Kirby, morreu ano passado. Ele tinha dezoito anos, era velho para um Springer spaniel. Eu o trouxe de volta em junho. Cachorros são companheiros *poltergeists* perfeitos porque são fáceis de treinar. Dito isso, qualquer coisa não humana é boa. A vovó ensinou vários truques para a mamute-lanoso dela, mas...

Ellie parou de ler porque Samuel Tanner, um menino sentado na primeira fileira, estava balançando o braço como se estivesse tentando ajudar um avião a aterrissar. A empolgação dele em balançar os braços atrapalhou sua concentração.

— O que foi? — perguntou Ellie.

— Na verdade — disse Samuel —, não é assim que funciona com fantasmas. Eles são bolas caóticas de energia emocional negativa.

— Na verdade — corrigiu ela —, você está falando de fantasmas humanos, que se manifestam quando as pessoas não são enterradas direito.

— Na verdade, Ellie, animais não podem virar fantasmas.

— *Na verdade*, Samuel, podem sim. Não ouviu a minha apresentação?

— *Na verdade*, estou te chamando de mentirosa.

— Na verdade, Kirby está aqui na sala nesse momento, então por favor cala a droga da sua boca, Sam.

A Srta. Leman começou a se levantar da cadeira, mas antes que ela pudesse restaurar a ordem da classe, alguém gritou:

— Manda o Kirby fazer algum truque!

— Com prazer — aceitou Ellie. Ela podia se vingar e impressionar a turma com apenas um comando. Mas qual? Fazer ele aparecer? Não. Ele ainda ficava piscando às vezes, e isso não seria tão impressionante. Pegar uma bola? Ellie havia esquecido a bola de tênis em casa. Ah, ela tinha um plano! — Uiva, garoto!

Existem "canhões sônicos" militares que conseguem incapacitar inimigos humanos com ondas sonoras. O show das Sereias Sargasso foi tão barulhento que alguns tímpanos foram estourados na roda punk. Nenhum deles era tão poderoso quanto a voz de um cachorro morto.

Kirby não uivou, apenas. O choro dele chocou a sala inteira. Toda molécula ali gritou com ele. As janelas tremeram, racharam e quebraram. No teto, uma longa lâmpada fluorescente piscou e apagou.

— Pare! — gritou Ellie. — Pare! Pare! — Abafada pelo barulho, ela não conseguia se ouvir gritando. Não conseguia ouvir nada do que os seus colegas aterrorizados diziam, apesar das bocas deles estarem abertas, apavorados. As janelas explodiram para fora, cobrindo o pátio da escola com cacos de vidro. Os alunos correram para a porta, as mãos cobrindo os ouvidos, narizes sangrando. O sangue manchava e corria pelo chão de azulejos, levado por tênis até o corredor. Ellie se dobrou porque a cabeça era um centro de dor. Ela viu a Srta. Leman fugir da sala sorrateiramente. A porta se fechou.

Sozinha com sua mestre, Kirby parou de uivar.

Ellie tocou o sangue no lábio superior. Havia manchado o relatório dela como um Teste de Rorschach. O que raios havia acontecido? Kirby nunca tinha uivado *daquele* jeito. Obviamente, falar em público o deixava nervoso.

Ellie olhou pela janela na porta da sala. De alguma forma, o vidro grosso dela sobrevivera ao uivo. Do outro lado do corredor, sua turma estava encostada contra uma parede de armários. A Srta. Leman havia chamado o diretor assistente. Ellie sumira de vista antes que algum adulto a visse ali.

Isso era ruim. Muito ruim. A nível de suspensão ou expulsão. Ellie nunca havia sido suspensa antes. Ela não sobreviveria atrás das grades. Eles não iriam punir Kirby também, né? Ele era apenas um bom menino cumprindo ordens.

— Junto, Kirby — disse ela. — Vamos.

Ellie pulou uma janela quebrada e correu para casa.

Depois de explicar a situação para Dan, ele abaixou a cabeça, como se estivesse decepcionado.

— Sua ancestral heroína tratava os cachorros mortos com respeito — disse ele. — Kirby não é seu brinquedo. Ele não é seu bicho de estimação. Não mais. Ele é uma granada com consciência, Ellie. Nunca puxe o pino a menos que você tenha um bom motivo para isso.

Anos depois, enquanto contava para Dan sobre a aventura no oceano morto, Ellie se sentiu inesperadamente nervosa. Será que ele ficaria decepcionado de novo? Ela não queria ter ido para as Profundezas. Não era como no sexto ano. Quando terminou, Ellie enxugou as mãos suadas na calça jeans e esperou Dan falar. Ele era um homem grande com linhas de expressão saindo dos cantos dos olhos. Na verdade, eram tão profundas que parecia que ele estava sempre sorrindo. Dan vestia uma gravata *bolo tie*, uma camisa de botão amarela e calças jeans azuis — sempre vestido como alguém que trabalhava em um rodeio, apesar de ele ter se aposentado dessa profissão quando tinha uns quarenta anos, depois de ter se machucado demais montando.

— Você nunca esteve tão perto da morte, como no momento em que afundou — disse Dan.

— Então ela *realmente* visitou a terra dos mortos? Deus! Assim como... — Vivian hesitou e pareceu ter mudado de ideia sobre o que iria falar. — O que podemos fazer? — perguntou. Eles haviam se sentado na sala de estar depois do jantar. Lenore estava sentada no chão com Gregory, ouvindo a conversa em partes, e Dan, Ellie e Vivian estavam sentados no sofá.

— Essas coisas não acontecem aleatoriamente — explicou Dan. — Ok. Descreva passo a passo os seus pensamentos, e as suas ações, antes do mundo mudar.

Ellie cruzou os braços e encarou o teto, voltando para suas memórias.

— Eu estava no banco. Estava quente. Não de um jeito doloroso, só quente por causa do sol. Ok. Eu acordei minha trilobita.

— Trilobita — ecoou Dan. — Eu nunca vi os fósseis dela. Uma coisinha de corpo segmentado redondinha, certo?

— Isso. Os fantasmas são versões móveis dos fósseis. Na verdade, foi isso que eu pensei quando estava sentada no banco. A trilobita se rastejou ao redor do meu pé e eu pensei como parecia uma barata. A observação me fez pensar. O mundo muda, mas não muda. Eu senti... essa sensação carinhosa de familiaridade. Apesar de eras separarem humanos e bichos pré-históricos, todos somos seres da terra, sabe?

— Sei sim — concordou Dan.

— E aí as coisas ficaram estranhas. Outras trilobitas fantasma tomaram conta do parque, o coral apareceu.

— Ellie — chamou Dan —, além do seu primo, você já perdeu alguém próximo?

— Kirby — contou ela. — Meu cachorro. Mas ele não se foi de verdade. Meu avô paterno também faleceu. Alguns anos atrás.

— Quantos anos ele tinha? — perguntou Dan.

— Setenta e nove.

— Seu primo morreu no auge da vida — disse Dan. Lenore levantou o olhar rapidamente, a mandíbula tensa e os olhos arregalados.

— É verdade — concordou Ellie. — Foi isso mesmo.

— E você tem pensado na morte dele? — continuou Dan.

— Todos os dias. Eu não consigo parar de pensar sobre... sobre o *assassinato*... até Abe Allerton ser preso, onde não vai poder mais nos machucar.

— Quando você coexiste com fantasmas, conversa com eles e os ama, você toca na parede que separa os vivos dos mortos. Assim, fica mais fácil ser levada para aquele lugar perigoso, aquela terra, ou oceano, que não pode ser vivenciado por nada que respire.

— O que a levou até lá? — perguntou a mãe de Ellie. — A morte do primo? Foi isso?

— Pensar sobre a morte, especialmente um fim prematuro e violento, pesa na alma. A tragédia foi ficando mais pesada toda vez que Ellie a alimentava com atenção. Peso suficiente pode fazer alguém pender. Sim, *pode*. — Dan deu de ombros. — Mas eu acho que, no parque, Ellie é quem quis ir.

— Eu? — perguntou Ellie.

— Isso.

— Como? — interrompeu Vivian. — É mais perigoso para ela acordar fantasmas agora?

— Mãe, eu não posso abandonar o Kirby.

— Se eu estiver certo — disse Dan —, você não precisa parar de acordar fantasmas, desde que tenha consciência sobre a diferença entre os mortos e os vivos. — Ele balançou o dedo para Ellie como se estivesse falando com um bebê atrevido. — Tem uma diferença. Os mortos não devem ser tratados como iguais. Quando são, eles podem te devorar.

— Quer dizer que eu abri essa porta para o submundo da trilobita porque eu senti que éramos iguais?

— Aham. Esse sentimento de familiaridade levou sua alma para um lugar perigoso.

— Nunca mais pensar sobre dinossauros — disse Vivian. Talvez ela tenha percebido que sua fala havia sido muito estranha porque continuou: — Isso vai mantê-la a salvo, Dan?

— Eu não posso garantir nada, Vivian. A sua linhagem sempre brincou com fogo.

— Estou preocupada que isso vá acontecer de novo — confessou a mãe de Ellie. — Todo cuidado é pouco. Ellie, eu conheço o segredo da Vó Ancestral, mas eu raramente o uso. Talvez seja melhor assim.

— Não se preocupa, mãe. Eu posso escapar do submundo. Só preciso pensar sobre meu lar. Meu lar de verdade. Funcionou da primeira vez, vai funcionar de novo.

Para enfatizar a decisão dela, Ellie invocou Kirby. O cachorro fantasma apareceu, empolgado, entre o sofá e o tapete de brinquedo. O bebê Gregory soltou um grito curioso e observou, com um olhar intenso como o de uma coruja, o brilho fantasmagórico. Se Gregory já tinha uma certa sensibilidade para entidades paranormais, ele seria um bom aprendiz quando tivesse a idade certa. Presumindo-se que Ellie ainda gostaria de passar o segredo da Vó Ancestral adiante. Ela tinha doze anos para decidir.

— Esse é o cachorro? — perguntou Dan, com uma expressão calma. Ellie não sabia dizer se ele estava preocupado ou curioso. Depois do incidente do uivo, ele se recusou a ficar perto de Kirby, mas as coisas mudaram. Kirby não era mais perigoso.

— Quer ver? — perguntou ela. — Aparece, garoto!

A visibilidade de Kirby deixou todos surpresos, menos Ellie e Lenore.

— Desculpa pelo susto — disse Ellie. — Eu queria que ele pudesse fazer esse truque um pouco mais devagar.

— Ah — disse Dan. Ele tirou o olhar de Kirby. — Obrigado pela refeição, Vivian. A viagem para casa é longa. Eu devo partir. Depois que eu for embora, você precisa contar a ela a história de sua ancestral heroica. Está na hora.

— Você tem razão — concordou a mãe de Ellie, ficando em pé. — Obrigada, Dan. Te acompanho até a porta.

Eles saíram e Ellie suspeitou que a mãe dela só queria mais uma chance de conversar a sós com ele. Como se Ellie ainda fosse uma criança, vulnerável e inocente demais para tomar decisões adultas sobre a própria vida.

— Você está com medo? — perguntou Lenore, do chão. Aquilo pegou Ellie de surpresa. Lenore tinha ficado em silêncio e contida a noite toda, mal falara durante o jantar. Refletindo, talvez. Quem podia julgá-la por isso?

— Medo do quê?

— De você mesma, eu acho — disse Lenore. — E se você dormir no meu quarto de hóspedes e acordar na pós-vida?

— Isso não vai acontecer.

— É fácil acordar os mortos?

— Não — disse Ellie. — Nunca é fácil. Eu só sou boa nisso.

Lenore levantou uma sobrancelha.

— Quanto tempo demorou para você ficar boa?

— Alguns anos. Mas eu tenho facilidade. — Ellie deu de ombros. — É como qualquer outra habilidade. Prática sempre ajuda, e algumas pessoas são melhores do que outras.

— Como é? Uma matemática mental?

— Olha, eu queria poder explicar, mas... o conhecimento é segredo. Você sabe disso.

— Não custa nada tentar — disse Lenore, sorrindo, mas o sorriso não chegou aos seus olhos. Fazia Ellie lembrar do sorriso de um palhaço, enganador e desconcertante.

— Minha mãe deve demorar um pouco — informou Ellie. — Acho que vou dormir. Quer alguma coisa? Chá? Biscoitos?

— Não. Obrigada. Estou bem. — Ela não soava bem. Não parecia bem. Não ficaria bem até que o Dr. Allerton, de um jeito ou de outro, fosse punido pela morte de Trevor. E isso deixava Ellie ansiosa. Quanto tempo Lenore iria esperar até fazer algo terrivelmente perigoso? Talvez a paciência dela já tivesse acabado.

— Estamos perto de conseguir algumas respostas — disse Ellie. — Jay está investigando uma coisa agora mesmo. Algo que vai confirmar a magia esquisita que Dr. Allerton usou em... no...

— No Trevor — completou Lenore. Ellie se contorceu com o nome dele. — Ah. Você acha que ele matou Trevor com mágica? Que tipo?

— Bom, eu...

O celular de Ellie apitou com uma sequência de mensagens chegando. Jay estava digitando tão rápido que as mensagens vinham sem a pontuação de sempre.

JAY (20h34): Achei artigo sobre ataque de urso

JAY (20h34): Um fazendeiro fora de Willowbee achou corpo na plantação

JAY (20h34): Corpo tinha uma perna mutilada

JAY (20h34): Corpo nunca foi identificado

JAY (20h34): Pode ser um andarilho

JAY (20h34): Como saber???

JAY (20h35): Enviando o arquivo agora

JAY (20h35): Muitas mortes bizarras perto de Willowbee

— Quem é? — perguntou Lenore. — Parece uma emergência.

— Jay. Bem na hora.

— Não me deixa esperando. O que ele achou?

Ellie olhou para a porta da frente. A mãe dela ainda estava lá fora com Dan.

— Talvez eu estar devesse esperar até...

— Me conta, Ellie. — Lenore se levantou, e bebê Gregory chorou, como se pudesse sentir a raiva da mãe.

— O poder — disse Ellie —, de passar ferimentos de um corpo para o outro.

⇝ Vinte e três ⇜

Quando Ellie se levantou perante seu público de três pessoas — duas mulheres e um bebê —, ela sentiu o mesmo fervor de ansiedade e empolgação que um ator da Broadway deve sentir antes do seu solo. Ellie andou enquanto falava, e Kirby, ainda visível, ficou no seu encalço. Ele deve ter achado que eles estavam brincando um jogo de pega-pega bem lento e monótono.

— Na noite do assassinato — começou Ellie —, o Dr. Allerton sofreu um grave acidente de carro. A primeira vez que suspeitei disso foi no funeral. Ele estava com um carro novinho em folha. Muito conveniente, não é? Disse que gostava de comprar carros, mas eu achei que era mais provável que o Dr. Allerton tivesse o substituído. Especialmente porque ele dirige como se estivesse num GTA da vida real. Vocês viram ele saindo do estacionamento naquele dia?

— Não — admitiu Lenore. — Eu não o vi no funeral. — A expressão dela se fechou. — Ele teve sorte.

— Não por muito tempo — disse Ellie e Lenore sorriu.

— Você tem mais provas do que um carro novo, não tem? — questionou Vivian. — Você descobriu o lugar da batida?

— Aham. Foi onde o Dr. Allerton sofreu o acidente. Ele devia estar duas vezes mais rápido do que o limite de velocidade quando virou para fora da pista e bateu em uma árvore. Eu também tenho meus motivos para acreditar que ele estava bêbado.

— Quais motivos? — perguntou Vivian.

Se Ellie contasse para a mãe sobre a lixeira de reciclagem cheia de cerveja, estaria em apuros. Ela também não queria mentir.

— Provas circunstanciais. Enfim, quando Jay e eu encontramos o local da batida com a tia Bell, já tinham limpado a área, mas nós achamos plástico e tinta o suficiente para ter certeza de que o carro deve ter dado perda total. É possível também que Allerton não estivesse usando o cinto de segurança. Tem uma coisa: ele sofreu esse acidente na rota que o meu primo pegava do trabalho para casa. É uma rua fechada perto de Willowbee.

— Trevor só estava no lugar errado na hora errada? — perguntou Lenore, e Ellie se perguntou se isso faria ela se sentir melhor ou pior.

— Estava. Ele deve ter visto o acidente assim que aconteceu. Com base na leitura da tia Bell, ele encostou e tentou ajudar. Mas o Dr. Allerton estava em péssimo estado. Bêbado. Ferido. Talvez perdendo a consciência. O médico deve ter percebido que iria morrer a menos que... usasse o segredo sombrio de Nathaniel Grace, um segredo que sobreviveu graças à comunidade médica de Willowbee, para roubar... a sua saúde do meu primo. — Sobrinho de Vivian. Marido de Lenore. Pai de Gregory. — Foi assim que ele ficou machucado daquele jeito. Os ferimentos nem eram dele. O Dr. Allerton deve ter feito alguma coisa. Tocado nele, talvez. Eu não sei o que é necessário para fazer uma magia assim.

— Esse assassino filho da... — Lenore parou e olhou para o filho e reconsiderou. — Você sabe o que eu quis dizer.

— Sei sim — disse Ellie. — Sei sim. Foi assassinato. Sem dúvidas. Depois de transferir aqueles ferimentos para o meu primo, o Dr. Allerton o deixou lá para morrer. Ele não chamou uma ambulância. Nem tentou prestar primeiros socorros. Nada. Ao invés disso, ele, sozinho ou com os comparsas, não sei, botaram o meu primo de volta no carro dele e o abandonaram em outra rua. Eles *queriam* que ele morresse. Estavam *contando* com isso.

— Trevor não é a primeira vítima desse médico, é? — perguntou Lenore.

— Não — Ellie confirmou. — Todos aqueles milagres que Allerton fez? Os que renderam elogios no Avalie-Seu-Médico? Tumores no cérebro que sumiram. Ferimentos na coluna curados. Eles devem ter acontecido às custas de outras vítimas. Talvez, algumas sejam voluntárias. Mas não todas. Ele não é um curandeiro. Ele aceita dinheiro para fazer com que outras pessoas fiquem doentes. E ele também não é o primeiro. Os médicos de Willowbee, provavelmente todos são descendentes de Grace, têm magicamente trocado ferimentos desde a fundação da cidade.

— Você disse que tem provas — começou Lenore. — Onde estão? Nós podemos falar com aqueles policiais da cidade que a sua mãe conhece e mandar tudo pra eles.

— Jay e eu achamos a prova na biblioteca, na verdade. Em outubro de 1906, Theodore Roosevelt, o Presidente Roosevelt, visitou Willowbee com um ferimento grave. Um urso-pardo mutilou a perna dele. — Ellie passou pelas fotos no celular dela. Depois de algumas imagens de sorvetes de casquinha derretendo e o bigode de chocolate de Jay, ela achou a foto da carta de Roosevelt para o Sanatório Willowbee. — Aqui. O presidente escreveu uma carta de agradecimento para os predecessores do Dr. Allerton depois do procedimento. Os médicos curaram tudo milagrosamente. Nenhuma cicatriz! Isso foi antes da penicilina! Teria sido impossível sem ajuda sobrenatural.

— Hum — disse Vivian. — Tem certeza de que isso não é uma piada? Se o primeiro presidente naturalista, o que inspirou os ursinhos de pelúcia, foi atacado por um urso, nós aprenderíamos sobre isso em todo livro da história dos EUA.

— A menos que tenha sido mantido segredo — argumentou Ellie. — Olha. O Jay achou esse artigo. — Com um movimento, Ellie abriu a pasta "downloads" do celular e carregou o PDF que Jay havia mandado. Era uma cópia escaneada de um jornal amarelado com a data 16 de outubro de 1906. A manchete do meio da página dizia: "Ataque violento de urso acaba com uma vida".

— Como isso pode ser uma coincidência? — perguntou Ellie. — Na mesma semana que Roosevelt foi paciente em Willowbee, um fazendeiro da região achou um corpo na sua plantação de *cranberry*. O corpo tinha uma perna seriamente mutilada. Ataque de urso, foi o que disseram. Mas ele nunca tinha visto um urso-pardo perto das terras dele, e o homem morto era um estranho.

— Não existem plantações de *cranberry* no Texas — apontou Vivian.

— Talvez tenha sido um erro de impressão? — sugeriu Ellie. — Essa notícia com certeza saiu de um jornal de Willowbee.

— Você acha que Roosevelt... sabia que uma pessoa inocente morreu no lugar dele? — perguntou Lenore. — Eu sempre achei que ele tinha sido um homem bom.

— Não foi ele quem disse que "índio bom é índio morto"?

— É verdade — disse Vivian. — E ele celebrou a remoção dos povos e a destruição das terras demarcadas. Aquele corpo na plantação não era de alguém indígena. Era?

— Bom — disse Ellie —, o artigo não fala, então provavelmente não. Na verdade, você tem razão. Se Roosevelt soubesse que o tratamento dele iria matar uma pessoa aleatória, ele insistiria que essa pessoa fosse indígena. Não é? Eu aposto que ele não sabia. Ou só não teve tempo. — Perdida em seus pensamentos, Ellie assistiu a um Kirby brilhando andar pela sala. Ele mexeu com os blocos de plástico de Gregory no chão, brincando sozinho de ir buscar.

Ellie continuou falando:

— Eu espero que *nenhum* dos pacientes em Willowbee saibam a verdade sobre suas curas.

— É possível que eles acreditem que o Dr. Allerton e equipe sejam curandeiros milagrosos — disse Vivian. — Quando você está sofrendo, morrendo, sem opções, alguns remédios parecem bom demais para ser verdade.

— Então, supondo que haja uma investigação — falou Lenore. — A clínica *talvez* seja fechada. Ótimo. Eu ainda quero provas que mandem Allerton para a prisão por matar o meu marido. Onde conseguimos isso?

— No corpo do seu marido — disse Ellie. — Deve estar lá. Por que mais o Dr. Allerton iria querer saber o lugar onde ele foi enterrado? Ele está preocupado que vamos encontrar algo que o conecte à morte.

— DNA? — sugeriu Vivian. — É possível, ele entrou em contato com o sangue de Allerton.

Elas ficaram em silêncio até Lenore recomeçar a falar:

— E se durante o feitiço, Allerton transferiu algo que pode ser usado para identificá-lo? Um dente de ouro, uma prótese, ou...

Ellie se lembrou do último sonho com Trevor e a dor nas costas causada pelo lápis.

— Uma tatuagem — completou ela. — Uma que o Dr. Allerton fez *publicamente* em um evento de caridade! O feitiço deve considerar pele tatuada como um ferimento. Lenore, o documento do hospital mencionou alguma tatuagem no corpo do meu primo?

— Eu não sei. Trevor não tinha tatuagens, então nem perguntei.

— Seria na região lombar dele — disse Ellie. — É uma assinatura. — Ela procurou no celular e encontrou a notícia sobre a tatuagem do Dr. Allerton. — Essa aqui. Dezenas de testemunhas viram o prefeito fazer a tatuagem nele.

— Vou ligar para os meus amigos da polícia — disse Vivian enquanto mexia na bolsa. — Eles podem marcar uma exumação. Também vamos precisar pedir a ajuda dos anciãos. Graças à criação nós mantemos locais de túmulos em segredo.

Lenore segurou o braço de Vivian.

— Espera — disse ela. — Eu acho...

— O quê?

— Eu acho que fui seguida.

— Seguida onde? — perguntou Ellie, apesar dela mesma adivinhar a resposta. Kirby parou de brincar, percebendo o pavor da tutora.

— O local do túmulo — disse Lenore. — Quando eu o visitei.

— Por que você acha que foi seguida? — perguntou Vivian.

— É que... Eu acho que vi alguém na floresta perto do túmulo. Eu vi um vulto de canto de olho e parecia com um homem. Ou uma árvore com formato de gente? Eu apontei minha lanterna para ele, mas não havia ninguém lá. Mesmo assim. Se o Dr. Allerton tem amigos vampiros, um deles pode ter me seguido. Eles podem ser muito rápidos, não é?

— A casa dele estava cheia de vampiros naquela noite — comentou Ellie. — Lembra, mãe?

— Como poderia esquecer? — disse Vivian. — Vamos fazer o seguinte: Ellie, vai descansar. Está tarde. Lenore, eu vou ligar para os meus amigos, como planejado, e eles vão nos ajudar. A parte difícil: definir o que aconteceu e por que, já passou. Ok?

— Nós devíamos ir checar o túmulo dele — sugeriu Lenore. — Hoje.

— Querida, não — negou Vivian. — Isso não vai ajudar. Escuta, talvez você só tenha visto uma árvore mesmo. Se foi esse o caso, o local ainda está em segurança. Voltar lá hoje só vai nos expor a mais riscos.

— E se ela foi mesmo seguida? — questionou Ellie. — E se o corpo tiver sumido?

— Nesse caso — disse Vivian — já vai ser tarde demais. E, além disso, é algo para a polícia resolver. Sejam pacientes. Tenham esperança. — Vivian colocou os braços ao redor de Lenore e Ellie e as abraçou.

— Esperança em quê? — perguntou Lenore, e ela parecia realmente curiosa, um pouco irritada até. — Na justiça?

— Na família — respondeu Vivian. — É tudo o que temos. — Ela fechou os olhos, lutando contra o cansaço. — Eu preciso falar a sós com você, Ellie. O Ancião Dan tinha razão. Está na hora de você saber como a sua Vó Ancestral morreu.

≫ Vinte e quatro ≪

Ellie e Vivian foram para a varanda na parte de trás da casa. Elas acenderam uma vela de citronela e Vivian esperou o aroma tomar conta do ar antes de começar a falar, como se estivesse preocupada dos insetos ouvirem o que estava prestes a contar.

— Essa história não pode ser repetida. — Vivian levantou o dedo indicador no ar. — Você vai ouvi-la uma vez e só deve compartilhá-la uma vez.

— Uau! Parece perigoso — disse Ellie. — Talvez a gente deva esperar até toda essa coisa com o Dr. Allerton se resolver.

— É mais perigoso esperar. Vamos lá. Você nunca se perguntou como a sua tatatatatataravó faleceu? Ela não era imortal.

Na verdade, Ellie nunca se perguntou sobre isso. Para ela, Vó Ancestral *era* imortal. As histórias faziam com que ela fosse assim. Carregavam a personalidade dela por gerações. Ellie estava com medo que a última história fosse como uma segunda morte. Final.

— Eu já tive notícias ruins o suficiente nos últimos dias — reclamou Ellie. — Não enche mais a minha cabeça com coisas tristes. Vamos assistir a um filme de comédia ao invés disso.

— Todo ano, quando eu ensino sobre hidrostática e empuxo para os meus alunos, eu começo a aula com uma história. Era uma vez, na Grécia Antiga...

— Se for sobre o Ícaro, eu já ouvi essa, mãe.

... um rei pediu para um ourives fazer uma coroa especial para ele. Era um item impressionante: folhas e galhos dourados enrolados em uma coroa de metal. Porém, o rei era um homem cuidadoso e cético. Tinha medo de que o ourives tivesse diluído o ouro com prata, um metal menos valioso. Mas como alguém poderia saber? Ouro puro e impuro eram muito parecidos e, naquela época, as pessoas não tinham tecnologias complexas como um espectroscópio para analisar os metais.

O rei convocou um gênio chamado Arquimedes e disse:

— Você é um homem inteligente. Descubra um jeito de testar a coroa. Se conseguir, eu a darei para você. Se falhar... — Vivian passou o dedo pela garganta imitando uma faca.

Arquimedes perguntou:

— Eu tenho alguma opção? — E o rei riu. Ele não era muito gentil. Na verdade, lá no fundo, esperava que Arquimedes falhasse quase tanto quanto esperava que a coroa fosse falsa. Ambas as alternativas levariam a uma morte. Algo que o rei gostava mais do que metais preciosos.

O pobre Arquimedes pensou sobre a questão o dia inteiro. Estava tão nervoso que suas roupas ficaram encharcadas de suor, e ele começou a cheirar... bom... como a meia de um jogador de futebol. Acontece com todo mundo, até gênios! Então ele decidiu tomar um banho. Na Grécia Antiga, havia casas de banho públicas, lugares onde as pessoas dividiam a mesma banheira gigante. Arquimedes estava tão ansioso para se lavar que ele pulou na água, fazendo com que ela transbordasse pelas beiradas. Foi quando ele teve uma epifania! Sabia como resolver o problema do rei.

— Eureca! Eureca! — gritou ele, para o desconforto dos outros banhistas. — Agora eu sei! — O homem ficou tão empolgado que saiu da banheira e correu pelado e molhado pela cidade.

Como Arquimedes resolveu o problema do rei?

— Ah, é, eu já ouvi essa história — comentou Ellie. — Ouro é mais denso do que prata. Isso quer dizer que uma moeda de ouro pesa mais do que uma moeda de prata, mesmo que elas tenham o mesmo volume. Arquimedes precisava de duas coisas: um balde d'água e uma barra de ouro puro que pesasse o mesmo que a coroa. Ele colocou a coroa no balde. Mediu o quanto o nível da água subia. Tirou a coroa. Colocou a barra no balde. Se ambos fossem puros, teriam o mesmo volume e deslocariam a mesma quantidade de água. Você sabe que isso provavelmente não aconteceu, né? A história começou a ser contada por um cara séculos depois de Arquimedes ter morrido.

— Mas você *conhecia* a história — disse Vivian. — Alguém te contou?

— Sim. Um professor. Não me lembrou qual. Talvez tenha sido na aula de Inglês, alguns anos atrás.

— Ela ajudou você a entender sobre volume, densidade e deslocamento?

— Aham. É difícil esquecer uma história em que Arquimedes corre pelado por uma cidade. A imagem está gravada na minha cabeça.

— Ajuda meus alunos também — contou Vivian. — Por isso que histórias são especialmente importantes. São mais do que entretenimento. São conhecimento.

— Então agora voltamos para a Vó Ancestral. — Ellie suspirou e se engasgou quando a respiração profunda trouxe o cheiro forte de repelente de insetos. — Talvez eu não queira ter esse conhecimento.

— Você não é a única Elatsoe a visitar o submundo — disse a mãe. — Você é apenas a primeira a voltar com vida.

— Espera. Mãe. Foi assim que ela morreu?

— Sim. Eu avisei, não avisei? Há várias histórias sobre pessoas que visitaram aquele lugar, mas poucas com um final feliz. — Vivian juntou as mãos sobre o colo.

Essa é a história dela. Começou na época dos partos dos cavalos. Uma primavera agradável e ensolarada. Seu tatatatatatataravô amava todos os animais, mas um deles, uma égua com uma pele preta e cinza, era especial. Eles tinham uma conexão. Ele fez o parto dela, a criou, a treinou para correr por campos de mesquites e terrenos montanhosos. Ela estava grávida com a primeira cria, alguns dias atrasada até. Vó Ancestral estava preocupado com a pobre Dapple, então passava todo o tempo livre com ela, por precaução.

Às vezes potros nasciam à noite, então ele ficou acampado do lado de fora, perto dos cavalos. Dormia em um colchonete na grama. Sozinho.

Naquela noite, um tiro acordou Vó Ancestral. Ou um tiro ou seus cachorros. Eles estavam uivando e chorando. Os mortos, no caso. Como se soubessem o que tinha acontecido.

— Eles sabiam — disse Ellie, baixinho. — Assim como Kirby soube quando Trevor morreu.

— Eu acredito que sim. Cachorros são extremamente sensíveis quando estão vivos, e sem um corpo para os conter, são capazes de coisas incríveis.

Entretanto, os uivos e choro não podiam salvar a vida dele. Quando sua avó chegou no acampamento, os homens que haviam atirado no marido dela haviam sumido, assim como vários cavalos. Ainda bem que não levaram a égua malhada. A pobrezinha não saía do lado do mestre.

— Isso... — Ellie hesitou, procurando pela palavra apropriada para falar na frente da mãe que substituiria seu palavrão favorito. — Isso é horrível. Por que alguém mataria o vovô? Foi uma vingança? Os monstros foram atrás dele para magoar a Vó Ancestral?

— Só um tipo de monstro usa armas — disse Vivian. — Elas eram... raras no século XVIII, mas os Espanhóis, Britânicos e outros invasores as usavam, especialmente por motivos militares. Eu acredito que os soldados usavam mosquetes. Do tipo longo e com balas que precisavam ser recarregadas após cada tiro. Coisinhas imprevisíveis. Difíceis de mirar, a menos que fossem disparadas a curta distância ou fossem encantadas. Seu avô ainda estava no colchonete quando morreu. Devem tê-lo pegado de surpresa.

— Mesmo assim, isso não é motivo. Tipo. Eu sei que muitos colonizadores nos odiavam, mas ele não estava fazendo nada.

— É verdade. Isso aconteceu antes de oferecerem recompensas por escalpos Apache, mas pode ter sido um aviso. Um aviso para o restante do nosso povo. Ele era um alvo fácil. E sim, sua avó tinha a reputação de ser uma guerreira impressionante. Ela tinha sido muito bem-sucedida em proteger a própria família. Então talvez você tenha razão. Pode ter sido uma retaliação. Não havia motivo para alguém ter algo contra o seu avô. Encantadores de cavalos não costumavam ter inimigos.

— Entendi. Não *gostei*, mas entendi. — Ellie cruzou os braços e mordeu a parte interna da bochecha. Teria sido mais fácil aceitar o assassinato do Vô Ancestral se tivesse sido causado por um peixe de duas caras ou um monstro milenar sugador de sangue.

A égua malhada surtou quando os homens moveram o corpo do seu avô — Vivian continuou a história. — A coitada teve que ser amarrada com cordas e presa a um tronco. Ela quase arrancou a árvore do chão.

— Nossa...

Não tinham alternativa. Todo mundo estava com medo de que se a égua fosse solta, ela os seguiria até o local do enterro, lembraria a localização e voltaria para o túmulo do seu humano favorito, de novo, e de novo, e de novo, até o ritmo dos seus cascos soar como a batida de um coração e acordar o fantasma.

Por dois dias, sua avó ficou em luto com seus filhos, irmãs, irmãos, primos e amigos. No terceiro dia, depois que a égua deu à luz um potro saudável, sua Vó Ancestral foi conversar com a filha mais velha.

— Vou encontrar as pessoas que roubaram nossa felicidade — ela disse. — Cuide das coisas até eu voltar.

— Leve alguém com você, mãe — sugeriu a filha, sempre prática. — Para manter companhia.

Na verdade, ela estava preocupada com a saúde da sua avó, Ellie. Vó Ancestral não estava apenas lidando com o luto, carregava as dores de uma vida difícil: os joelhos estavam doloridos depois de passar por tanto, as mãos estavam duras por causa da artrite, e ela não enxergava mais tão bem.

— Eu tenho os cachorros — disse sua avó. — Cuide-se, filha.

Naquela noite, Vó Ancestral partiu, e não voltou para casa até o verão chegar. Ninguém sabe o que aconteceu naquele período porque ela se recusava a falar sobre a jornada. Entretanto, trouxe de volta todos os cavalos roubados. Eu imagino que ela tenha feito justiça com os assassinos.

— E foi isso. Por um tempo. Um bom homem havia morrido, sido enterrado, e vingado. Se isso fosse a história de um livro comum em uma biblioteca qualquer, terminaria com o retorno dela para casa. É isso que seus professores de Inglês te ensinam, não é? Histórias têm um começo, meio e fim. Um enredo bem amarrado. Uma personagem principal que muda, geralmente para melhor.

— Sim, foi isso que eu aprendi — confirmou Ellie.

— A vida real não funciona assim. Nem essa história. A sua avó não conseguia ficar em paz. Ela sempre pensava no nome dele, isso quando não o falava.

Parou de viajar. Raramente dormia a noite inteira. Passou mais tempo com os cachorros e cavalos do que com companhias humanas.

Um dia, a filha mais velha falou com ela:

— Mãe, estou preocupada com você.

— Já ouvi isso antes — disse sua avó porque, como eu disse antes, a filha dela era uma mulher sensível. Naturalmente, ela se preocupava sempre que a mãe saía da segurança do lar para lutar grandes ameaças.

— Auu. Nunca fiquei tão preocupada com você como estou agora — continuou a filha. — Eu vou perder meus dois pais esse ano? Pare de mandar seus pensamentos para a terra com ele!

— Quando você tem uma picada de inseto coçando, consegue fazer ela parar só com o pensamento? — perguntou sua avó.

— Não. Pensar sobre ela faz a coceira ficar mais forte.

— O túmulo é como uma coceira — disse sua avó. — Eu o ouço em meus sonhos. Toda noite, a voz dele fica mais alta. Em breve, vai soar como um trovão. Ele diz para eu me vingar. Que ainda não foi o suficiente.

— Essa não é a voz dele, mãe! Deve ser um fantasma, e você sabe que eles são terríveis.

— Claro que eu sei.

— Você precisa visitar um curandeiro.

— Ninguém pode me ajudar — disse sua avó. — Por sessenta anos eu estive entre o submundo e o mundo dos vivos. Meus cachorros atravessaram esse abismo com a minha ajuda. Agora... algo perigoso descobriu esse caminho também.

— O que você vai fazer? — perguntou a filha dela.

— Ao invés de esperar que ele venha até nós, eu irei até ele.

— Você só pode estar brincando! — disse a filha. — Por quê?

— No fundo do submundo, onde vivem nossos ancestrais, a bondade do seu pai nos aguarda.

— Claro. E daí? Qual é o seu plano? Aquele lugar não é para os vivos. Você vai se perder e ficar presa. Como se tivesse morrido!

— Não exatamente. Algumas pessoas já visitaram o submundo e sobreviveram. Vou tentar. Talvez, se eu falar com o lado bom dele e dizer que os cavalos estão bem e os assassinos dele não são mais uma ameaça, talvez isso diminua a fúria de seu fantasma. Talvez haja algum jeito de trazê-lo de volta. O corpo dele não pode ser usado, mas se houver outro jeito...

— Talvez? Talvez?! — gritou a filha. — E talvez o sol nasça no oeste. Por favor, esqueça isso!

Sua avó abraçou a filha com força. Seria o último abraço delas. Ela disse:

— É um plano imprudente e perigoso...

— É sim! — a filha concordou.

— Por ele, eu serei imprudente. — Sua avó se afastou e curvou a cabeça, como se estivesse envergonhada. — Se eu estivesse lá... se eu tivesse acampado com ele naquela noite... se ele não estivesse sozinho... — Ela precisou parar de falar para se recompor. Não há vergonha alguma em chorar, mas às vezes, pais tem medo de fazer isso na frente de filhos. É um protecionismo. Enfim, quando sua avó conseguiu falar de novo, o tom dela deixava claro que não mudaria de ideia. — Vou partir hoje à noite. O que quer que aconteça, tenha certeza de uma coisa: você é mais forte e sábia do que eu jamais fui. Cuide da família. Proteja nosso conhecimento. Quanto à égua malhada e ao potro, deixe seu irmão cuidar deles. Eu deixo meu mais novo filhote de cachorro para você. Ele vai ser uma boa companhia depois que você ensinar alguns truques. Para sempre, eu espero.

— É — disse a filha. — Seria bom.

Como diz a história, ela foi para o submundo ao pôr do sol. Sua avó caminhou até o oeste, rodeada por seus cachorros, e assim que o horizonte cobriu o sol vermelho, ela sumiu. E foi isso.

Vivian assoprou a vela, apagando a chama. Um fio de fumaça se desenrolou do pavio.

— Fim? — perguntou Ellie.

— *C'est la fin.*

— Então... talvez ela não tenha morrido!

— Ellie, não. Você não entendeu a moral da história. A sua avó, matadora de monstros e invasores, foi derrotada pelo submundo. — Vivian colocou as mãos nos ombros de Ellie e os segurou firme, como se estivesse com medo da filha sumir num passe de mágica. — Ela era uma anciã. Você tem dezessete anos. Entende por que estou apavorada? É um milagre que você tenha escapado na primeira vez.

— Em minha defesa — argumentou Ellie —, a Vó Ancestral viajou até as profundezas do submundo por vontade própria. Eu só vi um grupo de baleias e fugi.

— Elatsoe...

— Eu não vou fazer isso de novo.

Vivian fez uma careta.

— Isso é minha culpa. Eu nunca devia ter dado o nome dela a você.

— Tecnicamente, você não deu — disse Ellie. — Meu nome é em homenagem ao pássaro.

— É verdade.

— Você acha que foi um sonho especial? — perguntou Ellie.

— Talvez. Às vezes, a culpa nos assombra mais do que fantasmas. Talvez a sua avó só tenha achado que ouviu a voz dele.

— Não, não *esse* sonho. Estou falando do sonho que você teve antes de eu nascer. Com o beija-flor.

Vivian hesitou. No silêncio, cigarras cantavam.

— Sim — disse ela finalmente. — Acho que sim.

≫ Vinte e cinco ≪

Ellie sonhou com sua família naquela noite. Seus pais, avós, tias e tios estavam enfileirados. De mãos dadas, encarando uma árvore de mesquites. Os galhos da árvore tentavam pegá-los, fazendo barulho com cada movimento, mas a corrente humana estava fora de alcance. O vento balançava as folhas cerosas e sacudia as vagens com força. Parecia que a árvore gemia e sussurrava.

— Mãe — chamou Ellie, se aproximando da corrente. — O que você tá fazendo? O que é isso, um jogo?

— Quieta — repreendeu a mãe dela. — Vire-se. Você não deve olhar para ele. Não deve ouvir o que ele diz. Não pode pegar a mão dele.

— Ele?

— Eu — disse Trevor. — Isso não é justo. Por que os vivos renegam os mortos?

Ellie não conseguiu se segurar. Olhou para ele, ouviu o que ele dizia. Trevor estava em pé sob a árvore com as pernas enterradas até a metade na terra, como se estivesse florescendo do túmulo. Ele vestia calças sociais e um suéter xadrez ridículo, o tipo que combinava perfeitamente com professores.

— Nós nunca renegamos você — disse ela. — Vamos nos encontrar de novo um dia. Todos nós. Todas as gerações.

— Quantas gerações vão existir depois de nós? — perguntou ele.
— Homens egoístas estragam a terra. — A árvore começou a ficar preta, as folhas se tornando cinzas. — Nossas crianças não conseguem viver

com tanta crueldade e veneno. Cada geração vai morrer até não sobrar mais ninguém.

— Você acha isso? — perguntou Ellie.

— Seu eu *acho*? — Ele cruzou os braços, exasperado, como se Ellie tivesse esquecido de fazer o dever de casa.

— Você sabe — corrigiu Ellie.

— Eu sei. Você também. Não espere até ser tarde demais. Faça alguma coisa. Faça algo. Você prometeu proteger minha esposa e meu filho.

— Eu fiz isso! — Ela deu um passo para frente, ainda sendo separada do túmulo de Trevor pela corrente humana. — Agora nós sabemos o que aconteceu. O Dr. Allerton não vai sair ileso dessa.

— Ele é só um homem. — Trevor se inclinou para a frente, preso na terra. — Há outros milhões que vão continuar a tratar nossa família como lixo. Pense neles como pragas.

— Pragas...

— Cupins na sua casa. Gafanhotos na sua plantação. Não faz diferença se você esmagar apenas um deles. O enxame vai devorar tudo. — Trevor esticou a mão para ela. — Por favor. Me ajuda.

A família viva de Ellie, a parede humana que a protegia do fantasma, havia sumido. Na mesma hora, o céu ficara vermelho como brasa, como se houvesse quatro sóis, um em cada ponto cardeal. Leste, oeste, norte, sul. Cinzas dançavam entre o deserto e o céu. Pareciam mosquitos voando.

— Qual é, Trevor, pessoas não são como insetos — disse Ellie.

— Verdade — disse ele. — São piores ainda. — Ele se jogou na direção dela para segurar o rosto de Ellie com suas unhas longas e afiadas, mas o chão segurou firme suas pernas. Foi o que impediu que ele arrancasse o nariz de Ellie. Ela correu para longe, gritando.

— Ellie, eu preciso que você me puxe daqui! — gritou ele. — Por favor! Eu não posso escapar sem a sua ajuda.

— Você é um fantasma — respondeu ela, dando as costas para Trevor. Se recusando a olhar. — Não vai ter ajuda alguma de mim.

— Eu ainda sou seu primo! Não me abandona, Ellie. Estou tão perto de ficar livre. Só me ajuda. Me ajuda, e ninguém nunca mais vai machucar nossa família. Eu não vou deixar! *Olha* para mim!

Ela não se virou.

— Eu quero ver minha esposa — disse ele. — Eu quero ver meu filho! Uma última vez. Isso é cruel. Eu morri sozinho!

Ela prometeu a si mesma que ele os veria de novo algum dia. Só assim Ellie conseguiria se manter firme.

— Gregory? — A voz de Trevor tinha um tom triunfante. Será que ele estava tentando enganá-la? Tentando fazê-la olhar para ele? — Gregory! — gritou Trevor. — Gregory! Meu filho, vem cá. Vem pro papai. Oi, meu menino!

Um bebê soltou uma risada feliz. Ellie se virou. Gregory estava engatinhando pela terra rachada com um sorriso sem dentes no seu rosto redondo. Ele esticou a mão para tocar a do pai. Trevor se ajoelhou e deixou Gregory segurar seu dedo indicador com a mão gorda.

— Merda — Ellie xingou. — Não!

Mas já era tarde demais. A última conexão de Trevor com o submundo se quebrou quando tocou a alma de alguém vivo. Ele saiu do chão, carregando Gregory nos braços e se aproximou de Ellie com passos lentos.

— Eu sabia que o meu menino tinha talento — disse Trevor. — Ele me encontrou. Assim como você, prima. Promete que vai ensinar para ele o segredo da família? Seria um desperdício se não fizesse isso.

— Me dá ele — pediu ela, esticando os braços. — Eu prometo ensinar tudo que sei.

Quando Trevor entregou Gregory sem hesitar, Ellie sabia que ele não era o homem que um dia conhecera. Ela segurou Gregory, protegendo-o contra o peito e se afastou.

— Isso é um sonho? — perguntou Ellie.

— Mais ou menos — respondeu Trevor. — Você e o bebê estão dormindo. — Ele fechou os olhos, virou o rosto para cima, se deliciando na luz vermelha. — Mas eu estou acordado.

O céu escureceu, como se os sóis se pondo tivessem morrido, apagados pelo vento frio de deuses terríveis.

— Te vejo na festa, Elatsoe. Essa vai ser a última vez que a dança deles vai ferir nossa terra.

⇒ Vinte e seis ⇐

Quando Ellie acordou, sentiu algo se mexer contra seu braço. Assustada, ela rolou para o lado. O bebê estava deitado de barriga para baixo no colchonete ao lado dela. Ele estava usando a mesma roupa amarela do sonho e seu rosto estava com uma expressão confusa, a mesma de quando ele brinca de se esconder.

— Ei, homenzinho — falou Ellie. — O que você tá fazendo aqui?

O berço de Gregory tinha um cercado alto, o quarto dele era do outro lado do corredor, e a porta do quarto de hóspedes estava fechada. Ele não podia ter engatinhado até ela sem ajuda. Será que algum adulto o colocara ali? Ou...

— Kirby — disse ela, sentando-se na cama e segurando Gregory contra o peito. — Kirby! Aparece! Junto!

Kirby ficou em alerta ao lado do colchonete, seu rabo peludo de pé. Os ancestrais dele foram caçadores. O rabo com a ponta branca era fácil de ver enquanto caçavam em gramas altas. Kirby chorou, um som poderoso que fez os dentes de Ellie doerem. Será que o fantasma de Trevor estava por perto? Kirby podia protegê-los dele?

— Mãe! — chamou Ellie. — Mãe, cadê você? — De acordo com o despertador na cabeceira, eram apenas sete e meia da manhã. Os adultos geralmente dormiam até umas oito horas. Ellie ficou de pé e andou pelo quarto, seguida pelo seu cachorro ansioso. Ela equilibrou Gregory em um braço e abriu a porta com outro. O corredor estava escuro e silencioso. Nenhum sinal de fantasmas. Nada de sangue, vasos quebrados, coisas assustadoras escritas na parede. Ela foi na ponta dos pés até a sala de estar, seguindo o barulho de roncos. Lá, a mãe dela estava dormindo no sofá macio. De acordo com Vivian, era mais confortável do que o colchão inflável.

— Mãe, acorda — disse Ellie. — Estamos em perigo.

A mãe dela se sentou com um pulo.

— Perigo? O quê? Onde?

— O fantasma de Trevor. — Não servia de nada evitar falar o nome dele. — Ele acordou. Ele disse que humanos são piores do que cupins, e...

— Ellie — interrompeu Vivian. — Você o acordou?

— Não! — Ellie balançou a cabeça tão rápido que o cabelo dela voou no rosto de Gregory. Ele riu e colocou uma mecha na boca. — No sonho eu dei as costas para Trevor — contou Ellie. — Eu não peguei na mão dele. Ele me implorou para ajudar, mas... não! Eu não podia. Eu nunca faria isso! Foi Gregory quem acordou ele.

— O bebê? — Vivian parecia estar mais confusa ainda.

— Foi! Ele deve ter... Eu não sei... sentido o pai? Gregory é muito perceptivo, mãe. Coisas fantasmas são fáceis para ele. Como são para mim. Obviamente ele não sabe a diferença entre vida e morte ainda. Nem... nem entende como fantasmas podem ser perigosos.

— Tem certeza, Ellie? Às vezes um pesadelo é só um pesadelo. Você tem passado por muita coisa.

— Se eu tenho certeza? — Ela se sentou ao lado da mãe. — Eu não sei. Eu já sonhei tantas vezes com ele. Talvez algumas delas tenha sido cem por cento minha imaginação. Mas. Tem algo de errado com esse sonho. Quando alguém vai checar o túmulo dele? Procurar pela tatuagem? Estou com medo de ser tarde demais. Que Allerton e seus capangas já tenham... — Ela parou de falar antes de dizer o seu medo: já tenham exumado o corpo. Era horrível demais de imaginar.

— Em breve — disse Vivian, tocando no ombro de Ellie. — Uma equipe vai para o local hoje de manhã. Enquanto isso, Kirby vai nos proteger. Não é, menino?

Kirby se sentou ao lado do sofá, alerta, mas relaxado. Ele inclinou a cabeça, como se estivesse concordando com Vivian.

Nessa hora, o telefone de Ellie, que estava carregando sobre a mesa de centro, tocou. Ela ficou surpresa de ver o nome de Jay na tela. Geralmente ele mandava mensagem antes de ligar. Ela entregou Gregory para a mãe e atendeu.

— Oi, Jay — disse Ellie. — Tudo bem?

— Er... — disse Jay. — A Ronnie quer muito falar...

A voz da irmã dele o interrompeu.

— Oi! Você viu o Al?

— Não recentemente — respondeu Ellie. — O que aconteceu?

— Ele nunca voltou da missão dele.

— Peraí. Espera. *Que* missão?

— A que você pediu para ele cumprir. — Ronnie estava com um tom sério na voz, muito diferente do seu tom animado e energético de sempre. — A missão para coletar informações.

— Não era para ele ir para lugar algum! — disse Ellie. — Al disse que talvez os amigos dele soubessem sobre os encontros de vampiros em Willowbee. Só isso.

— Um amigo de um amigo mandou Al ir para o Clube do Homem Amaldiçoado. Um bar exclusivo para vampiros em Austin. Aparentemente, o gerente sabe tudo sobre Willowbee.

— Então Al nunca mais voltou depois desse clube? Vocês chamaram a polícia?

— O que eles vão fazer? Ele só sumiu há umas trinta horas. Meus próprios pais acham que ele me largou. Até parece! Somos almas gêmeas.

— Eu queria poder ajudar.

— Você pode. — Ronnie baixou a voz em um tom conspiratório. — Eu e minhas amigas... nós *falamos* com o gerente ontem à noite.

— E aí?

— Ele disse que Al deve estar na mansão de Allerton. Vampiros jovens vão para lá e nunca mais voltam. — Ela fez um som que parecia ao mesmo tempo um soluço e um guincho. — E se alguma coisa acontecer com o meu amor, eu vou...

— Eu sinto muito, Ronnie — disse Ellie.

— Abe Allerton é quem precisa se desculpar. Eu vou torcer o pescoço dele.

— Você não pode simplesmente entrar na mansão. Nós precisamos de um plano.

— Claro que posso. Não tem uma festa lá hoje?

— Sim. Um baile do bicentenário, mas... — Ellie se lembrou de um detalhe terrível, o fim do sonho que teve. A promessa de Trevor.

— Mas o quê? — perguntou Ronnie.

— Não. Não, não, não.

— O quê?

— Passa o telefone pro Jay.

— Eu não terminei de... — Mas Ellie a cortou.

— O fantasma do meu primo vai transformar a festa do bicentenário de Willowbee em uma chacina, e ninguém estará a salvo! Nem eu. Nem Al. Nem mesmo os campeões do concurso de soletrar do sexto ano. Os coitados são os convidados de honra! Ele vai matar um monte de nerds soletradores inocentes, Ronnie! Passa o telefone pro Jay!

— Voltei — disse Jay. — Ellie, você... você acha que o Al está bem?

— Eu não confio nem no Dr. Allerton nem em ninguém de Willowbee.

Jay parou por um segundo e disse:

— Ele só queria ajudar.

— Ele queria ajudar *você* — falou Ellie. — Você: o novo irmãozinho dele. Lembre-se disso durante o casamento. Especialmente quando o juiz de paz falar, "se alguém tiver algo contra essa união, fale agora ou cale-se para sempre".

— Vou lembrar — prometeu Jay. — Nós precisamos encontrar ele!

Ellie olhou para a mãe, pegando forças do olhar solidário dela.

— Meu primo acordou — contou Ellie —, e ele está assombrando a mansão Allerton.

— O qu... assombrando? Quer dizer que...

— É. Isso vai ser bem pior do que barulhos de correntes e sons misteriosos no meio da noite. — Se Kirby podia estourar lâmpadas com um uivo, jogar objetos pela sala, e atravessar paredes, o que um humano poderia fazer? Trevor tinha consciência, inteligência e motivação para usufruir por completo dos poderes que agora possuía. — Vamos chamar um exorcista — sugeriu Jay. — O melhor do Texas!

— Se Al estiver preso na mansão, um exorcismo vai machucá-lo. Eles costumam ser caóticos. Violentos. Muitos danos colaterais.

— O que podemos fazer?

— Primeiro, encontrar Al e libertá-lo — disse Ellie. — Temos várias horas antes do baile de máscaras, e meu cachorro pode rastrear pessoas com...

— Ellie — interrompeu Vivian. — O que você está planejando fazer?

— Ei! Eu tô no telefone! Espera aí. — Ela fez um movimento dramático de abaixar a cabeça como se fosse proteger a conversa dos ouvidos curiosos da mãe. — Kirby precisa de um cheiro para seguir. Você tem alguma roupa suja do Al?

Ellie ouviu vozes abafadas do outro lado da linha. Um segundo depois, Jay disse:

— Sim! O suéter dele. Serve?

— Perfeito.

— Você pode nos encontrar no Centro de Transporte via Círculos daqui a uma hora? — perguntou ele.

— Com certeza. Kirby e eu estaremos lá — respondeu Ellie. Ela olhou para a mãe. Vivian tinha uma expressão séria no rosto, do tipo que professores usavam para lidar com estudantes arruaceiros. — Minha mãe deve ir também — completou ela.

Depois de desligar, Ellie juntou as mãos, tal como num pedido de perdão.

— O quanto você ouviu? — perguntou ela para a mãe.

— O suficiente para entender.

— Centenas de pessoas podem morrer. Eu tenho que fazer alguma coisa.

Vivian sorriu.

— Eu sei — disse ela. — Eu também preciso. Antes de sairmos, não esqueça de tomar café. Tenho que falar com o seu pai. Se tivermos sorte, ele não vai estar em cirurgia o dia todo.

Elas se abraçaram, e parte de Ellie — a parte que ela costumava reprimir — se perguntou se esse seria o último.

No banheiro, depois de jogar água gelada no rosto, Ellie encarou seu reflexo no espelho. Sua camiseta preta tinha uma estampa com 0 e 1 verdes, formando o código binário. Ellie não tinha entendido a mensagem quando comprou a camiseta, mas achou curioso. Ao invés de procurar uma tradução na etiqueta, ela usou o celular e um conversor de "código binário para inglês". A mensagem era inofensiva. Dizia: "Olá, mundo!"

Talvez a camiseta seja um bom sinal, um tributo a mistérios resolvidos com finais felizes. Sorrindo, Ellie refez a trança no cabelo e passou protetor solar no rosto, pescoço e braços. Quando ficou pronta para ação, ela correu para a cozinha, fez duas torradas doces e gritou:

— Mãe! Vamos!

A mãe dela saiu do quarto de hóspedes. Vivian usava óculos escuros e um terno branco com ombreiras incrivelmente largas.

— As regras são as seguintes — começou ela. — Vamos entrar no olho do furacão, mas isso não quer dizer que devemos nos arriscar. Você. Seu amigo. O amigo do seu amigo. Todos vocês vão transmitir tudo ao vivo. Filmem tudo. Se Kirby pressentir perigo, nós vamos embora. Se

Allerton e seus capangas partirem pra violência, nós vamos embora. Sem luta. Nós temos um único objetivo: evacuar a festa.

— E procurar pelo Al.

A mãe dela cruzou os braços.

— Sim. Se Kirby sentir o cheiro dele. Eu não estou muito confiante de que Al esteja preso na mansão, mas não vamos saber se não procurarmos.

Ellie levou Gregory de volta para o berço enquanto sua mãe foi checar como estava Lenore. Quando elas se reuniram fora da casa, Vivian parecia perturbada.

— O que foi, mãe? — perguntou Ellie.

— Não deve ser nada. Lenore estava acordada. E...

— O quê?

— Ela sorriu para mim. Um sorriso bem grande. Eu não a vejo sorrir desde antes do funeral. Ela nem tentou vir conosco.

As duas entraram na minivan de Vivian, colocaram os cintos e saíram com o carro.

— Ela sabe que o Trevor voltou — disse Ellie. — O fantasma dele a visitou também.

— Provavelmente.

A viagem foi dominada por uma calma. Naquela manhã, um grupo de amigos próximos e familiares foram até a árvore de mesquites que crescia ao lado do túmulo de Trevor. Eles acharam um buraco no chão. O corpo dele havia sumido.

Roubado, sem dúvidas, pelo homem que também havia roubado sua vida.

⇝ Vinte e sete ⇜

No Centro de Transporte de Círculos, Jay guiou um grupo de mulheres pela saída. Apesar do clima quente, todas usavam casacos e calças cargo. Os casacos eram verde oliva e decorados à mão com strass e tachas prateadas.

— Quantas irmãs você tem? — perguntou Ellie.

— Só uma — respondeu Jay. — Apresente o seu grupo, Ronnie.

A mulher mais alta, Ronnie Ross, tomou a frente do grupo. Ronnie e Jay, como irmãos, tinham algumas semelhanças, como olhos bem separados e narizes pequenos. O cabelo preto tingido de Ronnie estava preso em um coque alto, com uma mecha que caía em ondas na testa.

— Obrigada por nos encontrar — disse ela. — Essas são minhas amigas Jess, Martia e Alice. Na verdade, você já as conhece. Só que não tridimensionalmente.

Jess era uma mulher branca com cabelos na altura dos ombros e um nariz arrebitado. Martia e Alice tinha os cabelos pretos e a pele marrom, mas o rosto de Martia era oval, enquanto o de Alice era mais redondo com bochechas cheias e altas.

— Vocês são as madrinhas do basquete? Qual de vocês que consegue mover montanhas? — perguntou Ellie.

Enquanto Jay era uma estrela entre os líderes de torcida, a irmã dele era uma ótima armadora no basquete. Com seus quase um metro e noventa de altura, ela era bem maior do que Ellie e Vivian. As amigas de Ronnie tinham entre um metro e sessenta (Alice) e um metro e oitenta (Jess) e elas andavam sincronizadas, movidas pela união inconsciente de um bom time.

— Atletas da Universidade Herotonic — disse Ronnie, os olhos com um brilho no olhar.

— Eu espero que não tenham trazido mais gente — comentou Vivian —, porque na minha van só cabem oito pessoas.

— Somos só nós, senhora — disse Alice. — Não temos problemas com espaços apertados.

— Na última temporada nós três nos sentamos em um só assento de ônibus até Dallas — Jess complementou. — No final da viagem eu estava sentada no colo da Martia.

— Bons tempos — disse Martia. — Até minhas pernas ficarem dormentes. Como esses Papais Noel de shopping aguentam?

— Vamos falar sério agora — cortou Ronnie. — Se alguém quiser desistir, tudo bem. Ninguém vai ficar chateado.

As amigas dela fizeram vários sons empáticos.

— É sério — Ronnie continuou falando. — Isso vai ser mil vezes mais perigoso do que ontem à noite.

— Ontem? — perguntou Jay. — Eeeei. Vocês brigaram com aquele gerente do bar?

— Nem precisamos — disse Ronnie. O "mas poderíamos" ficou óbvio.

— Vamos achar o Al — assegurou Alice. — Ninguém quer desistir.

Com isso acertado, a equipe de resgate se acomodou na van. Martia e Jess ficaram nos bancos de trás. Ronnie, Jay e Ellie ficaram no meio (Jay, sempre muito educado, se voluntariou para ficar no *terrível* assento do meio). Alice pegou o banco do passageiro. Kirby passou a viagem toda no colo de Ellie. Ainda bem que ele não pesava nada, então as pernas dela não se incomodaram.

— Nós permaneceremos todos juntos — repetiu Vivian, na esperança de que a repetição fosse garantia que isso iria acontecer. — Nós vamos ficar todos juntos, agiremos rápido, e evitaremos confronto sempre que possível. Quando chegarmos na mansão, vou estacionar na rua perto do portão. Ellie, você espera no carro com o Jay. Vão ser nossos motoristas de fuga, ok? As moças e eu vamos entrar na mansão.

— Espera aí — disse Ellie. — Eu preciso ir também. Você precisa do Kirby!

— Parece que você esqueceu que eu também consigo me comunicar com fantasmas. — Vivian olhou nos olhos de Ellie pelo retrovisor.

— Nós entendemos — interveio Jay. — Não vamos decepcioná-la, Sra. Bride.

Ellie não falou nada.

A placa de boas-vindas de Willowbee havia sido decorada para o bicentenário. Vários balões amarelos estavam amarrados nela com fitas rosas, balançando com a brisa suave. Nuvens brancas e felpudas no céu. Sem previsão de chuva. O aniversário de duzentos anos da cidade teria grande público, e isso deixou Ellie nervosa. A julgar pelas notícias online, os eventos públicos do Dr. Allerton traziam multidões de todo o sul do Texas. Tinham pula-pulas, música ao vivo, e lanches. Que *bom* para ele. Tão *caridoso*. Porém, Ellie suspeitava que caridade estava longe de ser uma das motivações do Dr. Allerton. As festas distraíam a atenção dos pecados dele.

— Celulares carregados? — perguntou a mãe de Ellie, e todo mundo checou seus aparelhos.

— Sim, Sra. Bride — respondeu Jay.

— Noventa por cento — informou Ellie.

— Estou com quarenta, mas deve durar algumas horas —confessou Martia.

— E se o fantasma cortar o sinal dos celulares? — perguntou Jay, mordendo o lábio inferior de ansiedade. — Eles... podem fazer isso?

— Fantasmas são, de certa forma, como super-heróis — Ellie explicou. — Eles têm uma variedade inexplicável de poderes. A pergunta é: *ele* pode fazer isso? O que... Bem, eu não sei dizer. Talvez.

— Se ele cortar o sinal, vamos bater em retirada — disse Vivian.

Ellie olhou pela janela e viu a pequena cidade passar. Havia piqueniques — com cestas de vime em toalhas xadrez — acontecendo no gramado da prefeitura. As bibliotecárias estavam fazendo uma promoção de livros do lado de fora da biblioteca. Um caminhão de sorvete estava estacionado em uma esquina. Famílias, casais e grupos de pessoas passeavam conversando, curtindo o dia. Crianças brincavam com a empolgação que as férias de verão e a liberdade de não ter que acordar cedo ou fazer provas lhes permitia.

— Eu acredito que a maioria das pessoas vai ficar na cidade até tarde — disse Jay. — A festa começa ao pôr do sol. Até lá, vai acontecer uma festa menor no jardim da mansão.

— Dedos cruzados — disse Ellie.

As esperanças de todos foram abaladas poucos minutos depois. Os portões da mansão Allerton estavam abertos, e havia dezenas de carros estacionados na entrada da casa. Dois homens vestindo camisas verdes acenaram para Vivian estacionar em uma vaga perto do gramado. De lá, Ellie conseguia ver uma parte do terreno, mas as árvores bloqueavam a vista da casa, exceto por algumas chaminés e um pedaço da parede de tijolos.

Todos saíram da minivan. Ronnie e seu time estavam suando, mas nenhuma delas tirou os casacos. Ellie se perguntou se tinham um arsenal por baixo do tecido brilhante.

— Isso pertencia ao Al. — Ronnie entregou para Ellie um suéter de tricô bege. Cheirava à colônia e produtos para cabelo.

— Kirby — disse Ellie, segurando a roupa na frente dele —, cheira isso!

O brilho de Kirby se moveu em direção ao suéter. Depois de alguns segundos, Ellie disse "Rastrear!", e ele piscou e sumiu.

— Se Kirby sentir o cheiro em até... hum... uns dois quilômetros quadrados daqui, ele vai voltar e soltar um latido baixo.

— Quanto tempo deve demorar? — perguntou Ronnie.

Como se estivesse respondendo à pergunta, ouviu-se um latido seco e animado. O time inteiro reagiu com diferentes níveis de surpresa. Alice ofegou. Martia e Jess se posicionaram uma de costas para a outra, como se estivessem se defendendo de algo. Ronnie ficou numa postura defensiva, braços e pernas abertas.

— Cachorros fantasmas — disse Jay, dando de ombros. — Às vezes eles te pegam de surpresa.

— Ele encontrou algo! Você consegue vê-lo, mãe?

Vivian concordou com a cabeça. Ela colocou o celular no bolso do blazer. A câmera ficou de fora, filmando o céu. A transmissão ia direto para a tela de Ellie.

— Kirby, mostre o caminho! — disse Ellie. O brilho deu a volta na van antes de seguir pela entrada. Todas, menos Jay e Ellie, o seguiram até a festa no jardim. De longe, um grupo de pessoas comemorou. Alguém havia tocado uma corneta.

— Vamos nos sentar na sombra — sugeriu Ellie, apontando com a cabeça para uma árvore de bordo próxima. — Se alguém perguntar, nós estamos descansando depois de tanta comemoração e viemos aqui fazer uma pausa.

Jay se sentou ao seu lado e se aproximou o suficiente para assistir ao vídeo no celular dela. Eles compartilharam fones de ouvido: ele pegou o fone esquerdo e ela, o direito.

— Aquilo é um mímico? — perguntou Jay. — E um malabarista?

— Claramente é um dia bem especial para o doutor.

Havia artistas do lado de fora da mansão, acrobatas maquiados com chapéus de bobos da corte que faziam barulho quando eles dançavam. Um bobo da corte vestido de verde guiou Vivian pelo pátio lotado por trás da mansão. A cena parecia uma feira a céu aberto. De um lado, havia carrinhos de comida servindo sacos de pipoca, limonada e rosquinhas em pratos descartáveis. Uma cartomante fazendo leituras, um artista criando animais de balão, e um mágico entretendo várias pessoas em tendas separadas. O evento principal, porém, era o show de música country. Os músicos deviam ser famosos, porque muitas pessoas assistindo estavam com camisetas estampadas com o nome da banda: Cowboys Brilhantes.

— Kirby entrou na casa — Vivian sussurrou. Devia ter abaixado a cabeça, e colocado a boca em cima do celular porque o som estava muito claro. — Eu vou tentar achar um jeito de entrar também. Droga. O Dr. Allerton pensou em tudo. Ele tem até banheiros externos. — Vivian se virou, apontando a câmera para os banheiros químicos azuis. Era duas vezes maior do que banheiros químicos normais. Acessíveis para cadeirantes. Se ela não soubesse da verdade, teria achado que Allerton era um bom homem.

— Eu vou colocar no mudo — informou Vivian. — Se precisar de alguma coisa, manda mensagem ou liga para a Ronnie.

— Eu acho que vou desmaiar — disse alguém fora da câmera. Alice? Parecia ser a voz da Alice. — Está quente demais para usar um casaco de couro.

— O que vocês estão fazendo aí? — uma voz chamou ao longe. — A festa é logo ali! — Um dos seguranças do portão deu a volta na van e se aproximou de Ellie e Jay. Ele girava um bastão sinalizador de trânsito como se fosse um líder de torcida em uma apresentação.

— Estamos descansando um pouco — disse Ellie. Ela abaixou o celular, mirando a tela para baixo. Quando o guarda não pareceu convencido pela desculpa dela (ele tinha *acabado* de ver eles chegarem), ela continuou. — E esperando por uns amigos. Eles ficaram de nos encontrar aqui.

— Estão atrasados — completou Jay. — Eles se perderam.

— São de fora da cidade? — perguntou o guarda. — Eu posso ajudar a dar direções. Morei aqui a vida toda.

— Ah. Não precisa. Já demos um jeito. Obrigada.

— Não saiam passeando por aí — orientou o guarda, tocando no chapéu. — Convidados não podem ir para a floresta da propriedade. É por causa do seguro. Se uma criança escalar uma árvore e cair, os pais podem processar. Então estou avisando desde já: fiquem perto do carro de vocês.

Ele apontou com os olhos, como se dissesse *"estou de olho"* e voltou andando para o portão. Ao caminhar, ele assoviou uma música aleatória.

— Como eu me saí? — perguntou Jay, e Ellie não teve coragem de dizer que ele estava pálido e trêmulo.

— Um blefe convincente — sussurrou em resposta. — Quer uma água? Tem algumas garrafas na mala. Eu posso... ah! Espera. Minha mãe entrou na casa! Olha.

O telefone dela mostrou um longo corredor, com um carpete branco de parede a parede, demonstrando a riqueza de Allerton. Era difícil tirar manchas de qualquer coisa absorvente e de cor clara, mas o carpete estava branco como neve. As paredes também celebravam o dinheiro de sobra que Allerton tinha. Havia uma variedade de pinturas a óleo penduradas em ganchos dourados. Cenas do campo, jovens mulheres, e jardins impressionistas. Era difícil apreciar os detalhes das artes porque Vivian andava rápido, mas Ellie supôs que as pinturas deviam pertencer a vários pintores de épocas diferentes.

— Ótimo! — disse Jay. — Como elas fizeram isso?

Sua pergunta logo foi respondida. Uma mulher de vestido preto guiou Vivian até uma sala de estar com paredes verde-claras, e espelhos em formato de gota pendurados em todas.

— Ela pode se deitar aqui — disse a mulher. — Alguém vai chamar o doutor. Você, hum, talvez seja melhor você tirar o casaco, senhorita.

— Ar-condicionado — suspirou Alice. As amigas dela a carregaram até o sofá verde. — Já me sinto um pouco melhor.

A voz de Vivian falou alto.

— Obrigada. O doutor Allerton vai demorar?

— Só alguns minutos — respondeu a mulher. — Precisa de mais alguma coisa?

Apesar da resposta de Vivian, Ellie estava concentrada em uma mancha escura em um espelho da parede oeste. Ele se mexeu ao lado do reflexo de Vivian.

— Você viu aquilo? — perguntou Ellie, apontando.

— É um... rosto — concluiu Jay. — Muito escuro e borrado. Você acha que a pessoa está usando uma meia calça, como se fosse um ladrão de banco de filmes? Para o baile?

— Talvez, mas quem é? Eu não vi ninguém na sala além da sua irmã, as amigas, minha mãe e aquela mulher.

— Você acha que... — A voz de Jay falhou no meio da pergunta. Ele parecia tomado pelo medo e ela compartilhava do sentimento.

— Liga pra Ronnie — disse Ellie. — Diz pra ela sair dali *agora*.

— Deixa comigo! — Jay apertou o botão na tela e colocou o celular contra a orelha pontiaguda. Geralmente seus cachos escondiam as pontas. Era uma característica de gene recessivo, poucos descendentes do povo feérico tinham "orelhas élficas" e ele não gostava de chamar atenção para elas.

— Tá chamando — disse ele. Ao mesmo tempo, pelo fone de ouvido, Ellie ouviu um som de canto de passarinho na sala onde elas estavam. Vivian ficou de costas para o espelho e encarou Ronnie Ross.

— É meu irmão — disse Ronnie. — Alô?

— Saiam daí! — disse Jay. — O fantasma do Trevor está nessa sala.

— Haha. Por que você tá me perguntando isso? — disse Ronnie. — Mesmo que eles liberassem a piscina, não é uma boa hora.

— Você ouviu o que eu disse? — questionou Jay, sacudindo o celular como se fosse consertar algo dentro dele. — Eu não estou falando de ir nadar. Ronnie, saia da mansão. Agora!

— Eu também te amo.

— O quê? Ronnie? Ronnie, não desliga.

— *Shh* — disse Ellie, batendo no braço de Jay. — O guarda pode te ouvir.

— Ela desligou! — reclamou ele. — Era como se estivéssemos tendo duas conversas diferentes.

— Eu percebi. — Ellie levantou, se apoiando de um pé para o outro, indecisa do que fazer. Como eles ainda estavam dividindo os fones, Jay se levantou e imitou o movimento dela.

— Nós devíamos... — Ellie não terminou a fala. O que eles deviam fazer? Vivian não estava mais de frente para o espelho. Será que a imagem de Trevor havia sumido, ou ainda estava sorrindo para elas? Por que os dois podiam vê-lo com tanta facilidade e mais ninguém podia? Será que Trevor interferira a ligação com Ronnie?

— Só pode ser o Trevor. Ele quer que a gente entre na mansão — disse Ellie. — É uma armadilha, óbvio, mas eu não estou despreparada.

— O que quer que aconteça, nós ficamos todos juntos — disse Jay.

— Trevor provavelmente só quer a mim — disse ela. — Você não tem que cair na armadilha comigo. Não é necessário.

— Meias também não são, mas eu escolho usá-las! Com prazer! É uma escolha minha.

— Hum, tá. É um exemplo estranho. Mas funciona. — disse Ellie.

— Pode crer que funciona! Vamos logo! — Ele começou a correr pelo caminho até o pátio. Jay deve ter esquecido dos fones porque o impulso dele quase fez o celular cair da mão de Ellie. Ela fez um esforço para acompanhar o ritmo dele, correndo como se fosse receber o passe de uma bola, mas o telefone escapou da mão dela e caiu no chão com um baque macio. Ainda bem que a grama amortecera a queda e a conexão de vídeo foi mantida.

— Vai devagar! — disse ela, correndo atrás de Jay. — Nós quase perdemos o celular. Ele é a nossa prova! Lembre-se que sua parceira tem pernas curtas.

— Parceira? — ele falou por cima do ombro. — Eu não sou seu ajudante?

— Você nunca foi!

Jay desacelerou e deixou Ellie alcançá-lo.

— Nós dois somos ajudantes do Kirby — disse ele.

— Isso é a mais pura verdade.

Ellie olhou para a tela do celular. O vídeo estava falhando, travando e demorando para carregar a cada poucos segundos. Ela o levantou para o alto, esperando que o problema da conexão se resolvesse sozinho. Com medo que não.

— Vamos — ela encorajou o celular. — Você sobreviveu à queda.

Quando passaram por perto da mansão, quatro bobos da corte dançavam no meio do caminho.

— Os coitados devem estar derretendo — comentou Jay, já cansado por causa do calor. Os artistas estavam cobertos dos pés à cabeça. Cada um deles usava um macacão de manga comprida, luvas, botas de cano alto com esporas nos saltos. Um combo de chapéu e capuz cobria tudo menos os rostos deles, que estavam cheios de maquiagem teatral: base branca, lábios pretos e diamantes vermelhos nos olhos.

— Não precisam correr, crianças — disse um dos bobos. — Tem diversão para todo mundo!

— Minha mãe acabou de ligar! — explicou Ellie. — Nossa amiga passou mal. Ela foi levada para dentro da casa.

— Precisamos encontrá-las — disse Jay. — Somos menores de idade!

— Coitadinhos — o bobo verde falou. — É por causa da estação, infelizmente. Venham. Eu vou levá-los até a porta do buffet.

— O que é isso? — perguntou Jay. — Uma entrada nos fundos?

— Isso. É um jeito discreto dos serventes entrarem e saírem da casa. Gente rica se ofende muito fácil.

— Eu não saberia dizer por experiência própria — disse Ellie.

— Tem certeza? — O bobo os levou ao redor da casa, seus passos fazendo barulho graças às esporas.

— Se eu tenho certeza de que eu não sei muito sobre gente rica? — perguntou Ellie. — Sim.

O bobo riu.

— Eu quis dizer "ofender" e não "conhecer". Bom trabalho, por sinal. Abraham não dorme bem há semanas. — Ele parou do lado de fora de uma porta branca que era escondida por uma roseira.

— Você sabe quem nós somos? — perguntou Ellie, dando um passo para trás.

— Metade dessa festa sabe quem vocês são. Estou surpreso que não há cartazes de "PROCURADOS" pendurados em cada poste da cidade. "PROCURADOS: ADOLESCENTES OFENSIVOS. APENAS MORTOS. NÃO VIVOS."

Quando o bobo destrancou a porta com uma chave, Jay sussurrou:

— Ellie, você viu os dentes dele? — Os dois começaram a andar para trás.

— O que tem de errado com os meus dentes? — perguntou o bobo, chutando a porta e se virando. — Funcionam maravilhosamente bem. — Ele sorriu, mostrando um par de caninos vampíricos. Afiados como canivetes, eles podiam perfurar peles e destruir veias com facilidade.

Antes que Ellie ou Jay pudessem reagir, o bobo os agarrou e empurrou pela porta. Eles tropeçaram para dentro de um corredor longo e simples, se apoiando um no outro para não cair. As luzes fluorescentes que tomavam conta do teto se acenderam, provavelmente por terem um sensor de movimento, e a porta se fechou com força.

— Por que você tá fazendo isso?! — gritou Ellie. Ela e Jay estavam de costas para uma parede e encaravam o artista. Ele havia tirado o chapéu ridículo, abaixado o capuz e tirado as botas.

— Não finja ignorância — disse o homem, revirando os olhos. — O seu truque de desmaio enganou... Bem... ninguém. — Ele levantou as mãos enluvadas, mexeu os dedos e então os fechou em punho. — Onde está o cachorro fantasma, crianças? Esperando para atacar? Ellie, você devia ter deixado que ele fosse uma surpresa. Tentado me surpreender. Agora, não tem mais cartas na manga.

— Só estamos aqui para ajudar o Al — disse Jay. — Ele é um vampiro também! Um de vocês!

— Eu prefiro o termo "homem amaldiçoado", se você não se importar. Eu nasci humano, sabia? Ainda sou humano, onde mais importa. Já faz uns duzentos anos que eu não como comida sólida. — Ele deu de ombros. — Bom, fazer o quê? Não era muito apegado a isso mesmo.

— Espera. Se você tem duzentos anos, como sobreviveu ao sol lá fora? — perguntou Ellie. — Seu rosto devia estar todo queimando.

— Ah. Sede de sangue. Queimaduras de sol explosivas. Sensibilidade a plantas *Allium*. Todos os sintomas de uma doença progressiva. — O bobo piscou. — Tudo o que você precisa é de um bom médico.

— É claro — disse Ellie —, o Dr. Allerton é seu amigo. Por que ele não deu uniformes melhores para os seus capangas?

— Eu não entendi — disse Jay, enlaçando o braço de Ellie com o dele.

— Entendeu sim, jovem — o bobo bufou. — Você só está me enrolando.

— Não estou! — insistiu Jay. — O Al está vivo ou não?

— Ah, o Al de novo — reclamou o bobo. — Ele está vivo por enquanto. Alguns advogados de Nova York estão brigando em um leilão de quem dá mais por ele. Mas você? Você pode...

— Quanto custa? — Jay falou alto. — Quanto as pessoas pagam pela magia de Allerton? Quanto vale a vida do Al?

— Mais do que a sua — o bobo riu. Ele mostrou os dentes de forma teatral e gritou: — Como eu estava dizendo... você pode correr, se quiser! Bu!

Ellie ficou na frente de Jay para protegê-lo, mas ele fez um movimento de giro que inverteu as posições.

— Sério isso? — perguntou Ellie, rindo apesar do perigo iminente.

— Você pode ser a corajosa na próxima vez — disse Jay.

— Não vai haver uma próxima vez — ameaçou o bobo, soava irritado.

— Ah, é? — provocou Ellie. — Meu nome é Elatsoe, filha de Vivian. Somos Lipan Apache, e você não é bem-vindo em nosso lar!

Por um segundo, o corredor ficou em silêncio total, exceto pelo barulho das luzes fluorescentes. Então, o bobo falou:

— Meu nome — começou ele, com calma — é Glorian, e eu nasci às margens férteis de Kunétai há mais de duzentos anos. Naquela época, eu tinha outro nome, um nome Lipan, dado a mim pelos meus pais, cujos nomes eu não consigo mais me lembrar. Maldições são coisas estranhas, Elatsoe. Magia sem lógica. Eu cortei todas as relações com a minha família e cultura, mas porque essa terra já foi minha, ela sempre será. E o seu truque é *inútil*.

— Ah — disse Ellie. — Bem...

— Exato — Glorian concordou. — Ah. Bem... corram.

Jay e Ellie correram.

⇝ Vinte e oito ⇜

— Dez! — Glorian gritou. — Nove! Oito...

Geralmente, Ellie chamaria Kirby e contaria com a proteção dele. Entretanto, o cachorro estava com a mãe dela. E se o fantasma de Trevor começasse a assombrar a casa fervorosamente? Vivian precisaria de proteção também.

Kirby era a única opção? Ellie podia invocar animais selvagens, mas sem treinamento eles poderiam causar dano a qualquer um. Um urso-pardo, por exemplo, não saberia a diferença entre pessoas do mal e crianças inocentes. Ele poderia atacar todos, ficar satisfeito com o seu feito e voltar a dormir.

Ellie e Jay chegaram em uma porta pesada de metal no fim do corredor. Estava semiaberta, uma rota de fuga tentadora, mas não sobraria tempo o suficiente nem para piscar depois que Glorian terminasse de contar. Com duzentos anos de idade ele devia ser mais rápido do que uma cobra cascavel. Jay puxou a porta, tendo dificuldade por causa do peso.

— Quatro!

— Entra — disse Jay. A porta estava aberta o suficiente para uma pessoa passar. — Rápido!

Quando os lábios pintados de preto de Glorian falaram "um", Ellie teve uma ideia. Graças ao treinamento com a mamute de sua avó, ela sabia que o animal respondia a um comando muito poderoso.

Ellie não sabia, porém, como a mamute iria se comportar sem sua amada avó por perto, especialmente em um corredor claustrofóbico. Na verdade, a mansão Allerton estava lotada, apertada e barulhenta.

Com sorte, a mamute reconheceria Ellie como uma amiga. Ela se concentrou e chamou o espírito das terras geladas do submundo onde a Era do Gelo nunca acabou.

Três coisas aconteceram quase que ao mesmo tempo:

O corredor brilhou.

— Acabou o tempo — Glorian anunciou.

— Atacar! — Ellie gritou.

A mamute invisível correu, uma bala gigantesca atravessando o espaço, e colidiu com Glorian. O homem amaldiçoado voou pelos ares e bateu contra a parede mais ao longe. Ele caiu no chão, nariz sangrando, braços e pernas retorcidos, ao mesmo tempo que o brilho sumiu.

— Ele... ele está... morto? — Jay gaguejou.

— Eu não sei. — Ellie deu um passo cauteloso para frente. — Ei! Ei, você aí!

As mãos de Glorian se fecharam em punhos e ele gemeu.

— Ok — disse Ellie. — Definitivamente não tá morto. Vai, vai, vai!

A porta atrás deles levava para uma escada de alumínio que descia pelo menos dois andares. Assim como as escadas da escola, essas eram largas o suficiente para caber quatro pessoas lado a lado, então Jay e Ellie desceram um do lado do outro, cada um se apoiando em um corrimão diferente. Perto do fim, pularam alguns degraus até o chão e passaram por portas duplas. Que se fecharam atrás deles, cortando toda a iluminação do ambiente, com exceção de uma fina brecha de luz.

— Cadê o interruptor? — perguntou Ellie, tateando a parede. Era gelada e macia. — Liga a lanterna do seu celular.

— Ou eu posso fazer isso! Há! — Um fogo-fátuo apareceu acima da palma de Jay. Brilhava tanto quanto uma lâmpada de 60 watts. Eles estavam em uma sala grande, profissionalmente esterilizada, com o chão de cimento, paredes brancas e fileiras de longos baús prateados no chão. Havia vários armários na parede oposta e um freezer industrial à esquerda. À direita, Ellie viu outro par de portas.

— Isso são caixões? — perguntou Jay. — Meu Deus! — A luz dele falhou várias vezes, como se fosse conectada às suas emoções. Realmente, os baús pareciam caixões futurísticos. Com certeza cabia neles um adulto de até dois metros.

— Achei — disse Ellie, apertando três interruptores. Eles acenderam as lâmpadas retangulares no teto.

— Se eu trancar a porta atrás de gente — falou Jay —, eu vou estar nos protegendo ou nos prendendo aqui? Glorian queria que nós corrêssemos para cá. Tenho certeza. — Ele deixou a fechadura do jeito que estava.

— Ninguém saiu do freezer — pontuou Ellie. — Por enquanto, estamos seguros. Mas... Kirby? Ei, é o Kirby!

Um brilho em formato de cachorro guardava um dos caixões no canto. Ele latiu uma vez.

— Por que ele não tá com a sua mãe? — perguntou Jay.

— Ela não precisa dele. Isso é ótimo. — Ellie apontou de Kirby para a caixa. — Sabe o que mais? Acho que ele encontrou o Al!

O caixão futurístico do Al estava preso com quatro parafusos pesados. Felizmente, todos eram parafusos borboleta que podiam ser removidos facilmente. Jay tentou bater na tampa e pressionou o ouvido contra a superfície para ouvir. Depois de alguns segundos, ele fez um sinal para Ellie.

— Alguém bateu de volta — disse Jay. — Al está vivo!

— Eu espero que você seja bom abrindo potes de picles — disse ela enquanto começava a desenroscar um dos parafusos.

— Eu não gosto de picles. — Ele começou a mexer em outro parafuso.

— Você come alguma coisa que vem em potes de vidros?

— Ah, claro! Geleia.

— Espero que você seja bom abrindo potes de geleia.

Pelo visto, os dois eram. Ellie e Jay abriram o caixão em dois exatos minutos. Jay colocou um dos parafusos gigantes no bolso, onde ficava evidente.

— É para autodefesa — explicou ele, quando Ellie lançou um olhar. — Se Glorian atacar, eu vou enfiar isso no coração dele.

Ela ignorou o enxame de piadas que veio à mente porque, para ser sincera, Ellie não queria que suas últimas palavras fossem piadas sem graça sobre partir corações.

— Me ajuda com a tampa — pediu ela. — Pesa uma tonelada.

Eles se prepararam, dobraram os joelhos, e empurraram a tampa para frente. Se mexeu poucos milímetros, no máximo. Ellie tinha dito "tonelada" metaforicamente, mas agora se perguntava se tinha acertado. A tampa era feita de chumbo? Havia alças nas extremidades do caixão, mas seria necessária uma força impressionante para levantar a tampa, mesmo com duas pessoas. Se Ellie tivesse mais tempo, podia montar um sistema de cordas e polias. Se tivesse mais tempo e mais cordas.

— Kirby consegue ajudar? — perguntou Jay.

— Eu não treinei ele pra fazer isso.

— E a mamute? Ela pode arrancar a tampa!

— Nessa sala pequena? Ela pode nos esmagar!

Eles ouviram uma batida, mas não veio de dentro do caixão. Glorian tinha começado a bater nas portas duplas. Ele riu enquanto seus punhos batiam.

— Essa foi boa! — gritou Glorian. — Manda outro fantasma! Eu gosto da diversão!

— Hora de dar cento e vinte por cento, Ellie! — disse Jay girando as mãos de um jeito que parecia muito mais legal se tivessem pompons nelas. Eles jogaram todo o peso contra a tampa de novo e ela se moveu mais um pouco.

— Você pode... dar um grito de torcida... para calar a boca daquele idiota? — perguntou Ellie.

— Não me lembro de nenhum! — confessou Jay.

— Tudo bem.

— É um dos motivos de eu ir mal nas provas — explicou ele. — A ansiedade me dá branco.

— Eu vou tentar — disse Ellie. — *Isso, time, bora lá!*

— *Isso, time, bora lá. Tamo aqui é pra ganhar?*

— Boa! É brega, mas rimou!

Dois centímetros. Cinco centímetros. As batidas pararam. Ellie olhou preocupada para as outras portas duplas. Não tinham uma fechadura. Ela se perguntou como Kirby se sairia contra um homem como Glorian. Até agora, o cachorro era, literalmente, late mas não morde. Em comparação, Vó Ancestral havia treinado cachorros fantasma para a guerra. Sua matilha heroica podia destruir um inimigo em segundos. Uivos tão poderosos que destruíam plantações inteiras. Ellie sempre argumentou que Vó Ancestral viveu em uma época mais violenta, uma época que transformava pacifistas em guerreiros. Vó Ancestral não lutava porque gostava. Ela tinha que proteger sua família e amigos do genocídio.

Mas ainda havia pessoas a proteger. Agora, Ellie entendia que isso nunca iria mudar.

Ela se concentrou, buscou mentalmente pelos cachorros da ancestral. Sentiu a felicidade deles, a lealdade. Estavam tão perto...

Mas Ellie estava com medo de chamá-los. Medo de voar perto demais do sol.

— Quase lá! — disse Jay, com o rosto vermelho e suado. — Continua! — Eles não estavam *quase lá*. O caixão mal estava aberto. Quatro dedos brancos saíram dele, se mexendo.

— Fome — disse Al. — Fraco demais. Ajuda...

— Estou com fome também! — Glorian gritou.

As portas destrancadas se abriram de uma vez.

⇛ Vinte e nove ⇚

Num segundo, Glorian estava indo em direção a eles e, no outro, Ellie sentiu como se tivesse sido atingida por uma onda. Ela voou para trás, bateu no chão de cimento, e rolou até um caixão de metal quebrar a inércia. Os cotovelos e joelhos doeram. Estavam machucados pelo impacto, mas pelo menos não estavam quebrados. Ellie rastejou para trás do caixão e olhou por cima dele. Glorian estava se debatendo, como se estivesse lutando contra um enxame de vespas. A perna sangrava onde Kirby havia mordido. Um rosnado canino ressoou pela sala.

— Bom garoto! — ela gritou. — Jay, onde quer que esteja, fique abaixado!

Ignorando as dores, Ellie correu até o freezer e abriu a porta. Um ar frio e seco tocou seu rosto. Como esperado, a geladeira estava cheia de bolsas de sangue. Cada bolsa tinha uma etiqueta com códigos de barra e onze números.

— Eu preciso de ajuda! — Glorian gritou em um walkie-talkie enquanto lutava contra a mordida de Kirby. — Não mande homens amaldiçoados. Ela é indígena!

— Localização? — perguntou o aparelho.

— Masmorra B — respondeu ele. — Está cheia de crianças e o fantasma dela. Precisamos de um exorcista também.

Ellie pegou duas bolsas e correu até o caixão de Al. Ela enfiou uma bolsa pelo buraco e sentiu um alívio quando a ouviu estourar.

— Saúde — disse ela. — Beba tudo.

Glorian balançou os braços, cortando o ar com suas unhas longas, ainda lutando para se livrar da mordida de Kirby.

— Você não devia ter tocado em mim, otário — disse ela. — Agora você é o brinquedo de morder do meu fantasma. Por falar nisso, se você se transformar em um morcego, ele te engole inteirinho.

Do outro lado da sala, Jay empurrou um armário na frente das portas destrancadas. O metal arranhando o cimento fez um barulho igual a unhas raspando uma lousa de giz.

— Temos exorcistas na equipe — Glorian a provocou. — Como eu disse: seu cachorro não é um elemento surpresa.

— Se eles mandarem Kirby de volta para o submundo, eu só preciso chamá-lo de volta.

— Que esperta! E se eles mandarem você para o submundo primeiro? Todos os guardas têm armas. Na verdade... eu também tenho! — Glorian sacou uma pistola tão rápido que Ellie ficou surpresa de não ouvir o barulho do tiro. No mesmo instante que ele apontou a arma para ela, Al chutou a tampa do caixão, que voou e derrubou Glorian. A arma disparou, atirando uma bala contra a parede. Enquanto Ellie se abaixava para se proteger, Al atacou Glorian. Os dois homens lutaram pela arma. O vampiro mais velho havia sido pisoteado pela mamute e Al tinha acabado de se alimentar. Além disso, Glorian estava sangrando sem parar, incapaz de se curar por causa dos dentes espectrais de Kirby, que se mantinha firme na mordida.

— Deem comida para os outros prisioneiros! — gritou Al. — Eles podem... Ei! Para! Sem morder, seu babaca. — Al tirou os dentes de Glorian de seu ombro. — Rápido, Jay! Esse cara é pior do que uma tartaruga mordedora!

Ellie e Jay correram para abrir o próximo caixão. Não precisaram empurrar a tampa, a prisioneira dentro estava mais forte do que o Al. Depois que tiraram os parafusos, ela se libertou, devorou uma bolsa de sangue e foi para a luta entre Glorian, Al e Kirby. A vampira que se libertou era negra, tinha o cabelo curto, usava brincos dourados em formato de morcego nas duas orelhas, e tinha sardas no nariz e bochechas. Ela pegou a arma, arrancando-a das mãos de Glorian, e esvaziou o pente de balas, obviamente já tinha experiência com armas de fogo.

— Tem crianças aqui — disse ela —, então devíamos prendê-lo em um caixão. Manter as coisas o menos violentas possíveis. Não se iluda, Glorian: minha vontade é de arrancar a sua cabeça e escrever poesia com o seu sangue.

— Nós não somos *tão* crianças assim — disse Ellie. — Mas agradeço por isso. Se pudermos sobreviver essa noite sem mais nenhuma morte, seria ótimo! Kirby, vem!

Kirby deu uma última sacudida na perna de Glorian antes de soltá-la. Correu em círculos ao redor de Ellie e Jay animado, seu rabo balançando de um lado para o outro. Al e sua nova companheira lutaram para colocar Glorian em um caixão e o trancaram.

— Você devia ter me matado — Glorian provocou, a voz abafada pelos dez centímetros de metal. — Eu sempre termino o que comecei.

— E o que você começou? — Al riu, batendo no caixão. — Hein? Porque isso é ridículo. Quem conta vantagem por atacar dois nerds inofensivos?

— Nerds? — perguntou Jay. — Qual é?

— Eu aceito o título — disse Ellie —, mas não somos inofensivos. Você tá bem? — As roupas de Al, calças pretas e uma regata branca, estavam amassadas, e o cabelo dele precisava de uma bela lavagem e de gel. Estava caindo na testa dele.

— Estou — disse Al. — Graças a vocês. Eu quase morri! Vocês sabem o que o Dr. Allerton faz?

— Cura vampiros mais velhos trocando as maldições deles pela saúde de vampiros mais jovens? — perguntou Ellie. — Nós adivinhamos.

A mulher com brincos de morcego assoviou, impressionada.

— Bom, é, é isso. É exatamente isso — confirmou Al.

— Fico feliz que esteja bem — disse Jay. — Me desculpa por tudo isso. E eu sinto muito que meus pais surtaram sobre o casamento. Ronnie te ama. Isso que importa. E eu, bom, eu... — Jay fez dois sinais positivos com as mãos. — Eu acho que você é demais.

— Isso quer dizer que você vai ser meu padrinho no casamento, irmãozinho?

— Hum.

— Eu deixo você levar todo mundo para um fliperama na despedida de solteiro.

— Então tá bom — aceitou Jay. — Eu topo. — Os dois fecharam o acordo com um abraço lateral.

— Deem o fora daqui — disse a mulher. — Antes que os seguranças cheguem. Eu liberto os outros prisioneiros.

— Tá bem, Lily. — Al correu para a porta sem o armário e a destrancou. — Vamos.

— Não podemos ir embora sem a minha mãe — disse Ellie.

— E a Ronnie — Jay complementou.

— Ronnie? — Al olhou por cima do ombro. — Onde?

— Elas estão no andar de cima — disse Ellie. — Numa sala verde com espelhos nas paredes.

— Ok — disse Al. — Mudança de planos, jovens. Nós subimos, buscamos a família, e aí saímos correndo.

— Cuidado — disse Ellie. — A mansão é...

Al abriu a porta.

Um corpo estava deitado sobre as escadas. Um cadáver. Definitivamente morto. Ellie não precisava tentar sentir o pulso porque a cabeça estava virada cento e oitenta graus.

— Assombrada — Ellie terminou de falar.

⇢ Trinta ⇠

Por precaução, Ellie checou os sinais vitais do corpo. Como previsto, não havia nenhum. Sem batimento cardíaco, sem respiração. Apesar da pele ainda estar quente, ela tinha uma aparência cerosa.

— Ele caiu? — perguntou Jay. — Foi um acidente?

— Improvável — disse ela. — Uma queda não faz a cabeça... ficar tipo... Os prisioneiros estão bem? Nós precisamos correr.

— Todos livres e alimentados — informou Lily. Ela e mais quatro estavam próximos à porta. — O que raios aconteceu?

— Glorian chamou reforços — disse Ellie. — Acho que eles não chegaram vivos até a masmorra B. — Ela se afastou do corpo, tentando esquecer a sensação da pele do homem morto. Estava tão dura. Foi como se tivesse tocado um manequim quente. — Fiquem atrás de mim. Kirby vai avisar antes do perigo.

— Devemos levar a arma? — perguntou Al, gesticulando para a cintura do homem morto.

— Não! — disse Jay. — Não. Só... não.

— Balas não vão nos ajudar — disse Ellie, começando a subir as escadas. — Não ajudaram ele.

As luzes piscaram uma vez, como se concordassem. Ela subiu dois degraus por vez. Havia gotas de sangue no corrimão e a marca de uma mão ensanguentada na parede. Quantas pessoas teriam respondido ao chamado no walkie-talkie? Com sorte, só uma: um exorcista. A aparência deles variava de acordo com a metodologia que usavam. Alguns exorcistas costuravam ossos e cabelos nas suas capas. Outros se vestiam como cristais minerais de mares mortos. O homem na escada — o *cadáver* — usava um terno preto, como qualquer outro segurança. Quais eram as chances daquele segurança trabalhar sozinho?

Quando Ellie chegou no topo das escadas com Jay, Al, Lily e os outros prisioneiros em seu encalço, ouviu Kirby chorar baixinho.

— Qual é o problema? — perguntou Lily, quase num sussurro.

— Eu não sei — admitiu Ellie. — Preparem-se para qualquer coisa.
— Com cuidado, ela abriu a porta. Se preparando para levar um susto, tal como em um filme de terror, Ellie cobriu os olhos com uma mão e espiou por entre os dedos.

O corredor fora tomado por violência.

Corpos quebrados estavam encostados nas paredes e algumas de suas partes foram espalhadas pelo chão. Ela contou seis homens: um com uma capa vermelha, outros vestidos com ternos. Ninguém havia disparado suas armas. Talvez soubessem que balas não podiam parar os mortos. Talvez nem tiveram a chance.

— Você não precisava matá-los — disse ela, parando no vão da porta.
— Há outros jeitos.

Um walkie-talkie no corpo mais próximo fez um barulho e a voz de Trevor falou:

— Não posso deixar um exorcista arruinar a noite, prima.

— Você é forte. Ele não era uma ameaça.

— Você é uma ameaça? — perguntou a voz no walkie-talkie. — Ou uma aliada?

— Nós só queremos ir para casa — disse ela. — Você vai nos deixar passar? — Ellie deu um passo hesitante para frente, entrando no corredor.
— Eu não vou apelar para a sua compaixão, Trevor, já que ela se foi, mas considere o custo disso tudo. Vale mesmo a pena?

Todos os seis walkie-talkies responderam ao mesmo tempo:
— Vá.

À frente, a porta para a saída se abriu, batendo na parede com força suficiente para trincar os tijolos. Estava escuro do lado de fora, como se o sol tivesse desistido de brilhar. Será que o céu azul do dia havia sido coberto por nuvens tempestuosas? Tempestades de raios espontâneas eram comuns no Texas. Nenhuma das previsões do tempo havia previsto esse tempo, e o ícone do clima no aplicativo do celular de Ellie ainda indicava um dia ensolarado.

— Vão — disse Ellie. — Corram! Estou logo atrás de vocês. Se alguma coisa atacar, eu vou invocar a mamute. — Ela acenou para todos seguirem em frente. Al, Lily e os quatro prisioneiros correram até a saída. Ellie olhou atentamente para os cadáveres, meio esperando que as armas flutuassem no ar e enchessem o corredor de balas. Ela e Trevor haviam assistido à trilogia do Indiana Jones juntos. Ele sabia muito sobre armadilhas mortais.

Felizmente, os corpos não se mexeram e as armas permaneceram imóveis. Todos, menos Ellie e Jay, chegaram na saída em segurança.

— Pessoal, vamos! — chamou Al. Ele colocou a mão no vão da porta. Ellie imaginou uma cena terrível: Trevor fechando a porta com tudo e arrancando os dedos de Al. Vampiros conseguiam fazer dedos crescerem de novo? Os mais velhos, talvez. Não vampiros jovens como ele.

— Deixe a gente passar! — ela sussurrou. — Al, afaste-se! Vamos correr. Ok, Jay, sua vez. Corra como se fosse o fim de uma maratona.

Jay tentou pegar sua mão, mas ela se desvencilhou. Trevor havia atraído Ellie para dentro da casa por um motivo. Ele não queria que ela saísse tão cedo — ou nunca —, mas talvez Jay conseguisse escapar.

— Juntos — disse ele sorrindo, porque Jay era o tipo de cara otimista que acreditava em tudo que dizia quando estava com o uniforme da torcida. Mesmo cercado por cadáveres, ele teve a audácia de ver o copo meio cheio naquela situação, e talvez seu otimismo fosse contagiante porque...

A camisa de Jay se levantou na parte de trás, como se uma mão invisível tivesse o agarrado. Ele caiu e escorregou pelo corredor, puxado pela camisa.

— Me larga! — gritou ele. Jay se debateu, chutou, mas a força que o arrastava era mais forte do que qualquer ser humano. Trevor jogou Jay pela porta e Ellie não viu se Al havia conseguido segurá-lo porque a saída se fechou com um ruído alto.

— Kirby — chamou ela. — Junto.

Os corpos começaram a tremer. Um por um, eles se mexiam e debatiam, como peixes fora d'água. Ellie fechou os olhos. Eles podiam ter sido pessoas ruins, mas ela não queria ver seus corpos serem usados como fantoches.

O barulho dos movimentos parou, exceto pelo sussurro de um tecido se remexendo. Ela sentiu o ar ao redor dela mudar, como se alguém estivesse próximo, e um odor azedo tomou o lugar.

Ellie abriu os olhos. Estava cara a cara com o cadáver do exorcista. A boca dele estava aberta, travada em um eterno bocejo, a pele tinha uma aparência cerosa, seu sangue escorrendo até os pés.

Mas apesar disso, o corpo não a assustava. Era só uma carapaça vazia. Trevor a assustava.

O walkie-talkie nas vestes do exorcista chiou. Através dele, Trevor disse:

— Ele estava errado.

— Quem? — perguntou ela.

— Samuel Tanner, aquele menino insuportável na sua turma do sexto ano. Ele estava errado. Não somos só bolas de energia negativa.

— O que é você, então? — perguntou Ellie. — De verdade. Você não é meu primo. Ele nunca... — Ela achou que o contexto seria suficiente, mas por precaução, apontou para um dos corpos. — *Nunca* faria isso.

— Você tem razão. Não sou o seu primo.

Ela esperou o Não-Trevor continuar.

— Eu sou uma impressão que Trevor deixou para trás — disse ele. — Eu sou a pegada espiritual dele na Terra. Eu sou, Ellie, o emissário de um homem assassinado, libertado para consertar algo que não devia ter acontecido. O sofrimento dele me encheu como ar enche um pulmão, e agora eu tenho um propósito. Tudo o que eu fizer essa noite é por ele. Por justiça. — A cabeça do exorcista havia caído para o lado, como se estivesse observando Ellie com seus olhos vazios.

— Ele amava você — disse o emissário. — Ele amava a família inteira.

— Eu amo Trevor — respondeu ela. — Sempre vou amar.

— Um dia, vocês irão se encontrar de novo — prometeu o emissário. — Se você quer que esse encontro aconteça logo, interfira na minha vingança.

— Vingança? — questionou Ellie. — Você não acabou de dizer que era justiça?

— Nesse caso, são a mesma coisa.

— Não — disse ela. — Você já foi longe demais.

— Não estou nem na metade — respondeu o fantasma. — Não até o solo de Willowbee estar salgado com sangue dos seus moradores. São sanguessugas nojentos. Jovens e velhos. Eles se aproveitaram de séculos de sofrimento. — O cadáver fantoche tocou uma mancha vermelha na parede. O chiado do walkie-talkie continuou, dessa vez com um pouco de dor na fala. — Eles são piores do que vampiros, Ellie. Homens amaldiçoados bebem sangue de qualquer pessoa, mas Willowbee caçava pessoas indígenas, pessoas pobres e *vulneráveis*. A linhagem de médicos dessa família roubou riquezas para cuidar dos ricos. A influência do fundador, Nathaniel Grace, ainda profana os corpos e o legado do nosso povo com essa magia terrível. Você acha que os moradores daqui são ignorantes? Há! Não. Eles só não se importam. Eu vou fazer com que se importem. Vou ensiná-los o que é se sentir impotente. O que é sentir dor.

— Ensinar? Me escuta. Trevor foi professor de algumas das crianças nessa festa! Ele se importa com elas também! Elas são como uma segunda família para ele. Ele nunca...

— Ellie! — O fantasma gritou por todos os alto falantes no corredor.

— Eu achei que tínhamos concordado que eu NÃO! SOU! SEU! PRIMO!

A voz do emissário se transformou em um grito que estilhaçou as lâmpadas do teto. Na escuridão, fez-se silêncio. A julgar pelo baque suave ao seu lado, ela supôs que o corpo do exorcista havia caído no chão, livre das amarras de fantoche. Ellie se contorceu quando um pedaço de vidro cortou sua mão. Ela sentiu mais cacos em seu cabelo e ombros.

O emissário continuou a falar:

— Nós precisamos de um motivo para existir.

— Quem precisa? — perguntou Ellie, balançando os braços. Os cacos de vidro caíram das mangas dela. *Clinc, clinc.*

— Eu — respondeu ele. — Outros como eu. Há tantos de nós. Tantos, mas tantos emissários de vingança presos entre esse mundo e as Profundezas. Se você tentasse, poderia nos libertar? Não somos *tão* diferentes de animais fantasma.

Ela ouviu ruídos no ar. Os cacos de vidro flutuavam, batendo uns nos outros, e mesmo que não pudesse vê-los, podia ouvir suas vozes suaves. Perto demais.

— Existe motivo para qualquer coisa existir? — questionou ela, segurando uma risada nervosa. — Pergunte isso para uma sala cheia de filósofos e comece uma briga.

— Outro dia, quem sabe — disse o emissário. — Agora, estou perguntando a você.

— Você é forte o suficiente sem um exército.

— Nem de perto. Eu vou acabar com essa festa, mas tem muito trabalho a ser feito. Willowbee é apenas uma cidade.

— Eu não posso ajudar você.

Ellie sentiu um corte afiado no bíceps. Foi tão rápido que, de início, não sentiu dor. Depois, um ardor começou a emanar da ferida.

— Kirby — disse Ellie, colocando os dedos nos ouvidos. — Uivo bem grande.

Se a voz dele podia dissolver um rio de trilobitas, talvez pudesse salvá-la da morte em um tornado de vidro. O uivo de Kirby reverberou pelo corredor, afogando o som do vidro caindo. Ellie correu para a saída. Ela tropeçou nos mortos. Duas vezes. Eles estavam gritando também? Ou o uivo de Kirby tinha se dividido em várias vozes diferentes, cada uma ressoando em um tom diferente de dor? Na sua frente, a porta se abriu e banhou Ellie com uma luz brilhante. Ela se jogou para fora, sangue escorrendo pela narina direita, e fechou a porta com força. Ao lado dela estavam Jay e Al se dobrando, apertando os ouvidos com as mãos, sofrendo com o som que escapou do corredor quando abriram a porta.

— Que cacete foi isso? — perguntou Al.

— Meu cachorro — respondeu Ellie, limpando o nariz. Kirby, felizmente em silêncio, apareceu ao seu lado. Ela fez carinho no formato brilhante dele.

— Foi isso que ele fez no incidente do uivo? — perguntou Jay. — Lá no sexto ano?

— Foi. Minha turma inteira ficou com o nariz sangrando. Vidro para todo lado. Por que está tão escuro aqui? — Ellie olhou para cima. Havia estrelas no céu, das mais brilhantes que só apareciam no pôr do sol. — É noite? Como? Nós só... a gente mal...

— Olha isso — disse Jay, mostrando o pulso. Ele usava um relógio com uma pulseira azul. — Meu relógio diz que é meio-dia. Mas meu telefone foi direto para oito da noite quando eu pisei aqui fora. Nós devemos ter ficado presos em um buraco temporal de fantasmas.

— Isso quer dizer que o baile de máscaras já começou — concluiu Ellie —, e todo mundo já se reuniu na mansão Allerton. Eles estão fritos.

— Lily e os outros vampiros foram buscar ajuda — disse Al, sorrindo. — O que fazemos agora?

— Nós salvamos o dia — disse Ellie. — Digo, noite. Rápido. A coisa vingativa não vai ficar quieta por muito tempo. — Ela sacudiu o restante de pedaços de vidro do cabelo e apontou para a mansão. — Prontos?

— Vamos nessa! — disse Jay.

Eles correram para a grandiosa entrada com colunas. Os bobos da corte haviam sumido. Na verdade, Ellie não conseguia identificar ninguém do lado de fora. Uma multidão de pessoas usando máscaras elegantes interagia por trás das janelas. Pelo menos os convidados estavam de bom humor, ignorantes ao emissário vingativo. Ellie tentou abrir a porta da frente. Não se mexeu.

— Trancada — disse ela —, mas eu não sei se está fisicamente trancada ou só trancada pelos poderes do *poltergeist*. Alguém quer quebrar uma janela? Estão vendo alguma pedra?

— Ah! Outra entrada! — Jay apontou para uma bancada no segundo andar. A festa transbordava para o lado de fora da mansão. Duas crianças, usando máscaras de papel machê, brincavam com armas de sabão para atirar bolhas pela bancada.

— Mais fácil de escalar do que uma ponte — disse Al. Ele subiu a parede de tijolos como uma aranha e pulou na bancada, estourando uma bolha com o pé. As crianças gritaram e correram para dentro. — Desculpa! — falou Al na direção delas.

— Como vamos chegar lá? — perguntou Ellie. — Você pode jogar um... Jay. Não. — Jay ficou de joelhos perto da varanda e esticou as mãos, como se pedisse para Ellie pisar nelas. Ela já o tinha visto fazer algo parecido durante as apresentações dele. O movimento geralmente resultava em uma líder de torcida equilibrada nas mãos de Jay acima da cabeça dele.

— Confia em mim — pediu ele. — Eu sou uma base de uma pessoa só com muitos *flyers* na conta.

— O que é isso? Um apelido?

— Eu já joguei e levantei várias pessoas — explicou ele. — Al vai te pegar. Não vai, Al?

Talvez Kirby a pegasse se Al perdesse o timing. Ele era bom brincando de pegar. Depois de murmurar um pedido de desculpas pelos tênis sujos, Ellie pisou na palma de Jay.

— Eu espero que você saiba o que tá fazendo — disse ela. — Porque eu não sei.

— Abaixa o queixo. Isso reduz a chance de machucar o pescoço. Ok. Três! Dois!

— Machucar o pescoço? — perguntou Ellie.

— Um! — Jay se levantou e a jogou em um só movimento, e se Al não tivesse segurado Ellie pelo braço, ela teria perdido o equilíbrio e caído na grama.

— Caramba, deu certo! — ela comemorou, suas pernas balançando no ar enquanto estava pendurada nos braços de Al.

— Talvez você possa entrar na equipe de torcida ano que vem! — disse Jay. — Você é uma ótima *flyer*.

— Ei, jovens — chamou Al —, não terminamos ainda. Ellie, você precisa subir porque eu não consigo te puxar com essas barras. — Para segurá-la, ele havia enfiado os braços nos espaços entre o parapeito.

— Me levanta um pouco — pediu Ellie e Al a ajudou. Quando sentiu a barra de metal na mão, Ellie a segurou, se virou de frente para o prédio, e se içou com toda a força que tinha. Agora que estava com os braços livres, Al a ajudou a passar pelo corrimão.

— Agora eu! — disse Jay. — Joguem uma corda.

— Não temos uma corda — informou Al.

— Você não consegue carregá-lo nas costas? — Ellie sugeriu. — Você tem super força, não é?

— Hum — Al cruzou os braços. — Agora que eu parei pra pensar, eu podia ter carregado você também. Ou... os dois. Ao mesmo tempo.

— Pois é — disse ela, e abaixando a voz: — Mas ele ficou tão orgulhoso desse arremesso. Olha o sorriso dele. Não comenta nada, tá bom?

Al piscou e fingiu fechar um zíper sobre os lábios.

Demorou um instante para o grupo se reencontrar na varanda. Eles seguiram o som das risadas e conversas pelo quarto de hóspedes até um corredor. Uma mulher com uma máscara de demônio indicou o caminho para o salão de festas. Ela riu quando Ellie perguntou se "todo mundo estava vivo".

— Eu não vi nenhuma fantasia de zumbi, se é isso que você quer saber — disse a mulher, bebendo o líquido cheio de bolhas de uma taça. — Corram, corram! Vocês não vão querer perder o sorteio. Alguém vai ganhar uma viagem para o Hawai'i.

— Aonde você está indo? — perguntou Ellie. — Está fazendo uma noite tão bonita. Você devia ir lá fora. — Pelo menos seria uma pessoa a menos que o emissário poderia machucar.

— Eu tenho que ir ao banheiro! — respondeu a mulher-demônio. — Pela segunda vez hoje. Tem tanta bebida na festa.

— Nessas idas e vindas, você não viu uma sala de estar verde, viu? — perguntou Jay. — Ou um grupo de mulheres com roupas iguais?

A mulher fechou os olhos e tocou no queixo, como se estivesse tentando lembrar de uma fórmula matemática complexa.

— Siiiim! — disse ela. — Durante o almoço da primavera, eu comi sanduíches de pepino na sala verde. — Ela apontou para o corredor. — Por ali. Em algum lugar. Agora, se me dão licença, eu preciso liberar espaço para mais bebida. — Ela terminou o drink e saiu andando até virar o corredor.

— O salão de festas é um barril de pólvora prestes a explodir — disse Ellie. — Não posso mais esperar.

— Vocês vão em frente — disse Al. — Eu vou procurar a sala verde.

— Boa sorte, irmão — disse Jay.

Al acenou com a cabeça e o grupo se dividiu. Jay e Ellie pararam na entrada do salão. Eles se viraram, olhando para trás. Al havia sumido.

— Ele vai encontrá-las — prometeu Jay.

Os dois amigos deram os braços e entraram no salão. Feito para comportar centenas — até milhares — de convidados, o lugar era puro luxo. O piso de madeira avermelhada brilhava, alguém havia pintado um afresco no teto inspirado no Renascimento, e arcos de mármore com detalhes em ouro contornavam o perímetro do salão. No palco havia um violoncelo, uma bateria, um piano de cauda pequeno e um guitarra. A banda estava fazendo uma pausa. Sem música, o mar de convidados conversava sob os lustres de luzes douradas. O barulho das vozes combinadas era alto o suficiente para abafar o som do refeitório de uma escola na hora do almoço.

Ellie vasculhou a multidão, procurando por alguém que ela reconhecesse. As máscaras deviam ser opcionais porque a maior parte dos convidados estava com os rostos expostos. Uma pessoa era estranhamente familiar, uma mulher com um cabelo vermelho brilhante. Será que ela era a garçonete daquela lanchonete em Willowbee?

— Eu vou ligar para a minha mãe — disse Ellie. Ela discou o número de Vivian e, dessa vez, o emissário não interferiu. Ellie estava exatamente onde ele a queria, afinal: na casa mal-assombrada.

— Mãe? — perguntou Ellie. — Tá aí?

— Sim, querida. O que aconteceu?

— Escuta. Nós libertamos o Al, mas um espírito de vingança que se formou após a morte de Trevor quer recriar a cena da formatura de *Carrie, a estranha*.

— Calma. Vocês já encontraram o Al? Como?

— Já está de noite! Vocês estão nessa sala há *horas*. Precisamos evacuar a casa agora!

Ellie ouviu uma conversa abafada do outro lado da ligação.

— Estamos indo — disse Vivian. — Ellie, eu quero que você...

A ligação caiu na mesma hora em que um silêncio tomou conta do salão. De onde estava, às margens da multidão, Ellie podia ver o Dr. Abe Allerton subindo no palco com uma cesta de vime nas mãos. Ele estava vestido como a imagem do Tio Sam, com calças listradas de branco e azul, e uma jaqueta com estampa de estrelas. Allerton tocou a cartola azul, cumprimentando o público. Sorrindo, ele pegou o microfone e deu duas batidinhas nele.

— Feliz aniversário, Willowbee! — cumprimentou Allerton, seguido por aplausos. — Senhoras, senhoras, e campeões de soletração, esse é o momento pelo qual todos aguardavam...

Uma escala de ré menor foi tocada no piano. O doutor se virou, uma sobrancelha no alto, e todo o salão começou a rir.

— Temos um brincalhão à solta — disse Allerton. — Quem fez...

Com um barulho confuso, todas as teclas do piano tocaram ao mesmo tempo.

— Corram! — gritou Ellie. — Saiam já daqui!

O aviso dela não teve o efeito esperado. Quase todas as cabeças do salão viraram para ela. Algumas pessoas pareciam confusas. Outras sorriam, como se estivessem achando que Ellie era parte do entretenimento da festa, um dos bobos da corte de Allerton. E algumas pessoas, inclusive a garçonete de cabelo vermelho, a encararam com uma expressão contida. Como se nunca fossem fazer o que ela dizia, nem por um milhão de dólares. Naquela hora, quando os convidados estavam distraídos, aconteceu.

O piano voou pelo salão como se fosse levado por um furacão, passou por cima do Dr. Allerton e caiu em direção à multidão que gritava.

⇛ Trinta e um ⇚

Vivian se perguntou se tinha tomado a decisão certa ao trazer Ellie para a festa. Ela admirava a coragem da filha. É claro! Mas o mundo dava oportunidades demais para pessoas corajosas arriscarem suas vidas. Sabedoria reduzia os riscos. A inexperiência da juventude os aumentava.

Se pelo menos Ellie pudesse ver as coisas pelos olhos de Vivian.

— Quanto tempo faz? — resmungou Ronnie. Ela estava andando de um lado para o outro da sala verde desde que o mordomo fora embora, suas mãos enfiadas nos bolsos do casaco.

— Dez minutos — respondeu Vivian depois de olhar para o celular. — Vamos esperar mais cinco antes de começar a quebrar as coisas.

— Senta aqui comigo — pediu Alice, batendo no lugar vazio do sofá ao lado dela. — Precisamos economizar nossas energias.

Vivian se perguntou o que elas esperavam que fosse acontecer. Um ataque ao salão?

— Me explica a coisa das roupas combinando? — perguntou ela.

— Faz parte da minha natureza como professora ficar nervosa ao ver jovens com casacos assim. Você poderia estar escondendo qualquer coisa aí embaixo.

Não importava quantas vezes ela confiscasse os celulares dos alunos, eles sempre arranjavam outros do nada assim que ela virava as costas. Verdade seja dita, Vivian entendia a utilidade de um aparelho que podia se comunicar globalmente e puxar conhecimento de qualquer lugar da internet, mas eles precisavam ser tão pequenos? Tão fáceis de esconder em mochilas e bolsos?

O time de basquete trocou olhares e então Ronnie abriu seu casaco. Vivian lembrou de um vendedor de rua abrindo o casaco em um beco escuro para mostrar relógios Rolex falsos. Mas Ronnie não estava carregando quilos de ouro falso. O casaco estava cheio de estacas finas e metálicas, do tipo que se usa para prender uma barraca em um acampamento. Havia pelo menos dez de cada lado.

— Para que servem essas coisas? — perguntou Vivian. — Todas vocês trouxeram isso?

— Estacas cobertas de prata — contou Ronnie.

— São importantes — disse Martia. — Você sabe que lugar é esse?

Jess interferiu e começou a explicar:

— Antes de sumir, Al descobriu que o King, o cara amaldiçoado dono do Rancho King em San Antonio, sabe? Ele visita Willowbee algumas vezes por ano, e não é o único nome famoso do meio que faz isso.

Vivian sabia vagamente que o Sr. King, um barão do petróleo e vendedor de gado, era um dos vampiros mais velhos do país. Porém, dizia-se que ele não se associava com ninguém fora dos portões do próprio rancho. Ela sempre achou que ele não conseguia controlar a própria sede de sangue e tinha sensibilidade demais à luz. Mas se ele visitava Willowbee regularmente, não era bem assim.

— Ok — disse ela. — E as armas? São para ele?

— Para qualquer um — respondeu Ronnie. — Vampiros poderosos viajam em grupos. Grupos grandes. Eu ouvi falar do encontro que vocês atrapalharam. Tiveram sorte de conseguir escapar. Talvez tenhamos que lutar para sair daqui.

— Estacas de prata — comentou Vivian. Ela batucou os dedos no braço do sofá, olhando para seu reflexo em um dos vários espelhos. — Você já matou alguém?

Alice riu de um jeito forçado, como se estivesse respondendo educadamente a uma piada de mal gosto.

— É uma pergunta séria — disse Vivian. — Se a prata for pura, essas estacas podem matar. Elas *precisam* matar, em uma situação como a que você acabou de descrever.

— Não — respondeu Ronnie. — E você?

— Já.

Agora todas olhavam para Vivian, mas ela continuou mirando o próprio reflexo. O cabelo dela tinha aquele tipo de brilho, um cinza que só era possível com uma mistura equilibrada de fios pretos e brancos. Não como a prata que as meninas estavam carregando contra seus peitos.

— Vocês sabem sobre o poder da minha família? — perguntou ela. — Nós podemos acordar os mortos.

— Isso é o oposto de matar — disse Alice, sorrindo. Vivian suspeitou que ela era o tipo de pessoa que não conseguia passar por uma situação difícil sem fazer piadas para quebrar a tensão.

— Nós sabemos — respondeu Martia.

— Minha mãe é alérgica a cachorros — contou Vivian. — Gatos também. Então eu nunca tive animais de estimação em casa quando era criança. Nunca me importei. Nós morávamos no Novo México. Eu amo o Texas, mas a terra do meu pai, de algum jeito, sempre pareceu ser mais o meu lar. É difícil descrever a beleza daquelas montanhas. Ou o quão imenso e limpo o céu fica quando você está no topo de uma montanha cheia de ossos antigos. Fósseis, principalmente. Eu acho que foi assim que a minha mãe teve a ideia de ter um animal extinto como companhia.

— Um dinossauro? — perguntou Ronnie. Ela havia parado de andar e estava sentada de pernas cruzadas na frente de Vivian. — Ah! Você pode acordar uns dinossauros para nos ajudarem!

— Um mamute — disse Vivian, cortando a ideia. — Não é um bicho muito diferente de elefantes comuns, exceto pelas presas. São maiores também. E mais peludos.

— Uau — disse Alice. — Você conseguia ver?

— Às vezes. Geralmente, era só um brilho gigante como um trator que rondava pelo deserto atrás da nossa casa. Minha mãe passava horas treinando ela depois da aula. No começo, fazia isso no meio do nada, a quilômetros de distância de casa, caso o animal ficasse violento. Depois de alguns anos, a confiança entre elas era tanta que minha mãe trouxe as sessões de treinamento para perto do meu parquinho particular. Era um carro velho, na verdade. Quebrado, sem pneus. Meu pai me deixava brincar nele porque eu implorava até não aguentar mais, e ninguém precisava dele mesmo. Depois da aula, eu me sentava no teto do carro, com um guarda sol, e a assistia gritar comandos para o brilho. Quando cheguei na idade certa, ela me ensinou a dar os comandos também. Na época, a mamute já era bem-treinada, e eu acho que ela amava nós duas. Nisso, eles se assemelham muito a elefantes. Capazes de se afeiçoar. Inteligentes. — Vivian soltou o ar pelo nariz, fazendo um som de *pff*. — Às vezes as pessoas não valorizam os animais o suficiente. Ou talvez supervalorizem humanos.

Ela olhou para o celular de novo. Só haviam se passado três minutos desde a última vez que olhara para a tela manchada de digitais. Três minutos? Só isso? Ela achava que havia passado mais tempo.

— O que aconteceu? — perguntou Ronnie. — Quem você matou?

— Nunca apresse as histórias. É um sacrilégio.

— Me desculpa. Eu estou com tanta... — Ronnie esfregou o rosto e gemeu. — Raiva.

— Eu sei. Eu também. Mas isso aqui é importante. Por isso que estou contando agora e não antes. — Ela olhou de novo para o reflexo e continuou a história:

Eu amava tanto aquela terra. De vez em quando, eu fazia longas caminhadas pelo deserto, procurando por lagartos e insetos. A minha hora favorita para isso era no fim da tarde, quando o sol estava baixo o suficiente para que as sombras das montanhas, longas e frias, se estendessem pelo chão. Parecia que eu estava andando entre gigantes. Eu seguia por um caminho de areia vermelha no meio delas. Era o caminho de quem conhecia a região. Gente de fora sempre usava o tipo de carro errado para essas estradas. Você precisava de um carro leve e com bons pneus. Às vezes um turista se perdia e ficava preso na areia fina. Meu pai gostava de rebocá-los de graça e dar direções para a rua pavimentada mais próxima. Eles tentavam pagá-lo pela gentileza, mas ele recusava. Minha mãe dizia para ele deixar de ser orgulhoso. Que nós precisávamos do dinheiro. Não tínhamos muito na época, exceto uns aos outros.

Enfim, quando eu vi a caminhonete, eu imaginei que era um turista que tinha errado o caminho e estava perdido, tentando achar o caminho de volta para casa. Eu tinha treze anos na época. Mas era pequena para a idade. Não cresci completamente até o final daquele ano. Então um estranho poderia achar que eu tinha dez ou onze anos.

Quando o carro se aproximou, eu cheguei mais perto da estrada. Inocente, eu sei. Mas eu não tinha medo de estranhos desde quando minha mãe me ensinou como acordar os mortos. O poder subiu à minha cabeça.

Aconteceu tão rápido. A caminhonete parou bem no meio da estrada. Não havia ninguém por perto, então ele não estava preocupado em causar um acidente. Um homem saiu do carro. Ele era alto, talvez tivesse uns quarenta anos. Para crianças, adultos parecem bem mais velhos, e é difícil dizer a diferença entre trinta, quarenta e cinquenta. Eu lembro que a linguagem corporal dele me assustou. Era agressiva e confiante. Ele deu a volta no carro com uma faca em uma mão, tentando me pegar com outra. A faca parecia ser desse tamanho. — Vivian separou as mãos igual a alguém mostrando o tamanho do peixe que havia pescado. — Mas era porque eu estava com medo. Devia ter sido uma faca pequena de caça ou um canivete suíço. Algo que as pessoas carregam em caso de emergência.

Por um instante, Vivian perdeu a linha do pensamento enquanto se lembrava do canivete que Trevor tinha. Ele ficava tão confiante com ele, com todas as funções dobráveis, como se aquilo fosse protegê-lo de todos os problemas da vida.

Ellie agora tinha essa faca. Será que era uma boa ideia? Talvez o objeto devesse ter ido para baixo da terra junto ao corpo de Trevor. Ou talvez, com um objeto que tinha o seu valor na utilidade, um enterro seria o pior destino para ele.

— Você conhecia ele? — perguntou Martia, e a voz dela soava furiosa, como se o ataque tivesse ocorrido naquele dia ao invés de trinta anos atrás. — Quem faz uma coisa dessas?

— Não. Eu nunca tinha visto ele antes. Aquela podia ser a primeira vez que ele passava por aquele trecho do deserto. Como eu disse, era um lugar isolado. — Ela cruzou os braços. — Na época, eu não conhecia muita gente branca. Eu os via quando minha família ia para cidades como Flagstaff. Tenho certeza de que eu teria lembrado dele.

Vivian percebeu que todo mundo, menos Ronnie, achou aquilo divertido.

— Você... sente falta disso? — perguntou Ronnie.

— Eu sinto falta de estar com a minha família — respondeu Vivian. — E com pessoas que entendem minhas raras piadas. Faz muito tempo desde que morei no Novo México. Meus pais se divorciaram quando eu tinha quinze anos, e minha mãe me trouxe para o Texas.

— O que aconteceu com o homem? — perguntou Jess. — Como você o matou?

— Ei, ei. Como você sabe que foi ele quem morreu? — perguntou Vivian.

— Só torcendo para que seja ele, eu acho.

Vivian riu. Rapidamente, o sorriso se desfez e ela continuou:

Eu acho que ele era o tipo de monstro que sai rodando a procura de...oportunidades. Para a sorte dele, lá estava eu. Ele disse só uma coisa: "Entre no carro". Eu lembro de querer gritar, mas sabia que qualquer som que eu fizesse seria engolido pelo vazio ao nosso redor. Eu também queria correr, mas estava com medo dele me dar uma facada nas costas. Então eu invoquei a mamute.

Ela apareceu brilhando ao meu lado. O homem não pareceu ter percebido. Mas não foi como se ele tivesse tido a chance de reagir. A mamute deve ter sentido que eu estava em perigo. Eles são inteligentes. Protetores. Antes que eu pudesse dar o comando, ela reagiu. Foi tão rápido quanto o bote de uma cobra. Num minuto, o homem estava tentando pegar no meu braço, e no outro? — Vivian bateu uma palma. — Estava voando pelo ar como uma boneca de pano. Segurando a faca o tempo todo. Ele aterrissou no meio da estrada, a uns seis metros de distância da caminhonete. Vivo.

Uma vez, quando eu estava na faculdade, fui para um rodeio com uns amigos e vi um boi muito agitado lançar um homem para longe. Mas não foi o suficiente para ele. O animal de uma tonelada deu a volta e tentou pisar e empalar o cowboy. Por sorte, um palhaço assistente o salvou.

Foi isso que a mamute fez com o meu quase-sequestrador. Pisoteou e empalou. Mas ela era seis vezes mais pesada do que um boi. Mais furiosa também. Eu assisti às patas invisíveis dela esmagarem ele, parte por parte. Pisoteou ele até que não parecesse mais uma pessoa. Até os ossos virarem purê e o sangue pintar a terra de vermelho escuro. Podem acreditar quando eu digo que a mamute salvou minha vida. Eu não sei o que aquele homem planejava fazer, ou o que ele havia feito com outras, mas eu tenho certeza de que aquela caminhonete era meu caixão.

Apesar disso, a morte dele é a coisa mais terrível que eu já vi na vida. Eu não sinto culpa, mas eu queria ter podido manter minha inocência por mais tempo. Quem tem sorte vai passar a vida inteira sem presenciar tamanha violência. Isso muda quem você é de jeitos terríveis, entendem? — Vivian olhou para cada uma das jovens mulheres. Elas ainda eram crianças, na opinião de Vivian. Mal tinham a idade dos alunos dela. Ficou feliz que todas acenaram a cabeça, concordando.

— Senhora — disse Martia —, você ainda sai para caminhar com a mamute?

— Não. Faz muito tempo que eu não a vejo. Eu não consigo acordar os mortos como antes. — Ela checou a hora no celular. — Bom! Eu sei que minhas histórias são longas, mas isso não pode estar certo.

De acordo com o relógio analógico na tela, já passava de nove horas da noite. Talvez o celular dela tenha mudado de fuso horário. Erros assim eram comuns na presença de fantasmas. Vivian se levantou e foi em direção à porta.

Antes de chegar nela, a porta se abriu. Um Al todo desgrenhado estava no vão da porta. Com os olhos arregalados, ele passou o olhar pela sala até finalmente parar em Ronnie.

— Amor! — disse ela.

— Amor! — repetiu ele.

O casal correu e se chocou em um abraço.

— Você escapou! — exclamou Ronnie.

— Jay e Ellie ajudaram. Rápido. Precisamos sair daqui. O fantasma de Trevor está em pé de guerra.

Vivian limpou a garganta.

— Você quer dizer que ele está acordado? — corrigiu ela. — Onde está minha filha?

— Nos separamos. Ela e Jay estão evacuando o salão de festas. É no caminho.

Como isso era possível? A festa não devia começar até a noite. Ela correu para o corredor com o grupo e teve sua resposta na janela: estava escuro lá fora. Ouviu a chuva bater no teto, como se uma tempestade tivesse começado a cair, e ela e o time estivessem presas em uma espécie de buraco no tempo.

O telefone dela apitou quatro vezes:

Ligação perdida de Pat: 16h48

Ligação perdida de Pat: 19h

Ligação perdida de Pat: 19h15

Ligação perdida de Pat: 20h50

As portas duplas que conectava a ala leste com o salão de festas central estavam fechadas, mas Vivian podia ouvir uma grande comoção do outro lado. Não era o tipo de barulho que deveria vir de uma festa. As vozes eram desesperadas. Alguns gritos de ajuda se sobressaíram:

"Socorro! Meu Deus!"

"Você tá me esmagando!"

"Não tá funcionando. Faz alguma coisa!"

O som que ela achou que era chuva, era na verdade dezenas de punhos batendo nas portas de madeira. As paredes também tremiam com os socos, como se o salão inteiro estivesse tentando se libertar.

Vivian agarrou a maçaneta de bronze e puxou. Quando não deu certo, ela empurrou com todo o seu peso. A porta não se mexeu.

— Ellie! — gritou. — Consegue me ouvir? Você tá aí?

Os outros tentaram ajudar. Chutaram a madeira e Ronnie até tentou abri-la usando as estacas de prata. Infelizmente, todos os esforços não fizeram mais do que arranhar a madeira da porta, mal expondo o material por baixo da tinta. Era uma madeira acinzentada e densa que quebrava em pequenas lascas.

Atrás da porta, as vozes apavoradas sugeriam que a situação não estava melhorando.

— Afastem-se! — gritou Vivian, indo até a parede oposta. — As portas estão bloqueadas por uma barreira sobrenatural! — Ela não sabia o que podia ter tamanho poder. O fantasma de Trevor? A magia de Allerton? Seja qual fosse o motivo, Vivian sabia o melhor jeito de abrir portas no Texas.

Ela só tinha que chamá-la.

O que era inocência? Vivian costumava sentar-se no topo do carro quebrado e assistir a nuvens de poeira subirem entre zimbro e sálvia quando a mamute brincava. A criatura da Era do Gelo deve ter achado o calor do deserto estranho e surpreendente.

Assim como a jovem Vivian, a criança que ficava maravilhada com toda pedra e inseto que encontrava nas caminhadas. Na época, ela fingia ir em aventuras, inspirada nas histórias da Vó Ancestral. Salvar vidas, matar monstros, conhecer pessoas novas. Ela e sua melhor amiga, a Srta. Mamute, seriam as novas heroínas.

Acorde, pensou Vivian, estendendo seu coração para as Profundezas. *Precisamos de você, Srta. Mamute.*

Um sussurro respondeu. Ela estava vindo. Ela iria salvá-los.

Não. Ela é gigante. Era perigoso *demais*! Ela iria *matá-los*.

Na sua mente, Vivian viu as portas estourando para dentro, uma explosão de farpas empalando as pessoas assustadas. A mamute iria esmagar os corpos sob seus pés. Ela estava invocando uma chacina!

Ou talvez a mamute quebrasse a barreira sobrenatural que prendia Ellie em uma sala com morte certeira.

Vivian tinha que arriscar, mas ela não conseguia mais ouvir o sussurro do submundo. Só conseguia ouvir os gritos abafados. As vozes pedindo socorro. Ela fechou os olhos com força, apertou as mãos em punhos e procurou pelo senso de calma que amplificava sua voz interior. Geralmente, meditação ajudava, mas não tinha tempo para isso.

Acorde, ela pensou. *Acorde!*

Nada aconteceu.

Por favor! Acorde! Ellie precisa de você! Por favor, acorde!

— Sra. Bride — chamou Ronnie. — O que você está fazendo? — Ela e os amigos estavam de pé, de costas para a parede, esperando.

— Estou tentando abrir as portas — disse Vivian. — Estou *tentando!*

— Talvez haja outro jeito de entrar — disse Ronnie. — Uma rota subterrânea! Temos que tentar.

Com um grito frustrado, Vivian se jogou contra a porta.

— Ellie! — gritou. — Consegue me ouvir? Acorde a mamute! Derrube as portas! Saia daí, Ellie! *Elatsoe!* Estou indo!

Enquanto Vivian se afastava da porta, seguindo o grupo de Ronnie pelo corredor, ela se perguntou se alguém conseguia ouvi-la no salão além dos gritos de horror.

~ Trinta e dois ~

O piano aterrissou de lado. Se partiu com o impacto. Pedaços de madeira das laterais e tampa se quebraram. As teclas bateram no chão e as cordas se enrolaram quando se soltaram. Ellie e Jay tentaram chegar no local do acidente, correndo contra o fluxo de pessoas fugindo e gritando. Alguém bateu com o cotovelo nas costelas de Ellie. Outro convidado derrubou Jay no chão. Kirby latiu, mas ninguém reparou.

— Atingiu alguém? — perguntou Ellie, ao chegar finalmente no piano. Um círculo de bons samaritanos estava ao redor dele.

— Sim! — disse um homem. — Cuidado, senhorita. Para trás. — Ele e outros homens levantaram o pedaço maior do piano, incluindo a parte interna de metal. Eles o viraram de lado. Havia um corpo ensanguentado entre os escombros do piano. Ellie arquejou e apertou a boca com uma mão trêmula.

— Doutor Allerton! — alguém gritou mais alto que a confusão toda. — Ajuda ele!

O Dr. Allerton continuava no palco, uma expressão inescrutável em seu rosto. Ellie preferia a expressão vazia ao sorriso arrogante, mas ela esperava pelo menos um traço de horror ou raiva do assassino.

A vítima dele havia retornado.

O corpo embaixo dos restos do piano era o de Trevor. Um Trevor ferido, sangrento e moribundo. O mesmo Trevor que visitara Ellie naquele primeiro sonho. Ele havia voltado. Será que o emissário estivera no salão esse tempo todo, invisível e à espera da oportunidade perfeita para demonstrar toda a sua ira?

— Hoje à noite — o corpo de Trevor sussurrou, e *era* um sussurro, mas Ellie ouviu tão claramente que ela se perguntou se o emissário podia transmitir a voz dentro da cabeça dela — você vai desejar ter morrido na sua Mercedes. Assassino.

Ellie tinha uma vaga noção do caos atrás dela, das pessoas se jogando contra portas que não abriam, de punhos socando janelas que rachavam, mas não quebravam. O olhar dela, porém, estava fixo no rosto do Dr. Allerton. Nos olhos dele. Ele olhou para baixo, para as pessoas no salão. Para Trevor. Para Ellie. Para os convidados assustados que não conseguiam escapar.

— O que é você? — perguntou o Dr. Allerton. — A máscara de morte rubra? Veio ensinar ao velho Prospero o que ele fez de errado?

— Você assassinou meu primo! — gritou Ellie, andando em direção ao palco. — Trevor só estava sendo uma pessoa decente! Estava só tentando ajudar! E você *o matou!*

— Frank! — chamou o Dr. Allerton, ignorando Ellie. Ele nem olhava para ela mais. — Frank! Frank, eu preciso de você aqui agora!

— Se Frank é o seu exorcista, ele já era — disse Ellie. — Vingança o matou. Conte a todo mundo sobre a noite em que o meu primo morreu! Conte como você mata os pobres para curar os ricos. Confesse!

O Dr. Allerton se aproximou do microfone.

— Por favor, fiquem calmos! — ele anunciou. — Meu time de exorcistas vai se livrar do demônio que atacou minha casa!

Um par de mãos, manifestações fantasmagóricas, apareceram no palco e seguraram Dr. Allerton pelos tornozelos. Os dedos pareciam podres, e Ellie não teve como não se lembrar de filmes de zumbis, de mortos se levantando dos túmulos com as mãos, para devorar cérebros. Trevor amava esses filmes. Ele os assistia com um balde de pipoca enquanto gritava instruções para os personagens na TV. "Não vai pro cemitério! Não se separem! Não esquece o celular!"

O que o verdadeiro Trevor gritaria para Ellie? O que ele diria para ela fazer? Ela gostaria de saber.

— Ele não quer confessar! — O emissário gritou. A voz sendo amplificada pelos alto falantes do microfone, que estavam no volume máximo. Ellie cobriu as orelhas, se contorcendo com o som. Era quase tão alto quando o uivo de Kirby. — Ele não quer confessar, senhoras e senhores e campeões de soletração — o fantasma continuou a falar. — Então que tal uma demonstração? A última vez que Abe Allerton esteve gravemente ferido, e por falar nisso, a que velocidade você estava dirigindo, doutor? O dobro do limite de velocidade? Mais? MAIS! Ele transferiu os próprios ferimentos para um professor local, Trevor Reyes, um pai e marido dedicado. Um sacrifício forçado. Mas eu suponho que isso não seja novidade para a maioria de vocês. Então me digam: quem vai ser a vítima de Abe hoje?

Mãos invisíveis arrastaram uma criança pelo chão polido até o palco.

— Mãe! — o menino gritou. — Mãe, socorro! — A mulher tentou agarrar a mão da criança, mas o emissário a empurrou para a multidão.

— Nosso voluntário — anunciou nos alto falantes — é um menino corajoso chamado Brett. Façam suas apostas. Quem acha que Abe Allerton vai matar o próprio filho?

— Parem ele! — gritou Dr. Allerton. — Pelo amor de Deus! Por favor! Você não precisa demonstrar nada. Eles *já sabem*!

A multidão se dividiu igualmente entre as pessoas que estavam tentando fugir dali e os que assistiam ao confronto entre o Dr. Allerton e o emissário, tomados pelo horror. Nenhum deles se mexeu para ajudar Brett. Pareciam presos ao chão, apesar de não ter mãos de fantasmas os segurando. Então, uma dúzia de pessoas com robes vermelhos apareceu na multidão.

Ellie reconheceu as roupas. O exorcista morto usava algo parecido. É claro que um homem como Allerton estaria prontamente preparado para uma assombração, especialmente depois de roubar um túmulo. Ela quase falou: "Primo, cuidado!", mas o impulso morreu ao olhar para o rostinho aterrorizado de Brett.

Aquela *coisa* não era Trevor, afinal. O primo dela nunca iria querer que ninguém sofresse, muito menos um ex-aluno. Aquela era, talvez, a pior parte da morte dele. Tanta crueldade e sofrimento tinham preenchido o vazio que Trevor deixara para trás.

— Eles já sabem do que sou capaz de fazer — disse Allerton. — Eles *sabem*.

— Ah — disse o emissário. — O preço não é justo? Você já matou outro fi...

— Pare — interrompeu Allerton. A voz dele, alta como um trovão, quase abafou o som dos alto falantes. — Eu confesso. Eu sou descendente de Nathaniel Grace, o maior feiticeiro que já existiu. E eu herdei seu conhecimento, sua mágica, suas responsabilidades e sua cidade. Se eu morrer, Willowbee morre comigo. — Ele abriu os braços. — As pessoas aqui presentes entendem que a sua morte era *necessária*. Eu não escondo nada deles.

Ellie olhou para as pessoas ao redor. A maioria havia tirado a máscara durante a confusão, mostrando seus rostos comuns.

— Como podem? — ela sussurrou.

Os pedaços do piano flutuaram e começaram a girar ao redor do corpo ferido do emissário. Taças de vidro, joias soltas, utensílios, celulares e várias munições afiadas ou duras rodopiavam no ar. A infinidade de possibilidades se movia devagar, como se estivesse presa em melaço.

— Jay — disse Ellie. — Precisamos nos proteger.

Ela não via nenhum lugar para se esconder.

As luzes do salão piscaram, prometendo um grande problema pela frente. Com exceção dos exorcistas, todas as pessoas estavam se protegendo, esperando pelo ataque do tornado. Elas cobriram as cabeças com bolsas e braços. Muitos adultos usavam seus corpos para proteger as crianças e parceiros.

— A casa é quem manda, suas imitações baratas de Jedi — disse o emissário, falando com o exorcista mais próximo. — Você quer ir primeiro, ou eu vou?

— E agora? — sussurrou Jay, abaixado ao lado de Ellie. Kirby andando ao lado deles.

— Eu posso ajudar a mandar o emissário de volta para o submundo — disse Ellie. — Mas os exorcistas precisam agir.

Todo telefone do lugar começou a tocar. *Trim-trim* digitais, músicas eletrônicas, clássicas, e jingles mixados com outras canções. Logo, o som mudou de músicas para vozes. Ellie ouviu a mãe chorando e gritando. O som vinha do celular no bolso dela. Outros deviam ter ouvido seus horrores pessoais também, porque todos os tipos de celular foram jogados pelo chão polido, largados como se fossem escorpiões venenosos. Alguns foram pisados. Os aparelhos quebrados se uniram ao tornado que se formava ao redor do emissário.

Os telefones flutuantes continuaram a falar. Ellie ouviu uma voz de criança, saindo de um deles, perguntar: "Quando meu coração vai parar de doer?".

Outro celular implorava: "Pare! Por favor! Por favor! Por que você não para?".

Em sincronia, os exorcistas sacaram facas das suas vestes e cortaram as próprias mãos do polegar até o dedo mindinho. Eles correram até o emissário com as mãos esticadas.

— Droga — disse Ellie. Não dava para fugir. Ela se jogou sobre Jay.

— Kirby, não deixe a gente morrer! — Não era um comando que ele conhecia. Ellie torceu para que, de alguma forma, o cachorro entendesse que os objetos voadores podiam machucar sua mestre.

Madeira, vidro, metal e pedra explodiram, como um estouro sônico. Com a destreza de um profissional na brincadeira de pegar, Kirby bloqueou todas as coisas que voavam na direção de Ellie e Jay. Uma parede invisível bateu nas costas dos dois, mas não doeu. A multidão, que correu para os limites do salão, caiu como pinos de boliche.

As luzes se apagaram. Cada celular emitiu um barulho agudo e uma batida — o som de um acidente de carro. Ellie sentiu o chão de madeira se mexer sob os pés dela.

Um tremor balançou toda a mansão.

— Uivo grande, Kirby! — gritou ela, esperando que isso distraísse o emissário mais do que os exorcistas. Ellie não queria que o salão virasse uma sepultura coletiva.

Enquanto Kirby uivava, o chão parou de tremer e as luzes de emergência se acenderam. Três exorcistas, os únicos que ainda estavam de pé, foram até o emissário com as mãos estendidas.

— Traidora! — gritaram os telefones e alto falantes. — Elatsoe, você é uma *traidora*!

O chão abaixo de Ellie sumiu. Não. Ela não estava caindo. Ela estava flutuando. Toda pessoa no salão estava no ar. O emissário queria elevar todos em direção ao teto em cúpula. Deixar que eles tocassem os anjos e nuvens na pintura antes de cair a altura de três andares. Uma queda assim poderia matar. Mesmo sobreviventes, os sortudos que aterrissassem do jeito certo ou tivessem a queda amortecida por outros corpos, teriam ferimentos graves. Ossos quebrados, órgãos perfurados, dores permanentes.

Por sorte, um exorcista chegou ao emissário. Ele tocou nas costas do corpo e deixou uma marca de mão ensanguentada nele. A marca brilhava em vermelho como uma placa de trânsito e se expandiu, transformando--se em uma grande mão tridimensional. Os dedos envolveram o peito do Não-Trevor e o apertaram. O emissário xingou e sua concentração deve ter falhado porque Ellie, de repente, parou de subir. Por um segundo de confusão, ela só planou.

Então, ela caiu. Caiu de um metro de altura, de lado, e perdeu o fôlego. Na frente dela, o emissário se debateu como uma mosca presa em uma teia de aranha. A mão brilhante estava afundando, puxando-o para dentro do chão. O Não-Trevor não conseguiu se libertar.

— Só vai embora — implorou Ellie. — Por favor.

Com uma careta de dor, o emissário da vingança olhou para ela. A raiva vazou e deixou seus olhos vazios. Suas últimas palavras, antes de sumir do mundo, foram um baixo: "Por quê?".

~

— Ai! — gritou Jay. — Ai! Ai! Ai!

— Você tá bem? — perguntou Ellie, dando as costas para o vazio do local onde o Não-Trevor estivera. Apesar das luzes principais não terem acendido de novo, as luzes de emergência eram fortes o suficiente para deixar o lugar com uma luz baixa. Ela não podia ver os detalhes do outro lado do salão, mas podia ver o rosto dolorido de Jay. O lábio superior dele estava sujo de sangue seco.

— Meu cóccix — disse ele. — Eu já senti isso antes. Está só machucado. — Ele se arrastou para perto de Ellie antes de cair de cara no chão deformado. As madeiras do chão pareciam ondas sólidas. Ninguém dançaria nele de novo, mas o salão poderia ser facilmente convertido em um parque de skate.

— Acabou? — gemeu Jay.

Ellie prendeu a trança do cabelo num coque enquanto a cidade de Willowbee, guiada por Dr. Allerton, tropeçava e se arrastava até ela. Um grande pedaço de madeira saía do peito do Dr. Allerton. Ele chiou, como se um ou dois dos pulmões estivessem machucados.

— Ainda não, Jay — disse Ellie. — Não deixe ele tocar em você.

O Dr. Allerton arrancou a madeira do corpo, jogou para o lado, e apertou a mão de um homem perto dele. O buraco no peito do médico se fechou ao mesmo tempo que uma mancha vermelha aparecia no peito do seu amigo.

— Obrigado, senhor — disse o doutor. — Eu agradeço pelo seu sacrifício.

— Não importa quem seja, né? — disse Ellie. — Você não se importa com quem morre. Mesmo que seja um dos seus.

— Ele vai ficar bem — disse Abe. — Esse ferimento não é mortal, mesmo sem o meu tratamento.

— Por que você não fica com ele então? — perguntou ela.

— Eu preciso de força para organizar essa bagunça. — Ele esfregou o rosto e suspirou, como se estivesse completamente exausto. — Não foi a melhor das minhas festas.

— Por quê? — perguntou Ellie. — Depois de hoje, seus capangas não serão os únicos que vão saber sobre os segredos de Willowbee. Os *seus* segredos. Alguns dos convidados aqui são de outras cidades.

Agora que o emissário havia sumido, alguns convidados inocentes podiam ir embora da mansão, e eles estavam evacuando o mais rápido que podiam. Ellie não viu ninguém ligando para pedir ajuda — os celulares devem ter quebrado com a energia sobrenatural —, mas era apenas uma questão de tempo até dezenas de testemunhas falarem sobre suas experiências com policiais não corruptos, repórteres, advogados e nas redes sociais.

— Não é possível que você ache que eu só tenho uma carta na manga. Que nós, filhos de Nathaniel Grace, escapamos de perseguições por séculos graças a sorte — disse Abe.

— Perseguições? — repetiu Jay, ficando em pé. Ele mal tremeu quando o movimento fez seu cóccix doer. — As pessoas não querem que você as mate. É autodefesa!

Atrás do Dr. Allerton, os habitantes de Willowbee fecharam os olhos e abaixaram as cabeças como se estivessem rezando. Energia estática corria entre eles e levantou alguns fios de cabelo, como se tivessem esfregado suas cabeças com balões. Havia vários usuários de magia na cidade. Isso era incomum. Willowbee devia ter relações próximas com o reino feérico.

— Eu sou uma força neutra — disse Dr. Allerton. — Minha cura anula o mal. Ellie, eu tentei ajudar você e a sua família. Você sabia que eu juntei dinheiro para uma bolsa de estudos para o filho de Trevor? Sabia? O suficiente para pagar a faculdade dele! Até uma pós-graduação! Mas você não deixou isso em paz. Agora, temos um caos!

— Cala a boca — retrucou Ellie. — Todas as bolsas de estudos do mundo não podem substituir o pai de Gregory.

— Então eu deveria ter morrido naquela noite? E levado a magia de Nathaniel Grace pro túmulo comigo. Deixado o *meu filho* sem um pai?

— Sim? — confirmou ela. — É óbvio. Por que ainda pergunta isso?

Ele teve a audácia de parecer ofendido.

— Pare — disse Ellie. — Só deixe a gente ir embora. Nem toda a magia do mundo pode esconder esse caos.

— Você está errada — acusou Abe. — Já nos recuperamos de coisa pior. A História é intrinsecamente maleável. Mesmo sem magia. Ela existe em nossas mentes, nossos registros. Línguas encantadas contam mentiras convincentes. Com um feitiço, vamos convencer o mundo a esquecer o que aconteceu essa noite. Esquecer você, Ellie, e sua família. A cidade... vamos ter que nos mudar de novo. Para onde agora? Costa oeste, talvez.

— Perto do mar — sugeriu um cidadão. Ele era um homem de cerca de quarenta anos com sobrancelhas grossas e que usava um terno grande demais.

— Não tem espaço — uma mulher de sessenta anos argumentou. Ela usava um vestido de lantejoulas preto com mangas compridas. — A costa é lotada de gente.

— Eu não aguento mais um deserto — uma terceira pessoa bufou. Ele tinha um cabelo grisalho com uma barba pontuda e bem aparada.

— Espera, você disse *mudar* Willowbee de lugar? — perguntou Jay. — Como se fosse uma cidade móvel? Como?

— O segredo de Nathaniel Grace — disse Abe. — Willowbee foi fundada em Massachusetts. Nós só chegamos no Texas há trinta anos. Estamos em todo lugar e em lugar nenhum.

Isso com certeza explicava a quantidade de vegetação estranha e a arquitetura da Nova Inglaterra. Toda a porcaria da cidade era uma bola de magia bizarra, passeando por aí para fugir dos seus pecados. Ela não ficaria surpresa se Willowbee tivesse existido, de um jeito ou de outro, antes do século XVII. Se cruzou o Oceano Atlântico com Nathaniel Grace quando ele conseguiu ser odiado por todo o seu país natal. Essa migração, ela supôs, era alimentada por uma espécie estranha de cogumelos de fada que se alimentava de danças extravagantes.

— Você não me deixa outra opção — disse Abe, como se isso o absolvesse de todos os seus pecados. — Prontos, meus irmãos?

Os supostos irmãos levantaram as mãos, uma imitação assustadora de um coral arrebatador. Arcos de eletricidade vibraram entre os dedos deles. Seus dedos pareciam hastes da escada de Jacó.

Quando o ar se encheu de magia, Ellie percebeu que o Dr. Allerton iria se safar. *De novo.* Ele iria apagar todas as evidências dos crimes, reinventaria a história, se mudaria para outro lugar, e continuaria a se beneficiar da tristeza dos outros. Não haveria justiça para Trevor. Para nenhuma vítima de Willowbee.

Não.

O Dr. Abraham Allerton não iria se safar de nada. Se Ellie tivesse que voar até o Sol para impedi-lo, ela faria isso. Voaria até o Sol. Não era Ícaro. Era Elatsoe, filha de Vivian, Pat e Kunétai. Descendente de uma mulher beija-flor que protegia seu povo.

— Jay — disse Ellie — diga para a minha família que eu os amo. Eu te amo também. Se cuida.

Ela fechou os olhos, soltou o ar lentamente, e invocou os cachorros de suas ancestrais. *Todos* eles.

⇌ Trinta e três ⇋

Se ela seguisse sua árvore genealógica até as raízes, encontraria poucas pessoas que não dependiam de um ou mais animais para ter companhia, proteção ou ajuda. Os cachorros de suas ancestrais eram suficientes para ter seu próprio país no submundo. Ellie os havia sentido, esses cachorros maravilhosos que a reconheciam como parte da família. Com toda a sua força, ela invocou a matilha. Ellie os chamou em todo os idiomas que podiam entender: inglês, espanhol, Lipan.

Dog! ¡Perro! Né łe!

Eles surgiram do chão torto, pularam das paredes, caíram do céu: centenas de cachorros, chorando e latindo. Ansiosos, mas não agressivos. Ainda. Seus corpos invisíveis pareciam a miragem de um tsunami que se formava sobre as pessoas de Willowbee. Os praticantes de magia perderam o equilíbrio e se afogaram na quantidade de fantasmas. Ellie quase riu do jeito que eles afundaram. Estavam tentando nadar em meio a fantasmas! Cada cachorro que os exorcistas mandavam de volta era substituído imediatamente por outro. Apenas Ellie e Jay se livraram da humilhação. Os cachorros bonzinhos eram espertos o suficiente para respeitar o espaço pessoal dos seus humanos.

— Eles são lindos — disse Jay. Ele esticou a mão em direção ao brilho mais próximo e fez carinho na cabeça invisível de um dos cachorros. O fantasma fez um barulho satisfeito, algo entre um sussurro e um latido.

— Minha matilha — disse Ellie. — Eu queria saber como fazer todos ficarem visíveis.

Ela andou na direção do Dr. Allerton. Ele estava ajoelhado sob os corpos paradoxalmente pesados dos fantasmas. A posição era meio patética, mas ela não tinha tempo para piadas.

— Ei, doutor — chamou Ellie, colocando uma mão no ombro dele. — Você vem comigo. — Ele tentou se jogar para trás, fugir da mão dela, mas não conseguiu se livrar da pilha de cachorros.

— Para onde, exatamente? — disse ele, preso.

— Você vai ver. — Ellie voltou a pensar no sentimento que a levou para o oceano morto: familiaridade. O coração dela estava cheio de luto, ela procurou por similaridades na tristeza. O submundo não era vasto e assustador? A Terra não podia ser a mesma coisa? A Superfície e as Profundezas eram os dois lados da mesma moeda, e Ellie podia se sentir triste e perdida nos dois.

Os cachorros apareceram aos poucos, em partes. Vieram em uma mistura de narizes pretos flutuantes, rabos agitados, e olhos castanhos curiosos. Um filhote tocou na mão de Ellie, e apesar de ela não o ver, pode sentir o pelo fino.

— Jay — ela disse ao se virar, se perguntando se ele teria caído pela porta que ela abriu.

Ele não estava mais ali, apesar de ver uma sombra no formato do amigo sobre o piso de madeira. A sombra correu de um lado para o outro, em um momento passou através dela. Ele chamava o nome dela, a voz distante e baixa.

— Ellie! Ellie! Por favor, Ellie!

Aos poucos, a sombra dele sumiu também. Ellie e o Dr. Allerton eram os únicos humanos à vista, agora o médico estava parcialmente coberto por corpos peludos.

— Parece que entramos em um baile de cachorros, Kirby — disse ela. — Quer dançar?

As orelhas caídas dele se levantaram. Com um grito de comemoração, Ellie passou os braços ao redor de Kirby e o puxou para dançar uma valsa.

— Tão pesado! — disse ela, beijando-o na testa. Kirby balançou o rabo até ela o soltar. Com um latido curto, do tipo que quer dizer "vamos brincar!" ele deu a volta entre as pernas de Ellie, balançando tanto o rabo de felicidade que o bumbum inteiro balançou também.

— Vamos no parque amanhã — prometeu ela. — Com um frisbee. Nada de caveiras com olhos. Nunca mais. Eu *prometo*, sua coisinha fofa.

Quando o Dr. Allerton conseguiu se desvencilhar da montanha de cachorros, os fantasmas já eram indistinguíveis de cachorros vivos.

— Você pode ir agora, doutor — disse Ellie.

— Ir para onde? — Ele ficou completamente parado, com medo dos seus movimentos gerarem violência. Porém, os cachorros não estavam prestando atenção nele. Felizes de verem que Ellie estava segura, eles se dispersaram. Alguns pularam pelas janelas quebradas do salão. Outros, nada preocupados com estilo, saíram caminhando e atravessaram as paredes.

— Não sei — disse ela, dando de ombros. — Escolha uma direção e comece a andar.

O Dr. Allerton andou de lado até a janela mais próxima, sem dar as costas para Ellie. Ele ficou em pé contra a parede e olho para fora.

— Você mudou minha casa de lugar! — gritou Dr. Allerton. — Como? — Ele parecia se sentir traído, como se Ellie tivesse quebrado a promessa de respeitar a autonomia espacial de Willowbee.

— É um segredo — disse ela. — Muito mais forte do que o seu truque. O que você vê? — Ellie não se atreveu a chegar perto das paredes.

— Árvores de mesquites — respondeu ele. — Só isso. No meio do nada.

— Ótimo. Adeus. — Ellie refletiu sobre ir para casa, pronta para voltar, mas o falatório do Dr. Allerton atrapalhou sua concentração.

— Quem é aquele? Você aí! Olá? — Ele se inclinou para fora, franzindo o cenho, e então pulou pela janela. — Meu Deus! Ah, meu Deus, não! Ellie, não me deixe aqui. Por favor!

Ela colocou os dedos nos ouvidos e tentou ignorá-lo. Casa. Pensar sobre o seu *lar*. Pensar na mãe, no pai, e no animador de torcida. O rio tóxico atrás da casa dela. A escola que ela quase sentia falta. O cinema e estreias do verão com...

— Eu pago a sua faculdade — ofereceu Allerton. — Isso é uma promessa.

... pipoca que custa mais do que os ingressos, e...

— Estão entre as árvores! Estão por toda parte! Me escuta! — Allerton pulou até chegar em Ellie e tentou segurá-la pelo cotovelo, mas Kirby se jogou entre eles e mostrou os dentes.

— Eles vão entrar na minha casa — disse Allerton, jogando as mãos para o alto. Afinal, *era* mesmo possível ele demonstrar ressentimento. — Não deixe que isso aconteça. Por favor.

Apareceram rostos na janela. Pareciam rostos de pessoas. Entretanto, Ellie tinha lá suas dúvidas. Suas mandíbulas estavam tensas de raiva. Seus olhos estavam arregalados. O emissário da vingança havia perguntado a Ellie se ele e outros emissários tinham um propósito. Ela ainda não podia responder isso.

— Você os conhece? — perguntou ela, dando um passo para trás, indo até a extremidade do salão porque o outro lado estava cheio de pessoas irritadas. — São suas vítimas, doutor?

— Eu sou a sua? — cuspiu ele em resposta.

— Você tentou me matar.

— O que você quer?

— Você tentou matar meus amigos e a minha família.

— *O que você quer?*

— Você matou...

— Tenha piedade. Me ajude.

Os emissários pararam de rastejar pelas janelas e atravessar as paredes. Lenta e intencionalmente, eles se aproximaram. Seus passos pareciam com uma marcha horrenda.

— Trevor tentou ajudar você uma vez — disse ela. As vítimas do Dr. Allerton eram tantas que mal cabiam no salão. Com o coração partido, completou: — Isso sou eu tendo piedade das pessoas que vão viver agora que você se foi.

Em meio ao silêncio chocado do Dr. Allerton, Ellie colocou a mão na cabeça de Kirby e pensou sobre sua casa.

Os emissários atacaram.

Dr. Allerton atacou também.

Ele se chocou com Ellie. Ela caiu de costas, e quando o médico tentou fechar as mãos ao redor do pescoço de Ellie, ela o chutou no estômago tão forte que ele guinchou. Enquanto Ellie se desvencilhava, sentiu um puxão na cabeça. Ele havia agarrado seu cabelo.

Se ela tentasse voltar para casa agora, o Dr. Allerton seria levado de volta como um carrapato. Ou um *sanguessuga*.

Se ela não voltasse logo, os emissários matariam os dois.

Ellie segurou Kirby pelo pescoço e pegou o canivete suíço de Trevor. Com um corte rápido da pequena faca, ela cortou sua trança.

Casa, ela pensou. *Finalmente. Em casa.*

O Dr. Allerton tentou pegá-la de novo, mas antes que ele pudesse tocar em Ellie, Kirby se soltou e o atacou. O cachorro mordeu o homem, então o sacudiu, balançando-o de um lado para o outro como uma boneca de pano. Enquanto o submundo sumia, Ellie chamou Kirby.

— Vem, garoto! Vem!

As orelhas dele ficaram em pé.

— Deixe o homem mal pra lá! — ela pediu. — Vem!

Kirby se virou, olhou para ela com os seus olhos brilhantes e escuros. Então, feliz, começou a correr.

— Bom menino! — Ela comemorou. Só mais um pouco e eles estariam juntos. O mundo parecia estar brilhando, como um reflexo em uma piscina. Ellie esticou o braço para tocar no seu cachorro, esperando sentir a cabeça macia em sua mão.

Ao invés disso, ela sentiu a mão da mãe.

— Elatsoe! — disse Vivian. — Meu bebê.

Ellie sentiu ser apertada em um abraço e olhou ao redor. Elas e outros sobreviventes da festa estavam sentados do lado de fora da mansão. Na Superfície. Nenhum sinal de Allerton ou dos emissários. Ellie não viu ninguém que ela reconhecia de Willowbee. Talvez, sem seu líder, todos tivessem fugido.

— O médico? — perguntou Ellie. — Ele... eu...

— Aquele maldito fugiu. Ninguém sabe para onde ele foi.

— Eu sei exatamente para onde ele foi, mãe. — disse Ellie. — Cadê o Jay?

— Estou aqui! — Jay saiu detrás de Vivian. — Mas você *sumiu*! — Ele se ajoelhou, pegou a mão de Ellie e bateu duas vezes para checar se ela era real. Pelo menos Jay não cutucou a testa dela dessa vez.

— Tá tudo bem agora. — Ela deu um abraço rápido em Jay, tomando cuidado com os ferimentos dele. — A Ronnie tá bem?

— Está sim — disse ele. — Al também. E as madrinhas.

— Consegue ficar de pé? — perguntou Vivian. — Temos que ir para o hospital. Seu pai vai chegar em breve.

— O papai tá aqui?

— Ele pegou o primeiro voo disponível depois que eu contei sobre o bicentenário.

— Todo mundo está bem, então. Exceto... — Ellie chamou Kirby. Esperou. Nada.

Geralmente, era fácil acordá-lo. Como uma memória muscular, como digitar ou andar de bicicleta. Por que ele não respondia? Aqueles emissários vingativos não iriam machucar um cachorro, não é?

Ela gritou o nome dele mentalmente e quando isso não funcionou, ela gritou em voz alta também.

— Kirby, vem cá! Vem, menino! *Kirby!*

Ele não respondeu.

Enfim, Ellie chorou.

⇢ Trinta e quatro ⇠

Horas depois, Ellie e seus pais deixaram Willowbee em direção à casa de Lenore em um carro alugado enquanto Jay, Ronnie, Al e o trio de madrinhas usavam a van de Vivian. Ellie estava feliz por estar no carro mais vazio. O luto era como uma pedra no estômago e ela queria deixar o peso levá-la para o fundo do oceano para sofrer em silêncio.

— Ele vai voltar para casa — disse Vivian. — Cachorros sempre acham o caminho de volta.

Sozinha no banco traseiro, Ellie concordou com a cabeça. A mãe provavelmente tinha razão, mas ela não conseguia parar de pensar na morte da heroica Vó Ancestral. Uma das maiores aventureiras que entrou no submundo e nunca escapou. E se a mesma coisa acontecesse com Kirby?

Desatenta, Ellie assistiu ao sol nascer pela janela suja do carro. Ela, os pais e seus amigos haviam passado a noite inteira lidando com a confusão de Allerton. A mansão estava cheia de agentes do governo. Ela não sabia como haviam chegado tão rápido em Willowbee, mas pelo menos não eram magos do mal como a polícia local.

— Em dois quilômetros — disse o GPS do carro —, vire à direita.

Ellie saltou no próprio assento, assustada pela voz robótica. Ter os alto falantes do banco traseiro logo atrás da cabeça era terrível. Por um instante, pensou que um fantasma tinha seguido ela.

O pai de Ellie saiu da autoestrada, pegando uma rua que cruzava a floresta fora de Willowbee. Parecia tão familiar. A ponte, a barragem, o zimbro e a árvore de mesquites.

Ela percebeu de repente: era a rua em que Trevor havia morrido.

— Pai, o que você tá fazendo? — perguntou ela.

—O quê? Você está bem, querida?

— Por que estamos aqui?

— É o caminho mais rápido para chegar em casa, eu acho. Se você confiar em robôs.

É claro que ele não entendia. O pai de Ellie estava a centenas de quilômetros de distância quando ela e Jay descobriram o local do acidente. Além disso, a mata havia começado a esconder a maior parte dos danos. Folhas pálidas nasciam dos arbustos destruídos e ervas novas cobriam o chão que ficara vazio graças aos pneus de borracha.

Quanto tempo demoraria para a terra se curar? Quando a seiva na árvore machucada pelo metal iria se transformar em âmbar? Parecia estranho que um ato tão violento e cruel pudesse deixar joias preciosas para trás.

Um minuto depois de passarem pelo lugar do acidente, uma mulher vestida com uma camiseta cinza e calça jeans saiu da mata e fez sinal para o carro. O cabelo castanho dela estava preso em um rabo de cavalo e ela carregava uma sacola de papel com a estampa de um waffle.

— Eu devo parar? — perguntou Pat.

— Não pare — respondeu Vivian. — Ela deve fazer parte de algum culto.

Quando o carro passou direto, a mulher gritou algo como, "Ei, espere! Por favor!". Pensativa, Ellie se virou para trás.

— Pai! — gritou. — Pare!

Ele pisou nos freios.

— O quê? — perguntou ele. — Tem um bicho na estrada?

— Não. *Olhe.*

A mulher havia sumido. Mais especificamente, a forma humana havia sumido. No lugar dela estava um coiote. A sacola da lanchonete de waffles estava presa na boca.

— É uma pessoa coiote? — perguntou Ellie. — Eu nunca vi uma antes. Dá a ré, ou algo assim. Temos que dar uma carona! — Pessoas animais têm se escondido há tanto tempo, era mais do que sorte encontrar com uma. Era uma benção.

— Bom — disse Pat. — Eu sou obrigado a ajudar todos os animais. É o juramento de Hipócrates da veterinária.

— Ela pode se sentar no banco traseiro com a Ellie — disse Vivian. Não parecia empolgada, mas havia sido um longo dia.

Ellie abaixou o vidro da janela e acenou. Em resposta, o coiote andou até o carro e, com uma nuvem brilhante, voltou à forma humana de novo: uma mulher de aparência cansada, de idade indecifrável, com um cabelo castanho pálido que mal cabia no elástico de cabelo, linhas de expressão ao redor dos olhos e um sorriso empolgado.

— Me dão uma carona? — perguntou ela.

— Para onde? — perguntou Pat.

— Qualquer lugar — disse a coiote. — Não importa.

— Hum! Então por que quer uma carona? — perguntou Vivian.

— Porque eu quero. — Ela olhou para cima, e suas narinas humanas se abriram e diminuíram enquanto ela sentia um aroma no ar. — Aconteceu algo ontem à noite. É seguro agora.

— Entre — disse Ellie. — Estamos indo para qualquer lugar.

A garota abriu a porta e se afastou. Com um aceno de gratidão, a mulher coiote entrou e colocou sua sacola entre elas, no assento do meio. A bolsa tinha cheiro de salsichas. O cheiro salgado do café da manhã — de gordura e temperos — tomou conta do cheiro de carro novo, bem melhor.

Por um instante.

O cheiro das salsichas lembravam Ellie de Kirby. Quando estava vivo, ele se sentava do lado da mesa de jantar toda manhã e implorava por restos de bacon e ovos. O mundo começou a ficar turvo com a cortina de lágrimas e Ellie achou ter visto a coiote se transformar em um cachorro magro. Ela enxugou os olhos e percebeu que não havia sido uma ilusão. A coiote deixara o disfarce humano. Ela era do tamanho de um cachorro médio, porém mais magro e bagunçado do que a maioria. Talvez tenha achado que o olhar de Ellie era de fome porque empurrou a sacola com uma pata e disse, *você pode comer uma.*

Como pessoas animais faziam, ela não falou com a boca. Ao invés disso, usou uma linguagem que todas as criaturas vivas podiam entender. Ellie ouviu em sua cabeça como um sonho, uma série de pensamentos que ela não controlava de forma consciente.

— Não, obrigada — recusou Ellie. — Eu comi rosquinhas mais cedo.

Por que você está triste, então?

— Meu amigo se foi.

Foi para onde?

— Para as Profundezas — disse Ellie.

Ah. Entendi, entendi. Muitos dos meus amigos foram para lá também. A coiote abaixou o olhar e suspirou. Era um suspiro canino único, um sopro de ar rápido que saiu pelo nariz preto. *Mais lá do que aqui. Nos conhecemos antes? Eu conheço tantas pessoas. É difícil lembrar de todos os rostos. Às vezes, eu vejo um estranho que me provoca alguma sensação. Então eu fico pensando: talvez não seja um estranho.*

— O que você sente quando olha para mim? — perguntou Ellie.

Amizade. E preocupação.

— Quantos anos você tem? — perguntou Ellie. Ela franziu o cenho. — É rude perguntar isso? Se é, sinto muito.

Não é rude. A coiote virou a cabeça. *Por que seria? Sou mais velha que você. Muito mais. Eu não conto os anos.*

— Talvez você tenha conhecido minha tatatatataravó. E minha tata-tataravó, minha tatataravó, minha tataravó, minha bisavó, e minha avó. Todas elas viveram um estilo de vida que faz as pessoas se preocuparem. Especialmente os amigos.

Hummmm, disse a coiote. *Talvez. Deixe-me pensar sobre isso.* Ela fechou os olhos, as orelhas se mexeram, como se estivesse procurando por um sinal de rádio. Um minuto se passou.

Foi Vivian quem quebrou o silêncio.

— Uma vez eu disse que a sua Vó Ancestral era teimosa demais quando se tratava de perigo — disse ela, se virando no assento e olhando para Ellie. — Particularmente, eu costumava achar que isso era um defeito dela.

— Eu sei — disse Ellie com um pequeno sorriso no rosto.

— Talvez eu estivesse errada.

— O quê?! — gritou Pat. — Você está se sentido bem? Vamos passar por um hospital...

— Para com isso — cortou Vivian. — Estou tentando falar uma coisa.

— Mas se você precisar de auxílio médico...

— Não preciso.

— ... é só falar.

— Muito generoso da sua parte — disse ela.

— De nada.

— O que você ia dizer? — perguntou Ellie, se inclinando para a frente até o cinto de segurança travar. Por um instante, ela se perguntou se a coiote havia colocado o cinto. Kirby usava um arreio no carro. Quando era vivo. Quando ainda estava com ela.

Ela se concentrou na memória de Kirby, chamou o nome dele com a parte da alma dela que falava com todos os seres vivos.

Nenhuma resposta.

— Ela sabia quem ela era — disse Vivian. — E nunca duvidou do que ela sabia. Não importava quantas vezes as pessoas dissessem: "É muito perigoso. Não faça isso". Sua avó *sabia* que ela era capaz de fazer coisas incríveis e perigosas. Isso não é um defeito. É... invejável.

— Mas ela errou, mãe. No fim.

— Não. Ela se arriscou por amor. Não foi um erro. Não foi nem uma decisão ruim.

— Eu diria mais — disse Pat. — Diria que foi uma *boa* decisão.

Eu também, a coiote concordou. Ela deu um bocejo grande e se enrolou, enfiando o nariz abaixo do rabo. Seus olhos amarelos e tristes olharam para Ellie. *O que aconteceu ontem à noite? O ar pareceu... tenso. Como se nós estivéssemos prontos para nos desfazer.*

O carro fez uma curva, e a luz do sol entrou pela janela ao lado de Ellie, esquentando seu rosto.

— Acho melhor começar do começo — disse ela. — Quando eu era criança, meus pais me levaram no canil. Foi quando eu conheci um cachorro...

Ela disse o nome dele e contou a história dele. Talvez, um dia, ele seguisse as palavras de volta até seu lar.

Trinta e cinco

Alguns dias depois, enquanto Ellie guardava suas roupas dobradas em uma mochila, fazendo a mala para voltar para casa, seu celular tocou. Uma mensagem de Lenore apareceu na tela:

Me encontra no parque.

Por reflexo, Ellie procurou por Kirby e disse: "Passear, menino!".

Cinco minutos depois, ela saiu da casa sozinha.

Era estranho sentir o sol tocar sua nuca. Ao andar pelo bairro tranquilo, ela se perguntou quanto tempo iria demorar para o cabelo dela crescer de novo. Ficou tentada a mantê-lo curto até passar o luto.

Quanto tempo isso levaria?

Lenore estava sentada no banco do parque, Gregory cochilava ao lado dela em uma cadeirinha móvel. Ela estava usando óculos de sol redondos e um vestido branco curto. Havia uma caixa de papelão pequena no chão.

— Oi — disse Ellie, se sentando ao lado de Lenore. — Olha que engraçado: foi aqui que eu fui soterrada por trilobitas.

— Eca. — Lenore levantou os pés alguns centímetros, como se estivesse se protegendo de uma barata. — Você quer ir para outro lugar?

— Tudo bem. Foi um erro isolado.

— Vou sentir sua falta — disse Lenore. — Por favor, venha visitar. Ok? — Ela havia decidido vender a casa em Rio Grande e ir morar com um casal de amigas. Elas moravam perto do Deserto Mojave e tinham uma casa de hóspedes imensa.

— Eu prometo — disse Ellie.

— Você é sempre bem-vinda. Sempre. Ah! Eu tenho um presente para você. — Lenore empurrou a caixa com um dos pés. Ela calçava um par de sapatos vermelhos com o salto prateado. — Você sabia que eu trabalhava em uma loja de quadrinhos?

— Não acredito! — disse Ellie. Ela usou o canivete suíço de Trevor para cortar a fita ao redor da caixa de papelão, revelando as pilhas de quadrinhos. Lá, havia títulos independentes que ela nunca havia visto. Edições raras e únicas sobre sereias traídas, videntes infelizes, e estrelas azarentas.

Tudo muito elegante e melancólico, assim como Lenore Moore.

— Quando estava na faculdade — disse Lenore. — O trabalho era para pagar as minhas mensalidades, mas eu também gostava dos benefícios. Como o desconto de vinte por cento para funcionários.

— Todos esses são seus, então? — perguntou Ellie.

— Aham. Eram. — Ela olhou para longe, quase como se estivesse envergonhada. — Trevor comentou que você gostava de quadrinhos também.

— Eu gosto sim!

— São seus agora. — Lenore colocou a mão no ombro de Ellie. — Algo para ler na viagem de volta. Quando vocês vão?

— Amanhã de manhã.

— Mais um jantar juntas então.

Em silêncio, elas observaram um pai empurrar a filha em um balanço no parque. A menina estava rindo.

— Mais alto! Mais alto!

— Ele era um bom pai — disse Lenore. — E um bom homem.

Ellie sabia exatamente de quem ela estava falando. Não precisava de um nome.

⇝ Trinta e seis ⇜

— Snickers! — chamou Ellie. — Finge de morto!

O labradoodle marrom se deitou de costas.

— *Morto* — Ellie repetiu.

A língua rosa dele caiu para fora da boca.

Jay assobiou, impressionado.

— Como Snickers aprendeu isso *em uma semana*?

Fazia sete dias que o pai havia trazido o cachorro para casa? Ellie sentia como se conhecesse Snickers há anos. Claro, ele não era o Kirby. Mas tudo bem. Ela não queria substituí-lo.

— Ele é o cachorro mais motivado por comida que eu já conheci — disse Ellie. Ela deu um pequeno biscoito para Snickers. Ele voltou à vida em um segundo e engoliu a comida. — Eu podia treiná-lo com um pedaço de bacon para varrer meu quarto.

— Estou surpreso que ninguém quis ele — disse Jay.

— Infelizmente, eu não. — Ellie deu um abraço forte no cachorro. Ele gostou do abraço e sua orelha caída fez cócegas na bochecha dela. — As pessoas não vão para o canil procurando por cachorros de oito anos de idade. Eles querem filhotes e cães jovens. Se meu pai não tivesse aceitado ficar com ele por um tempo...

O submundo deve estar lotado de animais rejeitados. Ela esperava que, na morte, eles encontrassem amor. Talvez, Kirby se unisse à matilha no labirinto das Profundezas. Ellie se perguntou se ela teria que esperar até a própria morte para vê-lo novamente. Se é que isso fosse acontecer.

Ela arriscaria outra visita para o submundo? Voltar apenas pelo tempo suficiente para chamá-lo?

— Só por um tempo? — perguntou Jay. — Ótimo! Eu adoto ele! Aê! Cachorrinho!

— Desculpa cortar o seu barato — disse ela —, mas o Snickers vai ficar comigo. Você pode visitá-lo sempre que quiser.

Ellie piscou e voltou para o centro do quarto. Lá, em cima de jornais velhos, havia pau-de-balsa, tinta e cola Superbonder. Uma ponte pela metade estava secando em cima das páginas de tirinhas. O semestre havia acabado de começar e ela já estava fazendo um trabalho em grupo. Felizmente, ela e Jay estavam na mesma turma de Física Estrutural. Com um parceiro como ele, Ellie finalmente gostava de trabalho em grupo.

— Mais um! — Jay pegou uma página do tapete de jornais. — Há. "Senador abandona cargo depois de ter sido revelada sua conexão com Willowbee." É o cara de Texarkana. Posso ficar com isso pro meu álbum de memórias do verão?

— À vontade. — Ela mexeu na ponte com cuidado. — Precisa de mais alguns minutos.

— Essa coisa toda de Willowbee é tão grande — Jay continuou a falar, dobrando o jornal em um retângulo pequeno. — Eu precisei fazer um *segundo* álbum para os artigos de jornal. Minha mãe acha que eu posso usar essa publicidade para conseguir bolsas de estudo. Você... ainda quer isso, né? Ir para a faculdade?

Considerando o escândalo de Willowbee, Ellie podia começar seu próprio negócio depois da escola. Apesar dos pais dela terem protegido sua identidade de todas as formas possíveis, às vezes aparecia um convite para uma entrevista, uma mensagem de algum fã, ou de alguém furioso pelo que tinha feito. Se um terço das pessoas que entravam em contato com ela estivesse falando sério, ela teria possíveis clientes por anos.

Cara Ellie Bride,

Meu filho tem agido de forma estranha. Nós ouvimos ratos nas paredes, mas não há nenhum! Nossa casa é assombrada? Outros eventos estranhos estão...

Querida Ellie,

Eu moro em um apartamento em El Cementerio Del Barrio de los Lipanes. Minha namorada acha que o local de enterro original era maior, mas uma construtora levantou prédios e casas aqui. Por favor diga aos seus ancestrais que eu sinto muito por morar sobre os túmulos deles. Eu não consigo me mudar agora por questões financeiras. Minha namorada não quer dormir aqui até eu fazer alguma coisa. Nós estamos juntas há três anos...

Olá, Srta. Bride,

Qual é a sua opinião sobre abduções alienígenas? Especificamente: um fantasma alienígena pode abduzir um fantasma humano? Por favor, responda...

Cara Ellie Bride,

Abraham Allerton não era o único. Há outros feiticeiros em nossas terras, pessoas egoístas que corroem a realidade. Tenha cuidado.

— Tem muita coisa que eu quero aprender — disse Ellie. — Minha mãe, a mãe dela, e a mãe da minha avó me ensinaram sobre a nossa terra, nossos mortos, e nossos monstros, mas as coisas mudaram. Eu preciso da faculdade para me preparar para a próxima Willowbee.

Ellie jogou o Amigo Urso pelo quarto. Snickers o pegou no ar e se arrastou para debaixo da cama com ele, produzindo barulhos no brinquedo com seus dentes. Diferente de Kirby, ele brincava de pegar guardando o brinquedo para si. Demoraria mais uma semana para acabar com esse hábito.

— Vai ter outra Willowbee? — perguntou Jay.

— Pode ter certeza que sim. — Ellie se abaixou e tentou pegar o Amigo Urso, mas Snickers se afastou. Gemendo de irritação, ela se deitou de barriga para baixo e usou os cotovelos para se enfiar debaixo da cama.

— Pelo menos estamos prep... AAAAA! Mas o que?! Corre! — Ellie sentiu Jay pegá-la pelo pé e puxar. Se ela não estivesse usando um macacão e mangas compridas, a manobra teria machucado seus joelhos.

— O que foi?! —gritou ela.

— Aquilo! — Jay apontou. A caveira com os olhos colados rolou pelo chão, carregada na boca de um cachorro invisível.

Depois um segundo, Ellie conseguir falar.

— Aparece, Kirby! — disse ela. — Aparece!

Em seguida, ele apareceu. Lá estava Kirby, em toda a sua glória peluda com orelhas caídas e rabo grosso. Ellie soltou um som de felicidade que parecia o meio termo entre um grito e um choro. Ela se jogou nele, apertando o corpo invisível do cachorro, e ele balançou o rabo fantasma com tanta empolgação que espalhou pedaços de madeira pelo quarto.

— Você não tem mais medo da caveira! — disse ela.

Snickers tirou o nariz debaixo da cama, curioso.

— Esse é o seu irmão mais velho. — Ellie os apresentou. — Ele é um fantasma.

Os cachorros deram voltas. Nenhum dos dois parecia se importar com vida ou morte, com quem estava vivo ou morto. Depois da introdução silenciosa, eles rodaram pelo quarto e Jay resgatou a ponte de ser destruída. Depois de um tempo, quando Snickers se cansou de brincar, ele e Kirby se deitaram lado a lado na cama. Ellie estava dividida entre dormir e envolver os dois cachorros em um abraço apertado.

— Eu sabia que Kirby voltaria para casa — disse Jay. — Cachorros sempre conseguem fazer isso. Hum. O que é isso?

Ele se abaixou e pegou uma boneca suja e destruída do chão. Era feita de couro e fez barulhos quando Jay a jogou pelo quarto para Ellie. Kirby e Snickers levantaram a cabeça, olhos presos no brinquedo.

— Eu nunca vi isso antes — disse Ellie. A boneca não era muito bem-feita. Era apenas um tubo de couro no formato de uma meia com um sorriso pintado de um lado. Uma trança de material fibroso saía do topo da cabeça, e o barulho, que lembrava Ellie de sementes de mesquites balançando dentro de vagens, vinha da barriga. — Parece um brinquedo para cachorros. Talvez Kirby tenha trazido com ele.

— Das Profundezas? — perguntou Jay. — Você... acha que é amaldiçoado?

— Demorou uma eternidade para ele gostar do Amigo Caveira aqui — disse Ellie. — Eu duvido *muito* que Kirby ficaria no mesmo lugar que uma boneca amaldiçoada. Hum. O que será?...

Ellie achou que sua felicidade abriria as asas e sairia voando pela janela, para longe de casa, voando mais alto do que a Coruja, e acima do sol. Voaria tão alto que desapareceria e não teria onde cair.

Naquela noite, ela e Jay terminaram a ponte juntos e, depois que a cola secou, eles decoraram as vigas com tinta acrílica. Nenhum coração partido.

⇾ Agradecimentos ⇽

Eu escrevi um "romance" quando estava no primeiro ano da escola. Era um livro de mistério de quarenta páginas sobre uma menina que achava uma caixa de opalas e um enigma no sótão de casa. Eu só me lembro de partes dessa história. Alguém estava envenenando um jardim de borboletas no parque vizinho, e a protagonista solucionava o mistério (não me pergunte como, tinha algo a ver com as opalas... talvez).

Então lá estava eu, uma autora de sete anos de idade com um manuscrito finalizado. Eu o entreguei apenas para os únicos leitores beta que eu conhecia: meus pais. Por sorte, meu pai, um professor de Inglês e escrita com um vasto conhecimento em literatura shakesperiana, não apenas leu o livro (e elogiou minha escrita!), como editou todas as quarenta páginas.

Lembre-se de que nós ainda estávamos aprendendo o alfabeto. Ou seja, eu não entendia muito de gramática.

Meu pai explicou as edições e eu corrigi o manuscrito em um computador dos anos 1990 que servia para duas coisas: digitar e jogar Tetris. Depois, meu pai me ensinou a escrever uma carta de apresentação (seja direta e educada!) e eu mandei meu manuscrito para uma editora de verdade.

Você deve imaginar a resposta deles. Eu ainda tenho a carta de rejeição. Meu pai a emoldurou, orgulhoso da minha persistência e ambição. Orgulhoso de mim. Ele imaginou que eu podia pendurar essa carta do lado da minha primeira carta de aceite para eu me lembrar da minha jornada.

Quando o assunto é a minha escrita, o meu pai sempre foi meu maior professor, apoiador e fã. Esse livro não existiria sem uma vida inteira de apoio dele.

Agradeço também pela amizade da minha comunidade de escrita do "café"; a orientação linguística de David Gohre; a arte incrível de Rovina Cai; e meu agente, Michael Curry, que não apenas achou uma editora para *Elatsoe*, como também deu sugestões de como enriquecer a história e tornar o trabalho mais coeso.

Por fim, gostaria de agradecer ao time maravilhoso da Levine Querido (Arthur A. Levine, Alexandra Hernandez, Antonio Gonzalez Cerna, Meghan Maria McCullough, e Nick Thomas), que tem feito tanto por *Elatsoe*. Em especial, sou imensamente grata ao meu editor, Nick Thomas, cujo conhecimento editorial ajudou *Elatsoe* a brilhar. Nick, foi um privilégio trabalhar com você.

Aos meus leitores:

xastéyó.

Este livro foi publicado em setembro de 2022 pela Editora Nacional.
Impressão e acabamento pela Gráfica Impress.